# 잊혀진 전쟁
### 1950~53

# 잊혀진 전쟁

6·25

# 전쟁

1950~53

## 팔순이 넘은 여덟 명의 재미 한국인의 회고록

최연홍 · 이정화 · 최학주 · 안홍균
백　순 · 최재원 · 김승곤 · 강창욱

영문판 편집: 최연홍　　서문: 김성곤
한글판 편집: 송종환·노세웅·정화태

화산문화

목숨으로 나라를 지킨 6·25 전쟁 참전용사, 학도병들과

조국의 문학을 미국과 한인 사회에 알리기 위해 진력하고

한글판 책자 출판을 추진하시다가

지난 1월 6일 소천한 최연홍 시인에게 이 책을 바친다.

## 한글판 책자 발간에 즈음하여

금년 6월 25일은 북한이 71년 전, 대한민국을 남침한 날이다. 6·25 전쟁을 일으킨 북한은 '조국해방전쟁', 중국은 '항미원조전쟁(抗美援朝戰爭)'이라고 부른다.

한국의 현 정부는 남북한 간에 긴장 상태가 불거질 때마다 북한의 책임은 묻지 않고 남침이라는 사실마저 흐리고 있는 듯하다. 세월이 지나면 전쟁을 겪은 사람들도 기억이 흐릿해질 수 있고 잘못된 교육을 받으면 참과 거짓이 뒤바뀔 수도 있다. 언젠가는 실현될 자유 민주 통일을 위해 남북한 간에 화해가 필요하지만 우선해야 할 것은 후세들에게 역사를 바로 알도록 하고 이를 위해 기록을 정확하게 해두어야 한다.

2020년 김국헌 장군은 권영해 전 국방장관의 지도로 6·25 전쟁사를 망라한 『대한민국 실록』을 펴냈고, 김덕영 감독도 『김일성의 아이들』이라는 다큐멘터리 영화와 책을 썼다. 이는 전쟁 직후 북한이 스탈린(Joseph Stalin)의 후원하에 '위탁 교육'이라는 이름으로 전쟁고아 1만여 명을 체코슬로바키아, 폴란드, 헝가리, 루마니아, 불가리아 등 동유럽 5개국에 보냈다가 자유의 바람이 불자 강제 송환시킨 행적에 대한 기록이다.

송종환 전 파키스탄 대사는 1992년부터 공개된 6·25 전쟁 관련 소련 문서와 2018년 중국 학자가 쓴 중공군의 참전 과정 등을 종합하여 '6·25 전쟁은 스탈린의 감독하에 김일성이 주연을 하고 마오쩌둥(毛澤東)이 조연을 한 남침 전쟁'이라는 사실을 한국외교협회의 『외교』 제135호에 기고했다.

더욱 관심을 끈 기록은 1950년에 10대였던 8명의 소년·소녀들이 80대가 되어 영어로 쓴 『6·25 전쟁 회고록』이다. 이 회고록은 당시 서울에서 중·고등학교를 마친 후 미국으로 건너가 각 분야에서 성공적으로 활동하고 은퇴한 후 6·25 전쟁 71주년에 즈음하여 그들이 전쟁 기간 중 겪었던 일들을 솔직하게 적은 기록들이다. 이 책은 그 영문판 책자를 한글로 번역한 것으로, 널리 읽혀져 우리 후손들에게 6·25 전쟁에 대한 생생한 기록이 전달되길 바란다.

끝으로 영문판 책자의 서문을 쓴 김성곤 교수님과 여덟 명의 필자, 그리고 한글판 책자 편집을 도운 워싱턴의 노세웅 시인과, 출판 지원 요청을 하고 편집을 맡은 송종환, 정화태 대사에게 감사드린다.

이 기회를 빌어 목숨으로 나라를 지킨 순국선열과 호국영령께 머리 숙이고 오늘도 대한민국을 지키기 위하여 국내외 여러 분야에서 헌신하고 있는 애국자들에게 감사한 마음으로 이 한글판 6·25 전쟁 회고록을 바친다.

2021년 8월 15일

일곡문화재단 이사장 최재선

## 한글판 책자를 편집하면서

6·25 전쟁에 대한 생생한 기록들을 편집함에 있어 여덟 명 필자들의 글에 조금이라도 흠이 되지 않도록 성심을 다하여 최선을 다했다. 6·25 전쟁 당시 10대였던 여덟 명의 소년·소녀가 겪은 일이 너무나 생생하여 거의 한 자도 뺄 수가 없었다.

편집자는 여섯 살 무렵 마산에 살고 있다가 전쟁이 났다는 소식에 서쪽으로 20킬로미터쯤 떨어진 창원 진전에 있는 할아버지 댁으로 피란을 가서 전쟁을 맞았다. 할아버지는 도시보다 시골이 안전하다고 생각하고 손자 둘을 데려갔다. 국군 25사단, 해병대 그리고 유엔군은 1950년 8월 2일~3일 파죽지세로 남진하며 마산을 돌파하려는 북한군 6사단 등의 기세를 진동-진전에서 꺾었다. 그때 삼촌과 고모가 희생당하고 말았다. 다행히 전투 전날 밤 인근 고성군에 사시던 외할머니가 외손자 둘을 진전에서 고성군 동해의 외가집으로 데려간 덕에 구사일생으로 살아남았다. 하지만 고성군도 북한 인민군 치하가 되었다. 외할머니 집에 북한 인민군이 불쑥 들어와 능글맞게 웃으며, 종이 한 장 덜렁 내주고는 소를 끌고 가던 모습이 지금도 또렷이 기억난다.

이러한 기억을 갖고 있는 6·25 전쟁의 시작과 휴전까지의 연구는 뜻밖의 기회에 왔다. 40대 중반에 유엔 공사와 워싱턴 공사를 마치고 50대 초 국가 안보기관의 본부에서 실장(차관보급)으로 근무하던 중 1998년 정권 교체로 공무원 직에서 물러났다. 그 후 충북대학교 초빙교수로 강의를 하면서 서울대학교에서 석사학위, 미국 터프츠대학교의 국제법 및 외교학 전문 대학원인 플레처 스쿨(Fletcher School of Law and Diplomacy, Tufts University) 석사학위를 한 후 공직 근무로 마치지 못한 박사학위 과정을 한양대학교에서 시작했다. 그때 소련과 중국의 국제 관계 등에 관한 작은 논문들을 작성하기 위해 워싱턴에 있는 우드로 윌슨 센터(Woodrow Wilson Center)에 보관되어 있던 「냉전 국제 역사 프로젝트」에서 기밀 해제된 소련 문서 수천 페이지를 입수하여 분석하였다. 그리고 작은 논문들을 모아서 1999년 『국제 정치논총』 제39집 2호에 북한의 남침을 밝히는 논문을 기고하였다.

당시 한국국제정치학회 유재갑 회장의 추천으로 실린 장문의 그 논문은 북한의 남침, 특히 스탈린(Joseph Stalin)이 김일성에게 전쟁 개시를 승인하면서 대규모 전쟁 물자를 지원하고 마오쩌둥(毛澤東)까지 설득하여 참전시킨 사실을 최초로 밝히는 논문들 중의 하나로 기록되고 있다.

6·25 전쟁 70주년이던 2020년, 워싱턴 대사관 근무 이후 계속 교류해 오던 최연홍 시인의 요청으로 6월 26일 문화일보에 80세가 되어 영어로 쓴 『다섯 소년의 한국 전쟁 회고록』을 소개하는 기고를 했다. 10월에는 『외교』지 제135호에 기존 연구와 중국 관련

문서들을 활용한 중국학자 논문을 종합하여 「6·25 남침 전쟁 당시 국제관계, 전쟁의 개시·휴전과 교훈」 제하의 논문을 기고하였다.

최연홍 교수는 6·25 전쟁 71주년을 맞아 팔순이 넘은 여덟 명의 재미 한국인들이 쓴 6·25 전쟁 회고록과 이를 번역한 한글판 책자 출간을 계획하고 편집을 해오던 중 금년 1월 6일 병환으로 별세하셨다.

최 교수의 유지를 이어받아 6·25 전쟁 회고에 대한 영문판 책자와 eBook을 편집·발간한 노세웅 시인과, 서문을 쓰고 집필자 일곱 명의 글 내용과 경력를 소개한 다트머스 대학교 김성곤 교수, 그리고 여덟 명의 귀한 필자들에게 감사를 드린다.

노세웅 시인은 주인도 대사관과 주미 대사관 그리고 세계은행(IBRD) 등에서 23년간 근무한 후 은퇴하였다. 그 후 시인과 수필가로 워싱턴 지역에서 활동하면서 시집 『킬리만자로의 나그네』, 『아마존의 나그네』, 『코리아 켄터키』 등을 냈다. 언제가 될지 모르지만 코로나 바이러스 상황이 진정되면 27년 전 근무한 워싱턴을 방문하여 고 최연홍 시인의 유족, 그리고 같은 교회에 출석한 백순 박사를 비롯한 귀한 일곱 명의 필자들과 노세웅 시인을 뵙고 대화를 나누고 싶다.

무엇보다 한글판 출판 지원 요청에 흔쾌히 응해주신 최재선 일곡문화재단 이사장과 영문판 책자의 편집인이었던 고 최연홍 시인의 매제로서 한글판 책자의 출판이 원활하게 되도록 도와준 정화태 대사에게 감사를 드린다. 아울러 더운 여름에 출판 작업을 진행한 허승혁 화산문화 사장과 표지 디자인을 위해 애써준 최연홍 시인의 서울시립대학교 제자 정양신 님에게도 감사를 드린다.

미국을 비롯한 서방권과 한국 학계가 그동안 무의식적으로 사용해 온 '한국전쟁(The Korean War)'이라는 용어를 계속 쓰면, 대한민국을 줄인 한국이 국제적으로 널리 알려져 있기 때문에 한반도 역사를 잘 모르는 외국인들은 그때 전쟁은 한국이 북한을 침략한 것으로 오해할 가능성이 있고 또 한국의 북침을 계속 주장하고 있는 북한 측 선전에 악용될 우려가 있다.

따라서 이 한글판 책에서는 고유명사와 시 속에 포함된 특별한 경우를 제외하고는 '한국 전쟁'이라는 용어 대신 '6·25남침 전쟁(North Korea's Invasion War on June 25, 1950)' 또는 '6·25 전쟁(6·25 War)'으로 번역하였다. 앞으로 우리나라를 비롯한 외국의 출판계에서도 전쟁의 이름을 올바르게 써서 1950년 6월 25일 새벽 4시 소련과 중국의 지원을 받아 북한이 일으킨 남침 전쟁의 책임이 분명해지기를 바란다.

이 한글판 책자가 독자들의 마음에 6·25 남침 전쟁의 참화를 극복하고 세계 10대 경제대국으로 일어선 대한민국이 자유민주주의와 시장경제체제에 의한 통일을 주도해야 함을 새기는 데 기여하기를 바란다.

2021년 8월 15일

송종환

경남대학교 국제관계학과 석좌교수(전 대사)

# 서 문

매해 6월이 되면 우리는 한국 전쟁, 즉 6·25 남침 전쟁 기념일을 맞이한다. 그러나 수백만 명이 죽은 그 참혹한 전쟁을 기억하는 사람은 이제 거의 없다. 전쟁을 직접 겪은 사람들은 대부분 나이가 들어서 죽은 지 오래거나 80대, 90대의 고령이 되었고, 당시 갓난아이였거나 어린아이였던 사람들도 지금은 다들 70세가 넘었기 때문이다. 유감스럽게도 6·25 전쟁은 우리의 기억이나 관심에서, 그리고 남침을 당했던 한국에서조차 '잊혀진 전쟁(a Forgotten War)'이 되고 있다.

문제는 1915년에 조지 산타야나(George Santayana)가 경고한 대로, "과거를 기억하지 못하는 사람들은 과거의 잘못을 반복하게 된다."는 데 있다. 윈스턴 처칠(Winston Churchill)도, "역사로부터 배우지 못하는 사람들은 과거의 잘못을 반복하게 된다."고 하였다. 과거의 비극을 반복하지 않기 위해서 우리는 6·25 전쟁을 기억해야만 하고 결코 잊어서는 안 된다. 그렇지 않으면, 우리는 결국 똑같은 일을 당하게 되고, 그로 인해 파멸을 맞이할 수도 있기 때문이다.

6·25 전쟁은 가난에 허덕이던 이 나라의 모든 것을 파괴했다.

1953년 3년 동안의 전쟁이 끝났을 때 한국은 지구상에서 가장 가난한 나라 중 하나였다. 끼니를 잇지 못하는 피란민들은 도시의 공터에 천막을 치고 살았고, 전장에서 팔다리를 잃은 상이군인들은 집집마다 다니면서 동정을 구걸해야만 했다. 정부가 그들에게 아무런 보상도 해주지 않았기 때문이었다.

6·25 전쟁이 계속되는 동안, 그리고 전쟁이 끝난 후에도 한국은 외국으로부터 소중한 군사적·경제적 원조를 받았다. 그러므로 우리는 어려웠던 시절, 잘 알지도 못하는 나라를 위해 전투 부대와 의무 부대를 보내준 21개국에 대해 감사해야만 한다. 그들의 도움이 없었다면 오늘날 한국은 존재할 수 없었을 것이다. 전쟁이 시작된 1950년에 북한이 이미 남한을 점령했을 것이기 때문이다.

우리는 벨기에, 캐나다, 프랑스, 그리스, 룩셈부르크, 네덜란드, 터키, 영국, 그리고 미국에서 와준 군인들에게 감사해야 한다. 그리고 오스트레일리아, 콜롬비아, 에티오피아, 뉴질랜드. 필리핀, 태국, 남아프리카공화국과 같은 따뜻한 나라에서 온 군인들에게도 고마워해야 한다. 따뜻한 나라에서 온 유엔군들은 예기치 않았던 중공군의 개입으로 인해 후퇴하다가 북한의 혹독한 추위로 많은 수가 동사하였다. 우리는 또한 의무 부대를 보내준 스웨덴, 덴마크, 노르웨이, 이탈리아 그리고 인도에도 감사해야 한다.

특히 우리는 전쟁 초기에 낙동강 전투에서 북한군을 막아주고, 인천 상륙 작전을 통해 한반도에 유엔군을 데려온 미국에 대해 특별한 고마움을 표해야 한다. 1949년 미 합참의장인 오마르 브래

들리(Omar Bradley) 장군은 남한은 미국에게 아무런 전략적 가치가 없다고 보고했다. 그럼에도 불구하고, 그 이듬해 북한의 침략으로 한국전쟁이 발발하자 미국 정부는 즉시 미군을 파견해서 우리를 구해 주었다. 남한을 구하기 위해 지불해야만 했던 미군의 인명 손실은 엄청났다. 미 국방부에 의하면, 6·25 전쟁에서 전사한 미군은 36,913명이고, 부상자는 103,284명이며, 행방불명자는 8,177명이었다. 행불자는 북한군의 포로가 되었거나 시체를 찾지 못한 전사자였다. 우리는 그들의 희생을 잊어서는 안 될 것이다.

우리는 또한 1950년 흥남 철수의 영웅인 메레디스 빅토리(SS Meredith Victory)호의 레너드 라루(Leonard LaRue) 선장에게도 감사해야 한다. 그의 배에는 미군 탱크와 장갑차가 실려 있어서 더 이상 사람을 태울 수가 없었다. 그러나 라루 선장은 처벌을 각오하고 무기를 버린 후 14,000명의 피란민을 태우고 크리스마스 직전 흥남을 떠나 거제도에 도착했다. 만일 그러지 않았더라면 그 14,000명의 난민들은 버림받아 죽고 말았을 것이다. 메레디스 빅토리호가 거제도에 도착했을 때, 탑승 인원이 5명 늘어났다. 새로운 생명이 항해 중에 태어난 것이다. 그래서 흥남 철수는 '크리스마스의 기적'이라 불린다.

미국의 수도 워싱턴의 '내셔널 몰(National Mall)'에 있는 '한국전쟁 참전용사 기념관(The Korean War Veterans' Memorial)'에 가 보면, "자유는 거저 주어지는 것이 아니다(Freedom is not free)."라

는 말이 새겨져 있다. 과연 한국의 자유는 거저 주어진 것이 아니고, 한국전쟁에서 우리를 위해 죽은 병사들의 고결한 피의 대가로 얻어진 것이다. 그러므로 우리는 그들의 명예를 기리고, 그들의 은혜를 영원히 기억해야만 한다. 그렇지 않으면, 우리는 세계의 눈에 고마워할 줄 모르는 사람들로 비치게 될 것이다. 그 기념관에는 "우리나라는 알지도 못하는 나라와, 한 번도 만난 적이 없는 사람들을 보호해 주기 위해 목숨을 바친 우리의 아들과 딸들의 명예를 기리는 바이다."라는 말도 새겨져 있다.

전쟁 직후, 한국의 미래는 너무나 암울해서 더글라스 맥아더(Douglas MacArthur) 장군은, "이 나라를 재건하려면 적어도 100년은 걸릴 것이다."라고 탄식했다. 그러나 놀랍게도 71년 만에 한국은 재건하였을뿐 아니라 모든 나라들이 부러워하는 부유한 국가가 되었고, 경제 발전 그리고 최첨단 테크놀로지와 한류의 확산으로 전 세계에 널리 알려진 선진국이 되었다. 물론 전쟁이 끝난 후 UN을 통한 미국의 경제적 원조와 도움이 없었다면, 한국은 결코 그 짧은 시기에 이처럼 부강한 나라가 될 수 없었을 것이다.

제2의 한국전쟁을 막기 위해서는 강력한 군대가 필수적이다. 우리는 북쪽에 호전적인 북한이 있다는 사실을 한시라도 잊어서는 안 된다. 2020년 6월 16일 북한은 개성에 있는 남북공동연락사무소를 폭파하고 '남한은 우리의 적'이라고 선언했다. 설상가상으로 북한은 남한을 위협하는 핵무기를 보유하고 있다. 제2의 한국전쟁은 일어나서는 안 되지만, 그럼에도 불구하고 우리는 거기에 대비해야만 한다.

미국의 시어도어 루즈벨트(Theodore Roosevelt) 대통령은 "부드럽게 말하되, 커다란 몽둥이를 들고 있어야 한다."는 유명한 말을 하였다. 그의 외교 전략은 평화롭게 교섭하되, 강한 군대를 보유하는 것이었다. 루즈벨트는, 만일 그렇지 않으면 우리의 적은 우리를 우습게 보고 조롱할 것이라고 경고하였다. 그의 말은 요즘 한국의 상황에도 잘 들어맞는다.

만일 제2의 한국전쟁이 발발한다면, 이번에는 아무도 우리를 구해주러 오지 않을 가능성이 높다. 그러므로 우리는 강한 군대를 보유하고 있어야만 한다. 평화는 우리가 싸워서 이길 만큼 강할 때만이 가능한 것이다. 유명한 라틴어 경구인 'Si vis pacem, para bellum'이라는 말은 "평화를 원하면 전쟁을 준비하라."는 뜻이다. 그 말은 곧, "평화를 원하면 적을 싸워 이길 만한 힘이 있어야만 한다."는 것이다. 그렇지 못한다면 평화는 단지 공허한 몽상에 불과하기 때문이다.

이 책은 6·25 전쟁을 목도하고, 직접 겪고, 살아남은 사람들의 회고담을 모은 것이다. 그런 의미에서 이 책은 소중한 사회 문서이자 가치 있는 역사 텍스트로 남게 될 것이다. 이 중요한 책을 구상하고 편집하였지만, 안타깝게도 책이 나오기 직전에 타계하신 재미교포 최연홍 시인과 혼란스러운 전시에 자신들이 직접 목격하고 경험한 것들을 후세를 위한 소중한 증언으로 남겨주신 여러 필자들에게 감사를 드린다.

아울러 한글판 출판을 지원해 주신 최재선 일곡문화재단 이사장, 그리고 6·25 전쟁에 관심을 갖고 연구를 지속해 오면서 또 1990년대 주미 대사관 공사로 재직 시 만난 최연홍 시인과 백순 장로 등 이 책의 필자들과의 인연으로 인해, 영문판 출간을 맡은 노세웅 시인과 적극 협조하여 한국의 독자들이 이 중요한 한글판 책을 읽을 수 있도록 편집한 송종환 대사(경남대 국제학부 석좌교수)에게도 감사를 드린다.

2021년 8월

김성곤

서울대학교 명예교수, 미국 다트머스대학교 객원교수

## 영문판 책자 편집자, 고 최연홍 시인에게 드리는 봉헌

책의 발간을 처음부터 계획하시고 편집하신 고 최연홍 교수에게 이 책자를 올립니다. 고 최연홍 교수께서는 2020년에 출판한 책에 이정화 박사의 「15세 여학생이 겪은 6·25 남침 전쟁」을 추가하여 증보할 의도로 이 책의 발간을 계획하셨습니다. 최연홍 교수는 이 책을 전쟁으로 희생하신 분들에게 헌납하신다고 하셨습니다. 한국전쟁의 비극을 기억하고 또 기념하기 위하여 그 전쟁을 겪고 기억이 아직도 생생한 분들의 글을 모았습니다. 최 교수께서는 이 책은 각 필자들의 특별한 관점에서 경험하고 기억하는 한국전쟁을 다시 한 번 생생하게 돌아보는 데 공헌할 것이라고 하셨습니다.

최연홍 교수께서는 2020년 첫 번째 영문판 책을 발간한 후, 2021년 새로운 영문판 책자와 한글판 출판을 위하여 상당한 준비를 하셨습니다. 안타깝게도 2021년 1월 6일 췌장암 항암 치료를 받던 중 메릴랜드 주 볼티모어에 있는 존스 홉킨스 병원에서 타계하셨습니다.

생을 마치는 순간까지 최 교수께서는 영문판 책 출판뿐만 아니라 여러 문학 창작에 관여하며 그동안 준비해 오셨던 일에 대한

염려를 하셨고, 특히 최 교수께서 관여를 많이 하셨던 워싱턴 지구의 한인문학회 '윤동주문학회'의 발전에 대한 관심도 잊지 않으셨습니다. 최연홍 교수께서 조국의 문학에 기여한 바도 상당하지만 미국의 영문 문학과 한인 사회에 기여한 문학적 공로는 상당합니다.

고인은 부인과 두 자녀, 두 손자를 남겨 두셨습니다. 또한 여러 방면에 최연홍 교수를 사랑하며 존경하는 많은 분들을 한국과 미국에 두고 먼저 가셨습니다. 많은 분들의 애통함을 이루 다 표현하기 어렵습니다. 최 교수께서는 미주의 한인뿐만 아니라 미국 시민들에게도 많은 공헌을 하셨으며 그러한 노력을 하실 때는 늘 스스로 횃불을 들고 앞장서셨습니다.

고 최연홍 교수님, 주님의 품에서 평안 하시기를!

2021년 1월

강창욱

# | 목 차 |

# 6 · 25의 기억

최연홍

 

한국전쟁은 1950년 6월 25일 이른 아침에 발발했다. 그때 나는 서울에 살고 있었고 아홉 살이었다. 우리 가족은 그해 2월 전라북도 정읍에서 아버지의 관사가 있는 서울 용산구 후암동으로 이사하였다. 나는 삼광국민학교로 전학을 갔고 3학년 봄 학기가 끝나기 전에 전쟁 소식을 알게 되었다. 나는 어렸지만 6월 25일부터 유엔군이 9월 28일 서울을 수복하기까지의 그 기간을 생생하게 기억하고 있다. 이 글은 그 기간에 겪은 짧은 회고록이다.

전쟁이 발발하기 전 정체를 알 수 없는 전투기가 서울 상공을 날아간 적이 있었다. 학교 친구들은 그 전투기의 비행을 보고 무언가 잘못되었다며 두려워하였다. 그때 우리들은 그 비행기가 아군의 비행기가 아닌 적군의 비행기라고 결론을 내렸다. 나는 시골 아이라 그 비행기가 아군의 것인지, 적군의 것인지 분간할 수 없었다. 그러나 다른 아이들은 모두 적군의 비행기라고 떠들어댔다.

얼마 후 북한 인민군들이 서울 시가를 장악했다. 우리 가족은 서울이 공산당의 세상이 되었고 곧 내 아버지를 체포하러 오리라는 것을 알게 되었다. 거리에서는 날마다 인민재판이 벌어졌다. 다행히 아버지는 어디론가 피신하셨지만, 어머니는 공산당원들이 집으로 들어올 때마다 혼비백산하고 놀란 가슴을 진정시키곤 하였다. 나는 학교에 가서 김일성 장군 노래를 배웠다. 그 노래는 배우기 쉬웠다. 공산당 선전기관은 아름다운 가사의 노래를 작곡하는 재능을 가지고 있었다.

며칠 후 어머니는 숙부가 살고 계시는 서울 북쪽 미아리로 옮겨가기로 결정하였다. 어머니는 짐꾼 한 분을 사서 필요한 가재도구를 짐차에 싣고 떠났다. 우리들은 미아리로 가는 도중 혜화동 로터리에서 잠깐 쉬었다.

우리가 고개를 넘어 삼선교에 도달했을 때 네 살 아래 아우가 보이지 않는다는 것을 알았다. 어머니는 짐차나 주변 어디에도 아우가 없다는 사실을 확인하고 질겁을 하였다. 우리는 조금 전에 쉬었던 혜화동 로터리로 다시 뛰어가서 주변을 둘러보았지만 다섯 살짜리 아우는 보이지 않았다. 로터리 건너편에 파출소가 있는 것을 발견하고 그리로 뛰어갔다. 다행히 아우가 거기에 있었고, 우리는 안도의 숨을 내쉬며 무척 기뻐했다.

그러나 한 인민군 병사가 따발총을 어머니 가슴에 들이대고 "이 멍청한 여자! 너만 살려고 달아나기 바빴더냐?" 하며 힐난하였다. '김일성 장군의 아들이 되길 포기하고 저만 살려고 아들을 버린 행위'를 비난한 것이다. 나는 그 병사 앞으로 달려가서 어머니를 쏘지 말라며 울음을 터뜨렸다. 그는 따발총을 거두며 밖으로 나갔다.

위기를 모면한 순간 우리는 감사했다. 우리는 눈물을 흘리며 서로를 껴안은 채 파출소를 나왔다. 어머니와 나는 짐차를 뒤에서 밀어가며 미아리 숙부 댁을 향해 다시 움직였다. 아홉 살인 내게 미아리는 언덕이나 고개가 아닌 산 같았다. 짐꾼을 도와 뒤에서 밀며 올라갔지만 고개는 끝이 없는 것처럼 보였다. 어두워지기 전에 숙부 댁에 도착해서 짐을 풀었다. 그때 미아리에는 전기가 들어오지 않았다. 밤에는 인민군들이 집 밖의 한길로 지나다녔다. 나중에야 인민군들이 미군 폭격을 피해 밤에만 행군하고 군수물자를 나른다는 사실을 알게 되었다.

며칠 지나서 미아리 동사무소에 걸린 선전용 그림을 통해 전황을 알게 되었다. 인민군의 승전보와 이승만 대통령이 트루만(Harry S. Truman) 미국 대통령 앞에 무릎을 꿇고 읍소하며 살려달라고 애원하는 그림도 보았다. 어린 내가 보아도 공산당 기관은 당과 인민 사이의 의사소통을 참으로 원활하게 하는 것 같았다. 며칠 후 동사무소에 가면 또 새로운 그림을 볼 수 있었다.

어머니는 매일 미아리 농가에서 나오는 오이나 호박, 다른 채

소들을 들고 서울 장안 시장으로 나가서 팔았다. 지금은 미아리가 서울의 한복판이 되었지만 그 당시엔 농부들이 농사를 짓고 사는 시골이었다. 어머니는 새벽에 나가서 밤에 돌아오셨다. 나는 미아리 언덕에서 느즈막이 돌아오는 어머니를 기다리곤 했었다. 그때 미아리 언덕에는 부서진 탱크 한 대가 내버려져 있었는데, 나는 그 탱크 위에서 놀다가 돈암동 전차 종점에서 내린 어머니가 언덕길을 천천히 올라오는 모습이 눈에 들어오면 달려가서 어머니를 마중하였다. 나는 어머니에게 아버지가 어디 계시느냐고 묻지 않았다. 하지만 서울 어딘가에 잘 숨어 계실 거라고 짐작했다.

9월 하순에 어머니는 다시 후암동으로 돌아가기로 결정을 하셨다. 짐꾼을 한 사람 사서 우리는 다시 옛집으로 돌아왔다. 어머니는 유엔군이 곧 인민군을 몰아내고 다시 서울을 탈환할 거라는 믿음을 갖고 있었던 것 같다.

나는 아직도 9월 28일, 서울이 수복된 날을 기억하고 있다. 후암동으로 돌아오고 나서 며칠 후 유엔군이 남산 기슭으로 진격해 오는 모습을 보았다. 우리들은 유엔군을 환영하기 위해 거리로 뛰어나갔다. 유엔군은 우리 집에서 가까운 용산고등학교 교정에 주둔하였다. 그들은 어린 우리들을 반겼고 씨레이션(6·25 전쟁 당시 미군들의 전투 식량)에 들어 있는 초콜릿과 과자들을 나누어 주었다.

얼마 후 충청북도 영동군 심천면 용당리에 살고 계시던 할아버지가 서울로 와서는 최씨 가문의 12대 장손인 나를 고향으로 데려가야 한다고 말씀하셨다. 할아버지는 서울보다는 시골이 더 안전한 피란처라고 생각하셨던 것 같다.

전쟁은 9월 28일 이후에도 계속되었다. 유엔군은 압록강 부근까지 진격했으나 그해 11월 중공군의 대공격으로 후퇴하기 시작하였다. 그때부터 나는 내 안전을 염려하는 할아버지와 함께 한방에서 기거하게 되었다.

다음해 2월 어느 날, 할아버지는 아버지로부터 연락을 받았다. 나를 데리고 국도에 나와 있으면 아버지가 부산으로 가는 길에 나를 데리고 가겠다는 것이었다. 유엔군이 평양에서 철수할 무렵, 어머니와 아우, 누이동생은 배편으로 인천에서 부산으로 향했다. 나는 고향 시골집에서 제법 거리가 먼 고당교 다리에서 사전에 약속한 대로 이른 아침 아버지의 트럭을 탔고, 거기서 할아버지와 헤어졌다.

나는 전쟁의 참혹함을 두 눈으로 직접 보았고 누구에게도 말하기 어려운 두려움에 사로잡힌 채 내 어린 삶을 이어갔다. 내 가족은 전쟁 속에서 안전하게 살아남았다. 나는 왜 조국이 분단된 나라가 되었고, 전쟁이 왜 일어났는지, 왜 북한이 남한을 침략했는지 알 수 없었다. 그러나 전쟁은 참담했고 몇백만 시민들이 죽었다. 지금도 철조망으로 비무장지대 155마일이 분단된 나라로 남아 있다. 거기에다 남한은 북한의 핵 위협 아래 협박을 받으며 살고 있다. 조국의 분단이 냉전 시대의 유물로 남아 있다는 사실이 슬프다.

전쟁 당시 어린 나이임에도 불구하고 미국과 미군, 유엔군에게 감사하단 마음을 가졌다. 그들의 희생이 없었더라면 오늘날 한국의 정치적 민주주의와 경제 대국의 면모는 불가능했으리라 짐작한다. 6·25 전쟁 발발 70주년을 맞아 나는 『다섯 소년들의 한국전쟁 회고록』을 아마존에서 출판하였다.

위 글은 2014년 6월 25일자 『코리아 타임즈』에 영문으로 발표되었다.


## 6·25 전쟁 병사들을 위한 헌시


조용한 아침의 나라는
갑작스러운 전쟁으로 산산이 파괴되었네
1950년 6월 25일 일요일 새벽
북조선 인민군은 소련제 탱크를 몰고 따발총을 쏘며
38선을 넘어
350만 명의 희생자,
54,229명의 미국 병사들의 생명을 앗아 갔네

한국이라는 나라가 사라질 위기에
미국은 유엔을 움직여

16개국 유엔군을 보내고
한국은 위기에서 벗어나
이제 자유 민주주의 나라 모범국이 되었네
폐허가 된 나라가
세계만방에 빛나는 나라가 될 줄이야

분단의 비극은 휴전이란 이름으로 계속되고
이 세계 마지막 분단의 나라 처절함은
비무장지대 155마일로 남아 있네
북한발 위협은 이제 핵무기로 가공할 만하고
북한발 독재 정권은 북한을 기아와 사망의 나라로
눈을 뜨고 볼 수 없는 북조선인민공화국
아, 눈을 감아도 보이는 한반도의 비애

지금은 골동품 상점에서나 발견할 이데올로기의 잔재
지금은 골동품 상점에서도 발견하기 힘든 이데올로기의 종말
1990년에 냉전 체제는 사라지고
소련이 사라지고 동독이 사라졌는데
그 위성국들이 사라졌는데
한 나라, 한 민족, 한 언어, 한 역사가 두 동강 난
이상한 나라, 기형의 나라, 불쌍한 나라

자유는 공짜가 아니라는 말씀이 새겨진

한국전쟁 기념비에는

차가운 겨울 폭풍우에 밀려 퇴각하는 미군 병사들의 모습이

판초에 담겨 있고

한국전쟁에 열 살 난 아이들이 어른이 되어

그 기념비에 매일 헌화하는 정성이 거기 있네

아, 어찌 우리 잊으랴

아, 어찌 우리 잊으랴

분단의 아픔 치유하지 못하고 사는 아픔을

아, 어찌 우리 잊으랴

155마일 비무장지대를 걷어 내지 못하고

가공할 핵전쟁의 그늘에 있는 조국을

아, 어찌 우리 잊으랴

그 전쟁에 희생된 젊은 병사들


비무장지대를 세계 평화 공원으로 바꾸자

잔혹한 독재 체제의 종말을 알리는 종을 울리자

한반도와 세계 평화를 위한 종을 울리자


위 시는 2014년 7월 28일자 『코리아 타임즈』에 영문으로 발표되었다.

## 부산시 편, 1951~53

### 누드 사진 한 장
– 서대신동 아이들 –


부산 피란 시절 기록은
송도에서 찍은 누드 사진 하나


어머니, 누이, 아우,
우리들에게 방 한 칸 내 준
구효 선생님 부인과
이웃 아주머니,
두 집의 아이들,
아이들은 모두 누드로 거기 있나니


서대신동 아이들
지금은 어디에 살아 있는가 몰라
전쟁은 사진 하나 남기고 사라졌다
아직 전쟁이 끝나지 않았는데……

## 송도

송도에는 소나무 보이지 않고
나무꾼과 인어의 동상이 서 있는데,
거기 어디 바다 파도에 밀려온 유리병 안에
한국전쟁에서 잃어버린
어린아이의 편지가 들어 있네.

그리고 그 근처 바다에
여윈 어린아이 엉덩이에 주사를 주고
약 한 봉지를 지어 주던
덴마크 병원선이 떠 있네
1951년 겨울은 그래서 따뜻했네


## 월광곡

우리가 살아 있다는 소문을 듣고
전라북도 고창에서
부산까지
300킬로미터
찾아오신

외할머니

어떻게 전쟁 속 포화를 지나

지리산을 넘어오셨는지

나는 모른다

오직 하나뿐인 딸의 가족이

부산 어디엔가 살아 있다는 소문의

힘으로

그 머나먼 길을

또박또박 걸어오셨다는 사실을

안다

외사천에서 정읍으로

40리 길

외손 보고 싶어

신작로 길을

달빛 아래

걸어오셨던 힘으로

그 먼 거리를

또박또박 걸어오셨다는 것을

전쟁은 살아남은 가족에게

한없는 사랑과 만남의 기쁨을 선사하고 갔다

## 멍게

송도에 가면
검은 갑골문자 바위에서
잔잔한 바다와 더불어
한여름을 지나는 소년에게
빨간 껍질을 벗기고
그 속의 보드라운 노란 속을 꺼내어
입에 넣어 주시던 좌판의 아주머니

식욕을 잃은 여윈 소년에게
입맛을 살려 놓은 피란지 바다의 선물
아직도 가장 맛있는 여름 바다 최고의 선물
내 입안 가득 바다가 출렁이고 있다.

# 15세 여학생이 겪은 6·25 남침 전쟁

이정화

## 나의 아버지, 공산주의자들의 포로

6월 25일. 이날은 일요일이어서 우리는 학교에 가지 않았고, 어머니는 아버지 약을 구하러 나가셨다. 평소 잘 알고 지내던 박근영 검사의 딸 지혜가 놀러 와서 하루 종일 피아노를 치고 놀았다. 저녁을 같이 먹고 내가 지혜를 바래다주려고 길을 나섰다. 지혜는 나보다 어렸고, 집은 신당동이었다. 지혜 아버지는 서울이 함락된 6월 28일 아침, 검사인 신분 탓인지 공산당에 잡혀가셨다. 길에 나서 보니 평소와 달리 자동차가 다니지 않았다. 군인들을 태운 트럭들만이 청량리 쪽으로 질주했다. 몹시 겁이 난 나는 지혜를 바래다주고 달음질을 쳐 집으로 돌아왔다.

어머니는 집에 돌아와서, 공산당이 쳐들어온다고 인심이 흉흉하다고 말씀하셨다. 우리 집 라디오는 어제부터 고장이 나서 들을 수 없었지만 신문은 여전히 매일 발행되어서 소식을 알 수 있었다. 공산당이 대대적으로 쳐들어오려고 하나 우리 국군이 넉넉히 막아낼 수 있으니 국민들은 안심하라고 하였다. 그 다음 날 신문에는 정부가 수원으로 옮기려고 했으나 충분히 막아낼 수 있기 때문에 취소한다는 기사가 실렸다. 우리 집 라디오가 고장난 것이 우리에게는 한 가지 불행이었다.

아버지는 그날 밤 열이 39도까지 올라갔다. 그날따라 우리 집에는 아무도 오지 않았다. 어머니는 무슨 큰일이 있을 때는 반드시 아버지의 의견을 물으셨다. 고열에 괴로워하시는 아버지에게 "세상이 야단이니 어떻게 해요? 공산당이 지금 대대적으로 쳐들어온다고 그러는데……" 하고 물으셨다.

아버지는 빙그레 웃으시면서, "그러기로 서울까지야 오겠소. 대한민국이 그렇게 약하기야 하겠소." 하셨다.

어머니는 그래도 안심이 되지 않는지 가장 신뢰하시고 그분의 말씀이라면 무조건 믿는 백붕제 변호사에게 전화를 걸었다. "어떻게 하면 좋아요?" 하고 어머니가 물어보셨다.

그분도 아버지 말씀과 다를 바 없었다. "설마 서울 장안에야 공산당이 들어오겠어요? 그저 가만히 계세요. 춘원 선생 병구완이나 잘하시고." 이런 대답이었다. 아버님의 마지막 생신을 같이 축하해 주신 그분도 7월 17일 공산주의자들에게 잡혀가셨다.

그날 밤 우리들은 안심하고 잠을 청했다. 어머니는 아버지 방으로 왔다 갔다 하시고 늦도록 무언가를 하고 계셨다.

그 이튿날 6월 26일, 우리 삼남매, 즉 영근 오빠, 정난 언니와 나는 평상시와 같이 학교에 갔다. 그날은 오빠와 언니가 같이 다니는 서울대학교의 입학식이 있는 날이었다. 경쟁률이 심했던 서울대학교 문리과 대학에 합격한 언니의 기쁨은 말할 수 없이 컸다. 학교 학생들이 수군수군하고 야단이었다. 공산주의자들이 서울에서 40킬로미터쯤 떨어진 의정부까지 쳐들어왔다고 하는 것이었다. 사태가 위험하다고 해서 이화여중 학생들은 정오가 지나 전부 집으로 돌아갔다. 몇 명의 상급반 학생들은 전선에 있는 국군들을 방문, 격려하자고 자진해서 지원했다.

집에 돌아와 보니 어느 누구도 그리 근심하는 빛이 보이지 않았다. 어머니는 집에 있는 돈을 은행에 저금하러 가셨다. 이 무슨 모순이란 말인가? 다른 사람들은 은행에 있는 돈을 찾아서 달아나는 판인데, 어머니는 집에 있는 돈을 저금하러 가셨다니, 어리석다고 할까 순진하다고 할까? 나중에 알고 보니 기가 막혔다. 그야 그럴 수밖에 없었다. 신문에서는 날마다 국군의 전과가 유리하다고 보도하고, 방송에서는 정부를 옮기지 아니하고 대한민국의 수도를 사수하겠다고 하니, 이것을 안 믿고 무엇을 믿는단 말인가? 정부의 속사정과 군의 동태를 알려주는 사람이 한 사람이라도 있었더라면 이러한 어리석은 일은 하지 않았을 것이다. 그러는 사이 정부와 한국군은 도망을 가고, 북한군이 한강을 넘어오지 못하도록 한강대교를 폭파해 버려서 일반 국민들은 남쪽으로 피란을 갈 수도 없는 상황이 되었다.

우리 집에 오시는 분들 가운데는 "그따위 소리 믿지 말고 어서 달아나요."라고 말해주는 이가 한 분도 없었다. 어머니가 은행에 갔다 오더니 대단히 걱정하는 빛을 보이셨다. 은행에는 돈을 맡기러 오는 사람은 하나도 없고 찾으러 오는 사람들뿐이었으며, 여러 가족들이 벌써 남쪽으로 달아났다고 하였다. 저녁 때 오빠가 돌아와서 서울의 동북쪽에 위치한 청량리 가까이에서 대포 소리가 들리고, 대학의 교수들도 어디로 도망갈 준비를 하더라고 했다. 어머니는 이때부터 허둥지둥하셨다. 아버지의 열은 조금 떨어졌지만 잠을 잘 수 없을 정도로 기침이 심해지셨다.

다음 날인 27일 아침, 어머니는 전날 입금한 돈을 찾기 위해 은행에 가셨다. 정오가 넘어 어머니가 꽤 두툼해 보일 정도의 지폐 다발을 갖고 돌아오셨다. 우리는 그 지폐 다발 덕분에 이후 3개월 동안 전쟁으로 물가의 변동이 심했음에도 끼니 걱정을 하지 않고 지탱할 수 있었다. 그리고 어머니는 우리 삼 남매가 속히 남쪽으로 도주하는 것이 좋겠다고 말씀하셨다. 그러나 오빠는 당장 떠나는 것에 반대했다.

오빠는 "정작 이 집을 떠나야 할 사람은 아버지예요."라고 말했다. 어떻게 아버지를 두고 아이들만이 도망갈 수 있단 말인가? 그래서 우리는 다음 날로 출발을 연기했다. 박격포 소리가 멀리서 계속 들렸지만 우리는 비교적 편안하게 잤다. 아버지 역시 열이 떨어지고 기침도 가라앉아서 잘 주무셨다.

28일 새벽 2시경 사이렌 소리에 깨어났다. 공습경보는 아니었다. 남쪽에서 간헐적으로 울리는 사이렌 소리는 긴박하게 들렸다. 나는 깊이 잠든 어머니를 흔들어 깨웠다. "엄마, 저 사이렌 소리 좀 들어봐요. 소름이 돋는 것 같아요." 하고 말했다.

반쯤 잠에서 깬 어머니는 "걱정 마라, 그냥 자자, 우리의 수도가 그렇게 짧은 시간에 무너지지는 않을 거야." 하고 다시 잠을 청하셨다.

28일 아침부터 귀청이 찢어질 듯한 기관총 소리와 박격포 소리가 함께 들렸다. 탱크가 구르면서 들리는 소리 또한 침대가 진동할 정도였다. 이제 서울 시민들은 북한 인민군들에게 꼼짝없이 붙들리게 되었다. 도망가기에는 이미 늦었다. 한강대교가 폭파되어 끊긴 것도 알게 되었다. 공산주의자들로부터 탈출할 길은 없었다. 나중에 알고 보니 새벽녘에 울린 그 사이렌 소리는 국군에게 한강 남쪽으로 후퇴하라는 마지막 경보였다.

곧 북한 공산군이 서울 효자동 길을 점령했다. 정부의 정책들을 공공연히 반대하는 글을 계속 기고해 온 아버지는 항상 공격의 대상이었다. 아버지는 독립운동을 선동했다는 이유로 일제 치하에서 체포되었고, 해방 후에는 일본과 협력했다는 이유로 한국 정부에 의해 체포되었다. 이제는 서방 민주주의의 동조자라는 이유로 박해의 대상이 될 것이었다.

우리는 아버지가 공산주의자들에게 체포되지 않도록 보호하기 위한 계획을 생각하기 시작했다. 아버지는 자신의 원기가 회복되는 대로 집을 떠나서 어딘가 숨을 것이기 때문에 염려하지 말라고 하셨고, 어머니는 6만 원을 아버지의 허리 벨트 안에 숨겨 놓으셨다. 아버지는 마당에서 걷는 연습을 하셨는데, 매번 정원의 끝까지 두 번 왔다 갔다 하시면 숨이 차는지 꼼짝 못하고 한동안 가만히 쉬셨다. 아버지의 경우 기침 빈도가 너무 잦아서 마루 밑이나 광 같은 데에는 숨어 있기가 곤란했다. 아버지는 집을 떠날 수 있을 만큼 몸이 회복될 때까지 여러 날 걷는 연습을 하였으나 곧 다시 편찮아지셨다.

공산주의를 반대하거나 미국 민주주의를 지지하는 것으로 추정되는 사람들이 재판을 받고 기소되는 인민재판이 서울 거리에서 매일 진행되었다. 체포를 피해 도망을 가려고 한 사람은 현장에서 즉결 처형되었다. 한편 북한 인민군들은 의용군을 충원하기 시작했다. 말로는 자발적으로 지원했다고 하지만 길에서 보이는 대로 젊은이들을 징집하였다. 대학 측에서 오빠에게 나오라고 했고, 인민위원회에서도 오빠에게 나오라며 강요했다. 그렇다고 나가면 그 자리에서 당장 끌려갈 참이었다. 그래서 아버지보다 오빠가 더 급하게 되었다.

오빠는 7월 3일 자그마한 자루 하나를 싸 들고 집을 떠나 자하문 인근에 사시는 숙모 댁에서 조금 떨어진 동굴에 숨기로 했다. 위급 시에는 동굴에 숨고 밤에는 근처의 숙모 댁에 있는 것으로 정했다.

어머니는 우시면서, "어떻게 하든지 목숨만 보전하여라. 며칠 안 걸릴 거다. 유엔군이 들고 나섰으니 설마 대한민국이 아주 망하기야 하겠느냐. 목숨만 보전해라." 하며 비통한 작별을 하였다.

아버지도 다시 걸음 걷는 연습을 하셔서 금명간 어디로든 달아나겠다고 하셨지만, 마치 덫에 걸린 다람쥐 같은 형편이었다. 높은 데를 오르거나 먼 곳으로 갈 수 있을 만큼 몸이 건강하지 않았다. 어머니는 혼자서 가족을 보호해야 했으므로 조바심을 내며 어찌할 바를 몰랐다. 공산주의자들과 좋은 관계를 맺고 웬만하면 집에 머물까 생각했을지도 모른다.

우리는 처음으로 미군 비행기가 하늘을 날며 폭탄을 투하하는 광경을 보았는데, 폭탄은 무시무시한 소리를 내며 폭발했지만 우리는 오히려 희열을 느꼈다. 더 많은 폭탄을 떨어뜨려서 전쟁에서 꼭 이겨다오, 하는 마음이었다. 폭탄 투하로 민간인 피해자가 발생해도 그건 피할 수 없는 일이었다. 처음에는 며칠만 기다리면 될 거라고 생각했다. 그런데 일주일이 한 달로 늘어났다. 시간이 갈수록 우리의 희망은 점점 사라지는 듯했고. 아버지의 체포 가능성도 더욱 커져만 갔다.

7월 6일, 우리 집이 공산당에게 차압을 당하였다. 아침 9시경 20여 명의 사내들이 우르르 우리 집으로 들이닥쳤다. 그때 아버지는 침대에 누워 계셨다. 그들은 빨간 딱지를 각 방의 문에 붙이고 어머니, 언니와 나를 한 방에다 몰아넣고 앉아 있으라고 했다. 방 안에 있는 옷과 책 들에도 거의 딱지를 붙였다. 그뿐 아니라 그들은 떠나면서 우리 집 대문 앞에 공산당 보초까지 세웠다. 보초의 허락 없이는 한 발짝도 밖으로 나갈 수 없었다. 음식을 사러 갈 때도 허락을 받아야 했다. 누가 집에 들어오는 것도 허용되지 않았다. 밤에는 보초 두 명이 교대로 현관을 지켰다. 집 뒷문에도 빨간 딱지가 붙었고, 대문에는 '내무서가 압류한 재산'이라는 표시가 붙었다. 이제는 꼼짝달싹할 수 없게 되었다.

이튿날 곧바로 인민군과 인민위원회에서 도합 열 명가량의 인원이 아버지를 잡으러 왔다. 침상에 누워 있던 아버지는 몸이 아파서 못 걷기 때문에 가기 힘들다고 말하셨다. 그들은 가까운 파출소까지 가는 것뿐이니 천천히 가자고 하였다.

파출소에는 여러 분이 잡혀 오셨다. 지서장과 재판소 판사, 그 밖에 몇 명. 아버지가 두 시간 후 풀려나올 때까지 어머니는 문 앞에서 기다리고 있었다. 부모님은 3킬로미터쯤 떨어진 집까지 걸어서 돌아왔다. 아버지가 숨이 차서 힘들어하시자 어머니는 괴로워하셨다. 아버지가 도망을 갈 만큼 건강하실까? 아버지가 사라지면 우리 가족은 어떻게 될까? 걱정이 들기 시작했다.

아버지에 말에 의하면, 그들은 아버지를 파출소에 붙잡아 놓고 죄를 자백하라며 강요했다고 한다. 그러고 나서 체포된 사람들에게 집에 돌아가서 지금까지 살아오면서 잘못한 일에 대한 자백서를 써서 가져오고, 그 자백서에 따라 다시 처분하겠다고 하면서 내보냈다고 한다. 이때가 아버지가 달아날 유일한 기회였다. 그러나 아버지의 건강 상태로는 달아날 수가 없었다. 어머니는 아버지가 죽는 한이 있어도 집으로 돌아가지 말고 어쨌거나 바로 어디로든 달아났어야 했다고 후회하셨다.

"그때 왜 아버지를 집으로 모시고 왔을까? 일단 집에 돌아오면 보초가 있으니 달아날 수가 없지 않는가. 그때 내가 분명히 정신이 없었던 같다." 어머니는 그때를 천추의 한으로 생각하셨다. 아버지 역시 어머니의 의견을 존중했으므로 그때 어머니가 결심했다면 어디론가 도피할 수 있었을 것이다.

아버지는 집에 돌아오시자마자 곧바로 누으셨다. 그날도 그이튿날도 자백서를 쓰지 않으셨다. 어머니가 "당신 안 쓰시고 있다가 총칼 앞에서 무슨 일을 당하면 어떻게 하려고요?" 하고 다그치듯 물으셨다.

아버지는 "자백서를 써도 잡혀갈 것이요, 안 써도 잡혀갈 것이오. 당할 대로 다 당하겠소. 내가 또 대한민국에 불충한 일을 할 수는 없소." 하고 엄숙하게 거절하셨다.

어느 날 아침, 무슨 이유인지 대문 앞에 보초가 보이지 않았다. 어머니는 기회라고 생각하고 아버지가 시골 사람처럼 보이도록 무명 고의적삼을 입히고 고무신을 신겨 달아날 수 있도록 준비를 하였다. 그때 평복을 입고 함경도 사투리를 쓰는 사람이 불쑥 들어왔다.

"선생님을 모셔서 지도를 받으려고 합니다. 잠깐 같이 가십시다."

뒤를 이어 인민군복을 입은 젊은 사람이 들어와서 북쪽 사투리로 "자백서 썼소?" 하고 물었다.

아버지는 "나는 친일파 노릇 한 것 이외에는 별로 죄가 없는 것 같아서 안 썼습니다." 하였다.

젊은 사람이 천천히 말했다. "그러면 지금 써서 가지고 갑시다. 자백서를 써서 가지고 가는 것과 안 쓰고 가는 것은 대우가 다릅니다. 우리가 현관에서 20분 동안 기다릴 터이니 어서 쓰시오." 그리고는 종이 한 장을 놓고 현관으로 나가 버렸다.

어머니, 언니와 나는 놀라서 아무 말 없이 오랫동안 서 있었다. 아버지가 천천히 책상 앞으로 다가가 가만히 책상다리를 하고 앉으시자 어머니는 손과 몸을 떨었다. 하지만 5분이 지나도록 쓰지 않으셨다. 아버지는 책상 위에 놓인 종이, 만년필, 연필을 손에 잡히는 대로 꺾고 찢어 버렸다.

20분쯤 지났을까. 그 인민군 장교가 다시 들어와서 아버지 앞에 놓인 종이와 내동댕이쳐진 필기도구들을 보고 말았다. "당신은 미국 비행기가 오기를 기다리는 자요. 어서 나오시오!" 하고 아버지를 독촉했다. 어머니가 덜덜 떠는 것을 보고, "문화인이 비겁하게 떨기는 왜 떨어요?" 하고 조롱했다.

어머니는 땅에 무릎을 꿇고 그 인민군에게 아버지를 데려가지 말아 달라고 빌었다. 그는 "나에게 비는 것은 봉건주의 사회의 나쁜 버릇이오!"라고 일갈했다

아버지는 "그렇게 하는 것이 봉건주의는 아니오. 그녀는 다만 남편을 걱정할 뿐이오."라고 젊잖게 말했다.

아버지는 잡혀가시면서도 나를 보고 미소를 지었다. 나는 아버지에게 눈물을 보이지 않으려고 고개를 돌렸다. 이후에 있었

던 일에 대한 기억은 충격을 받은 탓인지 불확실하다. 내가 기억하는 것과 언니의 기억이 달랐다. 언니는 아버지가 트럭에 실려 북한 인민군에 잡혀갈 때 나는 울기만 하고 길까지 배웅을 하지 않았다고 한다.

## 집에서 쫓겨나기 직전 기적적으로 탈출한 오빠

아버지가 잡혀간 날은 전쟁 발발 후 17일째 되는 7월 12일이었다. 그날 이후 우리 집을 감시하던 보초는 더 이상 보이지 않았다. 하지만 얼마 후 공산당원들이 집 안에 있던 의료 기구와 가구들을 밖으로 실어날랐다. 당시 우리 집은 어머니가 운영하시는 의원으로도 사용하고 있었다. 그리고 나서 순화병원에 입원하고 있던 콜레라, 장티푸스와 같은 전염병 환자들을 우리 병원으로 이송시켰다. 우리 집에는 단 세 명의 식구만 남았다. 심부름하던 아이, 식모, 간호원들은 모두 자기 집으로 돌려보냈다. 우리는 집에 더 이상 머물러 있기 곤란했지만, 오빠의 일이 궁금해서 이 집을 떠날 수도 없었다.

7월 말경이었다. 새벽에 다 죽어가는 모습으로 오빠가 집으로 들어왔다. 그동안 자하문 인근 어느 바위굴 속에 숨어 있던 오빠는 먹을 것이 떨어져 아무거나 주워 먹었더니 배가 아파 이러다가는 죽을 것 같아서 왔다고 했다. 여위고 파리하고 흉하고 비참한 몰골이었다.

이때는 길에서 마구 '의용군'으로 붙잡아 가는 판이라 젊은 사람들은 마음놓고 길을 나다니지 못하였다. 오빠는 우연히 아버지가 잡혀가신 소식을 들었다고 했다. 이제 우리들은 오빠의 안전을 걱정해야 했다. 어머니는 오빠를 숨기고 치료를 해주었다. 어머니는 오빠가 어느 순간 체포되거나 순화병원에서 온 환자들에게서 감염이 될까 봐 안절부절못했다.

어머니는 의원의 현관 아래에 있는 지하실로 갔다. 좁은 창문이 나 있는 한쪽 구석에 장작들과 구공탄들을 쌓아서 오빠를 위한 비밀 공간을 만들었다. 밖에서 모르는 사람이 들어오면 오빠는 곧장 이곳으로 숨었다. 날마다 주사를 놓고 영양분을 취하도록 해주었더니 일주일쯤 지나자 오빠의 건강은 거의 회복되었다. 이제는 돈을 넉넉히 주어서 달아나도록 해야겠다는 생각을 하기에 이르렀다.

그러던 어느 날 갑자기 의원의 현관 복도를 따라 사람들 발자국 소리가 요란하게 들렸다. 20명쯤 되는 사복 차림의 젊은 내무서원들이 집 수색을 하기 위해 급습을 한 것이었다. 그 중에는 멋모르고 날뛰는 의사 나부랭이도 있었다. 오빠는 민첩하게 지하실로 내려가 비밀 공간 안에 숨었다.

그들은 우리에게 당장 집을 비우고 나가라며 명령했다. 만일 지하실에 오빠만 감추어 놓지 않았다면 어머니는 "네, 나가겠습니다." 했을지도 모른다. 어머니는 떨리는 목소리로 하룻밤만 더 있게 해 달라고 애원하였다. 그 사람들은 우리를 작은 방 하나에 내몰고 내일 아침 일찍 나가라고 했다. 우리는 아무 것도 없이 그 작은 방 한 구석에서 벌벌 떨고 앉아 있었다. 집에서 쫓겨나는 것, 빈 몸뚱이로 거지꼴이 되는 것, 이런 것들은 전혀 문제가 아니었다. 오직 지하실에 있는 오빠가 걱정될 뿐이었다. 저들에게 발각되었다가는 당장에 잡혀갈 판이었다. 그들은 좋은 방을 하나씩 차지하고 들어갔다. 오빠가 어떻게 나올 엄두를 내겠는가. 우리로선 기가 막힐 노릇이었다.

날이 저물어 어두워지자, 그들은 저녁을 먹으러 간다면서 두 사람만 남겨놓고 모두 나가버렸다. '옳지, 이때가 오빠를 구할 기회다'라고 생각했다. 그런데 남아 있는 그 두 사람이 하필이면 지하실로 들어가는 문 바로 앞에 앉아 있으니 어떻게 오빠가 나올 수 있겠는가. 어머니는 무슨 궁리를 하였는지 "너희들은 이 방에서 가만히 있고 나오지 마라. 내게 방법이 있다." 하셨다. 그러나 나는 궁금해서 가만가만히 어머니 뒤를 따라 나섰다. 우리 집은 의원을 겸하고 있는 터라 다소 집이 커서 이리저리 움직여도 그 두 사람의 눈을 피할 수가 있었다.

지하실에는 출입구 이외에 공기가 통하도록 창이 두어 군데 나 있었다. 그러나 그 크기가 15센티미터쯤이나 될까, 사람의 머리는 도저히 드나들 수가 없었다. 다행히 이 창이 뒤꼍으로 나 있어서 그 두 사람의 눈에는 뜨이지 않았다.

어머니는 재빠르게 뒤꼍으로 가서 창틀을 뜯어내기 시작하셨다. 창틀이 아무리 오래 되어 낡고 비바람에 삭았다고 해도 어머니 혼자의 힘으로 뜯어내기는 어려운 일이었다. 그러나 이것 역시 나름 죽고 사는 전쟁이었다. 적은 바로 지척에 앉아 있었다. 이것을 뜯다가 발각이 나면 우리는 죽고 말 것이니, 오빠와 우리가 다함께 살아나려면 성공하는 도리밖에 없었다.

나는 그들이 이리로 오는지 망을 보고 있었다. 만약 그들이 이쪽으로 오는 낌새가 보이면 변소에 갔다 오는 척하고 나서 다시 창틀을 파낼 요량이었다. 창틀을 파낸 후 어머니가 머리를 그 안으로 넣어보았더니 다행히 들락날락할 정도로 넉넉했다. 일단 창틀을 파내는 일에는 성공하였다. 창틀은 파내긴 했지만 여기서 나온다 해도 어디로 갈 것인가! 창틀 바깥으로는 바로 한 길이나 되는 높은 담이 가로막고 있었고 그 담 너머로는 전에 반장 일을 맡아보던 집이 있었다. 그 집 아주머니는 공산당 세상이 되고 나서 반장 자리에서 물러났는데 어머니와는 친한 분이셨다.

그 집에는 반장 댁 말고도 여러 가구가 세 들어 살고 있었다. 모두 하루하루 날품을 팔아 사시는 어려운 분들이었다. 그 담 밑에 무연탄이 들어있는 나무 궤짝이 보였다. 어머니는 그 궤짝 두 개를 포개어 놓고 담 너머로 머리를 내밀었다. "여보세요!" 하고 옆집 아주머니를 불렀다. 그리고는 '지금 곧 우리 아들이 이 담을 넘어갈 테니 잘 숨겨 달라'고 부탁하였다.

그 아주머니가 "네, 그렇게 할 테니 어서 넘겨 보내시오."라고 살갑게 말했다. 서로 정이 통하는 사이이고 우익 이웃이다. 우리는 미국 비행기가 날아오지 않는 날이면 실망하고 낙심하는 대한민국 백성이었다.

다음에 할 일은 오빠에게 이 구멍으로 빨리 나오라는 기별을 하는 것이었다. 지하실이 30간이나 되고, 기역 자로 구부러진 데다 물건들이 여기저기 쌓여 있어서 오빠가 숨어 있는 곳까지는 거리가 상당히 멀었다. 하는 수 없이 어머니는 다시 복도로 되돌아가서 오빠가 숨어 있을 것으로 짐작되는 마루에다 입을 대고 "영근아!" 하고 나지막히 불렀다.

곧바로 그 마루 밑에서 '네.' 하는 대답이 들렸다.

"서쪽 창으로 나와서 반장 집과 마주한 담을 뛰어넘어라. 연락해 놓았으니 지금 곧 나오너라. 지금 못 나오면 죽는다."

다시 '네' 하는 소리가 들렸다. 어머니와 나는 다시 창문이 나 있는 곳으로 가서 오빠의 머리가 보이기를 기다렸다. 아무리 기다려도 나오지 않자, 몹시 초조해졌다. 5분가량이나 지났을까, 드디어 오빠의 머리가 보이기 시작했다. 바로 그때 현관문에 달린 종이 딸랑딸랑 울리는 소리가 들렸다. 그들이 돌아온 것이다. 오빠에게 '어서, 어서' 하고 재촉하였다. 오빠는 재빨리 창을 빠져나온 다음 담을 뛰어넘었다. 우리는 뒷간에 갔다 오는 체하고 방으로 들어갔다. 이 모든 것이 30분 사이에 벌어진 일이었다.

우리는 방으로 돌아와 가슴을 쓸어내렸다. 나는 "이제는 내일 아침 일찍 이 집을 떠나면 그만이다." 하고 안도의 숨을 내쉬었다. 그러나 어머니는 생각이 다르셨는지 내가 지디기 깨어나 보

면 어머니는 일어나 앉아서 오빠가 넘어간 담 쪽을 멍하니 내다
보고 계셨다.

이날따라 늦게 뜬 달이 휘황하게 밝았다. 붙잡혀 가신 아버지
를 생각하거나 집을 떠나는 슬픔을 느낄 겨를도 없었다. 그날 밤
당장 오빠와 우리의 생명이 위태로운 것이 무섭고 두렵게 느껴
질 뿐이었다. 어쨌거나 그날 밤은 무사히 넘겼다.


## 인정 많은 어머니의 친구


아침 일찍 일어난 우리는 어저께 쑤어 놓았던 콩나물죽을 차
가운 대로 먹고 집 떠날 준비를 하였다. 내가 그 사람들에게 가
서 지금 나가겠다고 하자, 당장 갈아입을 옷이나 필요한 것들을
넣은 가방 하나만 가져갈 수 있도록 허용했다. 공산당원은 가방
속을 검사했다. 그는 불교에서 쓰는 염주와 주머니에 들어갈 만
한 크기의 성경을 꺼냈다. 두 물건 모두 아버지가 내게 준 선물
이었다. 그 공산당원은 새 사회에 이런 것들은 쓸모가 없다고 말
하였다. 그 성경은 아버지의 글씨가 적힌 유일한 물건인 터라 내
일생 동안 떨어져 있던 적이 없었다. 나는 그 사람에게 가져가
고 싶다고 말했고, 그는 반대하지 않았다. 나는 그의 얼굴에서
'너희가 그동안 안락하게 잘 먹고 잘 살은 죄를 속죄하라고 하는
것' 같은 당당함을 읽었다.

내가 든 가방에 아버지가 주신 소중한 물건이 들어 있었기 때문에 자하문 밖에 있는 둘째 이모 댁으로 갈 때까지 전혀 무겁게 느껴지지 않았다. 둘째 이모는 자식 하나를 데리고 혼자 살고 있었다. 어머니는 반장 댁에 남겨두고 온 오빠를 걱정하느라 우리에게 작은 방을 내어준 이모에게 고맙단 인사도 제대로 하지 못했다. 그 반장네 집에는 여러 가구가 함께 살고 있는 데다 어린 아이가 10여 명이나 되었다. 누구 입에서 무슨 소리가 나와 언제 붙잡혀 갈지 몰랐다. 결국 어머니는 오빠의 안부를 확인하러 나섰다.

어머니는 "영근아, 잡혀갈 것에 대비해라. 과거에 내가 너한테 섭섭하게 해준 일 있거든 용서해라." 그렇게 말씀하시고 돈 5만원을 주며 우셨다.

오빠는 웃으면서 "어머니, 내가 왜 잡혀가요. 국군이 다시 돌아올 때까지 어떠한 일이 있어도 안 잡혀갈 테니 염려 마세요." 라고 말했다.

반장 댁에 살고 있는 10명이 넘는 아이들이 부지불식간에 오빠의 존재를 말할지도 모른다. 위험하긴 했지만 그렇다고 자하문 밖 둘째이모 댁으로 데리고 갈 수도 없었다. 우선 길에 젊은 남자가 보이기만 하면 잡아가는 판국이니 문 밖을 나서기도 어렵고, 둘째이모 집 사랑채에는 공산당원인 부부가 세 들어 있기 때문이었다. 그들 중 여자는 여성동맹의 위원장이고, 남자는 빨치산 부대원으로 활동했던 공사당 간부였다.

우리 세 식구는 정히 갈 데가 없어서 그곳으로 갔지만, 이 집도 여러 날 있을 곳은 못 되었다. 오빠가 숨어 있을 만한 곳은 더더구나 아니었다.

전쟁 초기에는 공산 체제 고위급으로부터 유화책 신호가 있었고 잔혹 행위도 빈발하지 않았다. 그러나 유엔군의 진격으로 전황이 불리해지자 점차 압제적 체제로 변해갔다. 우리는 처음부터 반동으로 몰려 어머니는 의사 노릇도 못했지만 동원도 시키지 않았다. 나는 아직 나이가 어렸지만 언니는 대학생이라 학교에서 나오라며 찾아오고 여성동맹에도 가입하라며 재촉했다.

지금 생각해 보면 우리가 당시 목숨을 부지하였던 것은 기적이나 다름없었다. 그때까지도 공산당의 잔인함을 미처 몰랐던 것이었다. 아버지는 이미 잡혀갔고, 오빠는 숨어 있고, 어머니는 의사 노릇을 하지 못하고, 언니는 여성동맹 가입을 거부하고 있었는데 만일 그때 우리 집에서 내쫓기지 않고 그대로 있었다면 우리 식구는 몰살당했을 것이다. 우리가 집에서 쫓겨난 것은 8월 5일이었다.

자하문 밖 이모 집에서 우리는 이틀 밤을 잤다. 어머니는 이 집에 세 들어 사는 공산당원이 우리를 '서방 동조자'로 의심하는 것 같다고 생각했다. 이 절망적인 때 어머니는 인정 많은 사람을 알게 되었다.

집에서 쫓겨난 지 사흘째 되는 날, 우리는 마포에서 조그만 산부인과 의원을 운영하고 있는 어머니의 15년 후배인 '정신영 상신의원'으로 찾아갔다. 상신의원 원장은 젊고 역동적인 분이었고, 그분은 위험을 무릅쓰고 우리에게 피란처를 제공해 주었다. 많은 사람들이 그 의원을 방문하기 때문에 우리의 존재는 눈에 띄지 않았다.

정신영(鄭信泳) 원장의 남편 조득준 선생님은 대한민국 우익 중에서도 우익이며, 국가대표 농구 선수로 런던 올림픽 대회에 참가하기도 했고 열정적인 기독교인이었다. 정 원장은 공산당 치하에서 겉으로는 공산당의 승리를 열망하는 체하며 공산당원의 치료도 해주고 있었다. 그러나 그녀는 자신의 집 창고와 지하에 이미 네 명의 우익 인사를 숨겨주고 있었고, 우리 식구 셋과 오빠까지 숨겨주겠다고 하였다.

정 원장은 겉으로는 좌익처럼 행동했지만 속마음은 우익으로서 포부가 크고 성격이 활달하신, 말하자면 여성 정치가 타입이었다. 오빠를 효자동 반장 댁에서 마포로 데려올 때에도 정 원장이 중국어로 '구호팀'이라고 쓴 붉은색 '중국 적십자' 완장을 내준 덕분에 오빠는 그것을 팔에 두르고 대로를 걸어 무사히 마포로 올 수 있었다.

이때 우리로서는 정 원장이 구세주였다. 누가 이 어려운 판국에 반동으로 몰린 우리 식구를 받아줄 사람이 있겠는가. 형제들도 일가친척도 우리를 꺼려하였다. 우리와 가까이 하다가는 자기네들도 위태롭게 될 수도 있기 때문이었다. 정 원장의 용기는 그녀의 신념으로부터 나온 것이었다.

이 의원에 숨은 사람 가운데는 건축을 전공하는 분이 있어서 의원의 천장 안에다가 널빤지 쪽을 깔고 그곳에 사람이 올라가 잘 수 있도록 만들어 놓았다. 천장 한 구석에 동아줄을 매어 놓아 그것을 타고 사람이 올라갔다. 저녁을 먹고는 천장으로 올라가고 낮에는 내려와서 방공호 속에 들어가 있었다.

방공호도 그 건축사가 직접 파서 만든 것이라 교묘하게 되어 있었다. 겉에서 보면 얕고 좁은 방공호 같으나 내려가 보면 속이 깊은 긴 땅굴이었다. 그 안은 공기가 통하지 않아서 파이프 두 개를 반쯤 밖으로 빼내어 놓았다. 방공호 안쪽은 뭔가로 간단하게 가려 놓으면 마치 굴이 없는 것처럼 감쪽같았다. 방공호로 들어가는 입구도 아주 작게 만들어서 아무런 널빤지 하나로 가려 놓고 그 위에 물건을 얹어 놓으면 방공호가 있는 것 같지도 않았다. 외양으로는 좁아 보이는 방공호지만 실상은 열일곱 식구가 거뜬히 들어갈 수 있었다.

밖에서 이 집 안쪽으로 들어오려면 반드시 의원 진찰실을 통해야만 하고, 직접 안으로 들어가는 다른 문은 항시 잠가 놓았다. 진찰실에는 간호원과 심부름하는 원장의 조카아이가 있었는데, 이 아이가 영리해서 안팎의 연락을 잘해 주었다. 낮에라도 수상한 사람이 보이기만 하면 우리들에게 곧 연락을 해주었다.

9월이 되면서부터는 공산당의 집 수색이 더욱 심해졌다. 집을 뒤질 때에는 대개 반장이나 구장이 앞장을 섰다. 그런데 우리 동네 반장, 구장은 수색을 하기 전에 벌써 집집마다 연락을 해주어서 잡혀가는 사람이 하나도 없었다.

원장은 젊고 매력적이어서 의원에는 임신부 외에 여러 부류의 사람들이 방문했다. 우리들은 공산당원들과 인민군 군인들을 치료할 때 보인 정 박사의 대담함을 존경하지 않을 수 없었다. 인민군 장교가 간혹 치료를 받으려 오면 조카아이가 '쉬' 하고 신호를 보내고 갔다. 원장은 내무서원들과도 관계가 좋았다. 그래서인지 내무서원들도 가끔 병원에 와서 유행가를 부르기도 하고 대화도 하면서 한 시간씩 간호원과 놀다 가는 일도 있었다.

한번은 내무서원이 진찰실에 와 있는 것을 모르고 어머니가 진찰실을 내다보다가 그 사람에게 들키고 말았다.

"저 사람 누구요?" 하고 내무서원이 물었다.

그러자 원장은 아주 천연스럽게, "저 노인 말이에요? 공습을 받아 남편이 죽고 병신이 된 분이에요. 여보, 팔 아픈 것은 좀 어떠시오?" 하고 물었다.

그러자 내무서원은 아무 말도 하지 않았다.

우리가 그 의원에 있는 두 달 동안 내무서원이 그 동네를 십여 차례나 수색했다. 한밤중이나 혹은 새벽, 때론 대낮에도 뒤졌다. 그럴 때마다 원장이 나가서, "어서 오시오!" 하고 "우리 집은 자이렇소!" 하면 그만이었다. 그래서 한 번도 수색을 당한 일이 없었다. 그러나 유엔군이 인천에 상륙한 9월 15일 이후로는 원장도 겁을 냈다. 아마 상신의원 원장의 정체를 의심하는 사람이 생긴 모양이었다. 어쩌면 머지않아 이 병원도 크게 수색을 당할지도 모른다며 원장은 걱정을 하였다.

이제는 천장도 안전을 장담하지 못했다. 집을 뒤질 때에 총 끝이나 굵은 쇠창으로 천장을 찔러서 구멍을 뚫거나 천장 한쪽을 뜯어내고 행여 사람이 올라간 자리를 있는지 찾는다고 했다. 그래서 우리는 그 건축 기사의 제안으로 숨을 만한 다른 곳을 만들기로 하였다.

이 집에는 나무를 쌓아두는 광이 하나 있었는데, 크기는 30평방미터쯤 되고 장작이 천장까지 쌓여 있었다. 그 기술자가 얼마나 묘하게 밀실을 만들었는지 들어가는 출입문을 닫으면 장작만 쌓인 것 같고 열어 보면 방이었다. 벽은 검정 종이를 발라 놓아서 방안에서는 촛불도 켤 수가 있었다. 9월이 되면서부터는 밤이나 낮이나 우리는 이 밀실 속에 들어가 있었다.

어느 날 그 방에 들어가 있는 식구가 몽땅 죽을 뻔한 일이 발생하였다. 원장이 잠깐 왕진 나가고 안 계신 상태였다. 의원에 늘 드나드는 인민군 장교 하나가 606호(성병 치료제) 주사약을 가지고 와서 간호원에게 주사를 놓아 달라고 하였다. 원장이 안 계시니까 못 놓겠다고 해도 늘 맞는 것이니 원장이 아니라도 괜찮다며 어서 놓아 달라고 하여 결국 간호원이 주사를 놓았다.

그런데 주사를 너무 빠르게 놓았는지 어쨌는지 몰라도 그 인민군 장교가 주삿바늘을 채 빼기도 전에 눈이 뒤집어지고 얼굴빛이 새파랗게 변했다. 이를 본 인민군 병사는 곧 가까운 부대로 뛰어가 동료 몇 사람을 데리고 와서는 이 병원을 에워쌌다. 간호원은 무서워서 뒷마당을 통해 어디론가 달아나 버렸다. 원장도 안 계신 마당에 큰일이 났다.

할 수 없이 어머니가 나섰다. 그때 어머니는 어디로 봐도 영락 없는 시골 부인네 모습이었다. 나설 국면이 아니었지만 어쨌든 그 인민군 장교를 구하는 것이 급하기에 어머니가 나서신 것이 었다. 사내들은 광 속에서 꼼짝도 하지 않았다. 인민군들은 총을 겨눈 채 온 집안을 돌아다니며 간호원을 찾았다. 간호원이 반동 이라 고의로 주사를 잘못 놓아 장교를 죽게 만들었다는 것이었 다. 그 장교는 그날 저녁 큰 임무를 띠고 남쪽으로 내려가야 하 는데 자신들도 큰일났다며 간호원을 붙잡아 총살을 시켜야 한 다고 야단이었다. 간호원을 당장 내놓지 않으면 이 집을 다 불살 라 버리겠다고 협박했다. 사내 장정이 다섯이나 숨어 있는 광 쪽 을 향해 총을 겨누며 '막 쏴버릴까 보다' 하며 으름장을 놓았다.

어머니는 잠깐만 기다려 달라고 간청했다. 자신이 책임지고 간호원도 찾아놓고, 장교도 살려놓을 터이니 잠깐만 참아 달라 고 애걸하다시피 말했다. 어머니는 장교의 맥을 짚어보았다. 맥 도 좋고 얼굴빛도 점점 살아나고 있었다. 어머니는 강심제 한 대 를 주사하였다. 그 사이에 원장이 돌아왔고, 실신했던 그 인민군 장교도 툭툭 털고 일어났다. 장교가 일어나면서 말했다.

"내가 억지로 놓아 달라고 했으니까 소란 피울 것 없어!"

원장은 이후 그 장교에게 몇 번이나 왕진을 가고 약도 갖다 주 었다. 겁이 나서 맨발로 달아났던 간호원은 그 이튿날 돌아왔다.

어쨌거나 아슬아슬하고 무서웠던 일 막의 비극이었다. 광 속에 숨어 있던 사람들이 '막 쏴버릴까 보다'라는 소리를 들었을 때 얼마나 겁이 나고 자지러졌을까. 또 한 번 죽을 고비를 넘긴 것이었다.

그 인민군 장교가 좀 더 늦게 깨어났든지, 원장이 늦게 왔다든지, 어머니가 안 계셨든지 했다면 어찌 되었을까. 집 안에는 사람이 하나도 없고 간호원도 달아났으니 인민군들은 화가 나서 아무데나 마구 쏴댔을 테고, 나무 광 쪽으로 적어도 몇 발은 쏘았을 것이다. 그리고 우리들 중 몇몇은 총을 맞고 죽었을 것이다. 우리는 이렇게 아슬아슬하고 기막힌 상황을 몇 번이나 넘겼다.

오빠의 안전이 위험에 처한 에피소드도 여러 번 있었다. 어머니는 그때마다 밤낮으로 몸을 떠셨다. 어머니 말씀으로는 손이나 몸이 떨리는 것이 아니라 뼈가 떨린다고 하셨다.

어머니는 워낙 시골 부인네 같아서 누가 보아도 반동으로 몰릴 사람으로는 안 보였다. 나는 짧게 단발을 해서 여성동맹에 가입하기에는 너무 어려 보였다. 따라서 밖에 나가는 심부름은 내가 거의 도맡았다. 장작을 이고 다녔고, 숯, 쌀, 호박 등 무엇이든 내가 다 사러 다녔다. 그때 어찌나 많은 짐을 머리에 이고 다녔던지 목에 자리가 잡혀서 6~7킬로그램쯤 되는 짐은 거뜬히 이고서 잘 걸어 다녔다.

상신산부인과의원은 마포 형무소 바로 건너편에 있었다. 매일 사람을 잡아서 감옥에 넣는 장면을 보았다. 남녀 가릴 것 없이 한꺼번에 쭉 묶어서 도보로 데려가기도 하고 트럭에 가득 실어서 잡아가기도 했다. 모두 새파란 청년들이었다. 어머니는 그 모습을 보면서 날마다 우셨다. 미국 비행기가 정확하게 폭격이라도 하는 날에는 우익 첩자가 숨어서 통신을 하기 때문이라며 집집마다 무섭게 뒤지고 다녔고 더욱 많은 수가 잡혀갔다.

한번은 여학생처럼 옷을 입은 여자들만 한꺼번에 열다섯 명가량 묶은 채로 데리고 가는 것을 보았다. 그런 상황 속에서도 우익 진영의 소식은 끊이지 않았다.

8월 15일에는 유엔군이 꼭 들어온다는 방송이 있었다는 둥, 인천은 벌써 함포 사격을 하여 불바다가 되었다는 둥, 여러 소문이 나돌았다. 그러나 인천 쪽을 바라보아도 하늘빛은 변함이 없었고, 8월 15일이 지나고 30일이 지나도 유엔군은 오지 않았다.

초조한 마음은 날이 갈수록 더해갔다. 미국 비행기가 폭격을 더 심하게 해서 모조리 이잡듯 잡아서 결판을 냈으면 좋겠다는 생각도 들었다. 인민군의 보급품과 탱크는 주로 마포 길을 이용하는 것 같았다. 밤이 칠흑같이 어두운 날이면 식량이나 무기 같은 것들을 잔뜩 실은 트럭들이 의원 앞을 지나갔다.

9월 초순 어느 날이었다. 캄캄한 한밤중에 귀청이 터질 듯한 소리에 잠에서 깼다. 인민군 탱크 30대가량이 의원 앞 길을 통해 남쪽으로 내려가는 중이었다. 그때 미국 비행기 몇 대가 하늘에 나타나자 적 탱크들이 멈춰 섰다. 우리가 있는 의원 바로 앞에 잔뜩 서 있는 것이었다. 미국 비행기가 그것을 알아차리고 폭격하리라 예측했다. 숨어 있던 우리들은 죽을 각오를 하고 밖을 내다 보았다.

그러나 비행기는 이것을 못 보았는지 그냥 지나가고 말았다. 탱크는 계속해서 남쪽으로 이동했다. 모두 이구동성으로 '어찌 그냥 지나간담?' 하고 서로의 얼굴을 마주 보았다. 우리들이 한 꺼번에 죽는 것은 둘째 문제고, 그 탱크가 고스란히 내려갈 경우 전황이 우리에게 불리해질 것이 원통하기 때문이었다. 미국 비 행기가 많이 날아오는 날은 좀 안심이 되는 것 같고, 비가 오거 나 비행기가 뜸한 날은 왠지 괴롭고 불안하였다. 유엔군은 기다 려도 기다려도 들어올 기미가 보이지 않았고, 우리의 수중에도 먹을 것이 거의 떨어져 갔다. 호박죽, 콩나물죽을 그토록 많이 먹었건만 더 이상 살아갈 방책이 없어 보였다. 9월 10일쯤 되어 서는 어머니가 아주 절망에 빠진 말을 하셨다.

"영근아, 이제는 저 마포 강으로 가서 빠져 죽는 수밖에 도리 가 없을 것 같다. 이렇게 심하게 집 수색을 하는데 우리라고 피할 길이 있겠니. 이젠 먹을 것도 다 떨어져 더 이상 살 수도 없다."

오빠는 어머니의 말씀을 용기 있게 반박하였다. "유엔군들은 9월 말까지 꼭 들어옵니다. 두고 보세요. 과학적인 근거를 가지 고 하는 말입니다. 그때까지만 어떻게든지 견디어 보자고요."

오빠의 계산으로는 한국군과 유엔군이 군사를 재정비해서 상 륙을 하려면 적어도 9월 하순까지는 시간이 걸린다는 것이었다.

어머니는 오빠의 말을 믿고 다시 용기를 내어 마지막으로 몸에 지녔던 금가락지를 팔아서 7만 원을 마련하셨다. 이 돈이 떨어지기 전에 유엔군이 들어오기를 바랐다. 그때 돈 7만 원으로는 죽을 쑤어 먹고 살더라도 우리 네 식구가 한 달을 버티기 어려운 돈이었다.

9월 12일경 공산주의자신문에 범죄인들의 재판이 개시된다는 발표 기사가 실렸다. 판사와 검사들이 임명되었고, 죄수들의 가족들은 옷을 넣을 수 있다고 했다. 우리들은 자세한 것을 물어보기 위해 형무소로 갔다.

어머니와 나는 처음에 마포형무소로 갔으나 그곳에는 아버지가 계시지 않았다. 그래서 서대문형무소에 갔다. 오래 기다린 결과 그들은 아버지가 여기에 수감되어 있다고 하면서 차입물을 받겠다고 하였다. 우리는 집에 돌아와서 "아직은 그래도 살아 계시구나!" 하고 울었다.

유엔군이 인천에 상륙한 9월 15일, 우리는 아버지의 상의, 담요, 그리고 비타민 한 병을 가지고 서대문형무소로 갔다. 젊고 친절해 보이는 인민군 간수가 "이광수!" 하고 아버님의 이름을 부르더니 가져간 차입물 보따리를 받아 갔다. 크게 위안이 되었다. 우리는 최소한 아버지가 서대문형무소에 계시고 어머니가 정성을 다해 준비한 차입물을 수령한 것으로 생각하였다.

뒤에 공산주의자들이 우리를 속인 것을 알게 되었다. 아버지는 7월 12일에 붙잡혀 가셔서 7월 16일 벌써 평양 감옥으로 데려간 것이었다. 아버지의 지인인 계광순(桂珖淳) 선생 말에 의하면, 7월 28일 평양 감옥에 있을 때 아버지와 한방에서 한 달 동안 수감되어 있었다고 한다. 아버지의 다른 지인인 신동기 선생도 수갑을 차고 한 달 동안 아버지와 같은 감방에 있었다고 하였다. 아버지는 기침이 매우 심해서 독감(獨監)으로 이감되었다고 했다. 계광순 선생과 신동기 선생은 공산군이 북쪽으로 후퇴할 때 구사일생으로 도주하여 살아 오신 분들이다. 계 선생과 신 선생은 그들에게 잡혔을 당시 자신들은 몸이 건강한 편이었다고 하였다.

서울에 유엔군이 들어온 것은 9월 27~28일쯤이었지만 그들이 평양에 진주한 것은 10월 24일이었다. 유엔군이 북한에 진군할 즈음 후퇴하던 북한 인민군은 죄수들을 소규모 집단으로 나누어 분산시켰다. 중국 국경에 이르기 전, 일부 죄수들은 인민군이 지키고 있는 민가들로 보내졌는데 계광순 선생은 그 기회에 도망쳤다고 하였다.

계 선생은 평양 감옥에 있을 때 방은 달랐지만 아버지가 밤늦게까지 조사를 받으러 다니시는 것을 보았으며, 그 후 아버지의 운명은 어떻게 되었는지 알 수 없다고 하였다.

유엔군이 진격하자 공산주의자들은 급하게 북쪽으로 후퇴할 수밖에 없었다. 그러나 죄수들을 어떻게 처리해야 할지에 대해서는 구체적인 전략을 가지고 있지 않았다. 계광순 선생은 인민군이 지키는 민가에서 탈출할 기회를 엿보고 있다가 보초가 잠깐 자리를 비운 틈을 타서 용케 도망쳐 나오셨고, 산으로 산으로 여러 날을 굶어가며 구사일생으로 유엔군 진영까지 오게 되었다고 하였다.

이는 웬만큼 건강하고 용감한 사람이 아니고는 행동을 취하기가 불가능한 일이었다. 우리 아버지같이 병약하고 용기가 없는 분은 공산당이 끌고 다니는 대로 끌려다니셨을 것이다. 북한 공산주의자들은 비열하게도 차입물을 받는 속임수를 썼다. 그때 서대문형무소에 옷을 차입한 사람들은 수백 명이었다. 공산당 간수들이 이름이 같은 사람으로 실수를 할 리가 없다. 나는 그때 차입 신청서에 이렇게 썼다.

이광수, 59세 저술업
본적, 서대문 1가 9번지
현주소, 효자동 175번지
차입인, 이녀 이정화

이름은 그렇다 치고 배경도 같은 사람이 어디 있을 것인가? 그들은 전황이 불리해지자 달아날 때 위장을 하기 위해서 남한의 민간 옷을 마련하느라 이런 행동을 하였는지 모른다. 공산주의자들은 전황이 불리해지고 후퇴하게 될 상황에 몰리자 이런 파렴치한 짓을 벌인 것이다.

9월 중순경 상신의원에 숨어 있을 때였다. 하루는 원장이 놀란 토끼처럼 벌벌 떠는 남자 노인 한 분을 황망하게 안으로 데리고 들어오셨다. 그 노인은 전쟁 전 대한민국 어느 형무소 병감의 의사였는데 그 죄목으로 숨어 있다가 결국 공산당원에게 붙잡혔다고 하였다.

그런데 그 공산당원 말이 돈 30만 원을 지금 당장 내놓으면 풀어주겠다고 하는데 자기 집에는 15만 원밖에 없으니 정 원장이 나머지 돈을 마련해서 자신을 살려 달라는 것이었다. 지금 밖에 와 있다고 했다. 나는 가만히 내다보았다. 내무서원 복장을 한 사람 하나와 평복을 입은 사람 둘, 모두 세 사람이 병원 문 밖에 서 있었다. 원장에게 당장 15만 원이 있을 리 없었다. 우리 처지는 더욱 말할 것도 없었다. 그러나 원래 의협심이 많고 애국자인 정신영 원장은 이를 그냥 넘기지 않았다. 벌벌 떠는 그 노인을 안에 앉혀 놓고 공산당원 세 사람에게 5분만 기다려 달라고 했다. 그리고는 동네 청요릿집으로 뛰어갔다.

"5분 지나면 잡아가오."

이러한 인면수심의 말이 그들의 입에서 튀어나왔다. 원장은 청요릿집 주인과도 잘 통하였고 그 중국인도 우익 성향이었다. 원장은 다짜고짜 말했다. "나 돈 15만 원만 주시오. 어서 어서."

원장이 채 5분도 안 돼서 15만 원을 가지고 왔다. 그 노인 의사의 돈과 합해 30만 원을 신문지에다 싼 다음 의원 밖 길에서 그들에게 건네주었다. 나는 그들이 그 돈을 받아서 가지고 가는 것을 보았다. 원장은 그 노인에게 변장을 하고 먼 시골로 달아나라고 하였다. 원장은 자기 남편의 고의적삼을 입히고 헌 고무신을 신긴 다음 지팡이를 짚게 해서 병든 농군 차림새로 의원을 나가게 하였다.

9·28 수복이 된 후, 무사히 살아남은 그 노인은 그 돈을 정 원장에게 갚았다. 나는 공산당의 무서운 기만적 행동을 또 하나 목격하였다.

우리가 효자동 집에서 쫓겨나던 때의 일이었다. 우리가 작은 방에 내몰려 있을 때, 가지고 있던 가방 깊숙이 돈 6만 원을 넣어 놓았다. 별안간 사람들이 몰려드는 바람에 우리는 빈 몸으로 그 방에서 내쫓겼다. 우리는 쫓겨나면서 마지막으로 그 가방만은 내어 달라고 하였다. 그런데 그들 중에 가장 무서워 보이고 책임자인 듯한 공산당원 하나가 그 가방 속에 무엇이 들었느냐고 묻기에, 나는 얼떨결에 "돈이 들었어요."라고 했다. 그러자 그 사람은 곧바로 그 가방이 있는 방으로 나 혼자만 데리고 들어가더니, 가방 속에서 얼른 그 돈을 꺼내 자기 양복 호주머니에 이리저리 쑤셔 넣었다. 그리고는 나에게 만 원만 주면서 "특별히 생각해서 이 돈을 주는 것이니 여기에 돈이 있다는 말은 이따 나갈 때 아무에게도 하지 마라!"고 했다. 나는 돈 만 원이라도 주는 것이 고마워서 아무 말도 하지 않았다.

또한 6·25 때 나는 그 무섭고도 끔찍스러운 '동원'이라는 것도 목격하였다. 동원 명령은 보통 저녁 7시경에 내려진다. 젊은 남자는 이미 끌려갔거나 숨었거나 달아났거나 해서 한 사람도 없었다. 모두 약한 부녀자나 노인뿐이다. 동원 명령이 떨어지면 그들은 동대문이나 신설동 같은 곳에 사는 사람이면 마포로 끌고 오고, 마포에 사는 사람은 청량리나 신설동 쪽으로 끌고 갔다. 날이 저물어 어두컴컴할 때 비행기의 폭격을 피해가며 십리, 이십 리를 걸어가면 기진맥진하게 된다. 그런 상태에서 무슨 일을 시키는가 봤더니 탄환 궤짝 같은 무거운 짐을 노량진이나 영등포 방면으로 이고 가라는 것이었다.

이것이 과연 사람이 해야 할 일인가. 상신의원 원장을 반장으로 삼은 우리 동네 반원은 모두 열 세대인데 보통 하루걸러 네 명씩 동원 명령이 떨어졌다. 원장은 워낙 많은 우익 성향의 사람들을 숨겨주고 있으므로 동원 명령에 충실하였다. 사람이 없는 경우에는 원장이 돈을 내고 사람을 사서 머릿수를 채우기도 했다. 동원을 갔다 온 아낙네에게 물어보면, 그들은 청량리역으로 가서 탄환을 날랐다거나, 노량진으로 가서 큰 대포알 하나씩을 안아다가 한강 너머로 가져가거나 이와 반대로 한강에서 노량진으로 운반하였다고 했다. 짐이 너무 무거워서 쓰러지고, 다치고, 손을 삐고, 발이 부르트고, 멍이 들고……. 이것은 도저히 인간으로서 할 일이 아니었다.

어느 날 밤중이었다. 곤히 잠을 자고 있는데 밖에서 여자들의 아우성 소리가 들렸다. 지금까지 들어보지 못한 큰 쇠로 만든 물건이 굴러가는 소리가 귀청이 떨어질 듯 요란하였다. 탱크 소리와는 조금 다르지만, 마치 탱크 여러 대가 굴러가는 듯한 굉음이었다. 여자들이 '사람 죽는다'고 아우성을 치는 소리도 연거푸 들렸다.

우리는 "이거 또 무슨 신무기가 나가는구나." 하고 창문 밖을 내다보았으나 캄캄해서 아무것도 보이지 않았다. 하지만 무엇이 굴러가고 있는 것만은 확실했다. 우리는 너무 궁금했지만 무서워서 이 병원의 조카아이를 내보냈다. 이 아이는 영리하고 똑똑해서 위급한 때에는 연락도 잘하고 눈치도 빨랐다. 이 아이의 말을 들어보면, 그것은 빈 드럼통 굴리는 소리라고 했다. 가솔린을 담았던 빈 드럼통을 마포 강에서부터 서울 시내로 굴려 와서 가솔린을 넣고 다시 가져가는 것이었다.

마포는 지대가 다소 낮아서 강가에서 시내 쪽으로 들어올수록 경사가 높아진다. 이런 경사진 길에서 수백 명의 부녀자들이 산더미 같은 드럼통들을 굴려 올리는 것이었다. 드럼통을 굴려 올리면서 부딪히기도 하고, 힘에 부쳐 드럼통이 다시 굴러 내려오면서 그 사이에 사람이 끼이고 다치기도 했다. 그래서 이 야단이 난 것이다. 부녀자들은 죽기를 무릅쓰고 더 이상 못 가겠다고 아우성을 치는 모양이었다. 그러나 총을 든 사람이 쏘아 죽인다고 몇 번 고함을 치니 아우성 소리는 다시 조용해졌다. 드럼통들이 굴러가거나 서로 부딪치는 소리만 요란했다. 이 소리는 새벽까지 계속되었다.

끔찍하고 악몽 같은 일이다. 사람 사는 세상에 어찌 이런 일이 있을 수 있단 말인가? 우리는 몸서리를 쳤다. 아무리 전쟁 중이라 하기로, 아무리 자기네들이 미워하는 적대 관계라 하기로 피차에 인간이자 동포가 아닌가. 우리는 하루 빨리 서울이 수복되기를 일각이 천추와 같은 생각으로 기다렸다.

아버지 옷을 서대문형무소에 차입한 것이 9월 15일이었다. 차입하는 사람이 워낙 많아 나는 저녁 7시에나 집으로 돌아왔다. 집에 돌아오니 오빠가 대단히 기뻐하는 얼굴로 저 소리 좀 들어보라고 했다. 과연 이상한 소리가 인천 방면에서 들렸다.

이 집 뒤꼍에는 백 평가량 되는 높은 지대가 있는데, 사방이 둘러싸여 있어서 밖에서는 안쪽이 잘 보이지 않았다. 앞뒷집에 사는 사람들 모두 우리와 잘 통하는 사이였으므로 지금까지 숨어 있던 사람들 모두 이곳으로 나와 그 소리를 들었다. 뭐라고 말로 형용하기 어려운 소리였다. 연속적으로 들려오는데, 돌 깨뜨리는 소리와는 좀 다르고 맷돌질하는 소리라고나 할까, 그런 소리가 연거푸 들렸다. 오빠는 좋아서 껑충껑충 뛰면서 이것이 바로 유엔군이 '인천 상륙' 하는 소리라고 했다.

"그것 보세요. 내 말 맞지요. 이달 안으로 들어온다고 그랬잖아요." 하고 오빠는 어머니를 바라보며 소리쳤다.

바깥소문에 의하면 이미 유엔군이 인천에 상륙했다고 한다. 인민군은 원거리 대포를 바로 우리 집 맞은편 마포형무소의 마당에다 설치해 놓고 인천을 향하여 쉴 새 없이 밤새도록 쏘아댔다. 우리는 귀가 먹을 지경이었고, 어지러워서 정신을 못 차렸다. 대포는 인천 쪽에서도 쏘았을 터인데 다행히 우리 동네는 무사하였다.

9월 16일 낮쯤, 공산주의자들은 인천으로 상륙하려는 유엔군을 격퇴시켰다고 발표하였다. 우리는 정말인가 싶어 가슴이 내려앉는 기분이었다. 인민군은 사흘가량 대포를 쏘다가 북쪽으로 물러나며 아현동 로터리에다 대포를 옮겨 놓고 다시 쏘아댔다. 옳지! 국군이 더 가까이 온 모양이었다. 그 후부터는 대포 탄환들이 비 오듯 쏟아졌다. 잠시도 쉬지 않고 '꽝' 소리와 함께 '쉬익' 하고 불덩어리가 우리 동네 위를 지나 서울 시내로 들어가서 '쾅' 하고 터지며 불길이 일어났다. 무섭고 끔찍한 광경이었다.

우리는 이와 같은 서울 하늘 밑에서 며칠을 보냈다. 그러나 요행하게도 그 대포알이 우리 동네에는 떨어지지 않았다. 한국군과 유엔군의 대포 쏘는 거리는 점점 더 가까워졌다. 마포의 강 바로 건너편에서 쏠 때에는 서울의 밤하늘이 온통 불을 켜 놓은 것처럼 밝아졌고 귀가 따가웠다. 가끔 포탄 파편이 우리 집 앞뒤로 떨어지기도 했다,

24일 밤이었다. 공산당원들은 최후의 발악으로 사람들을 마구 총살하고, 총이 없는 자는 나무 막대기에 쇠창살을 꽂아 가지고 떼를 지어 다니며 양민을 마구잡이로 찔러댔다. 마침 우리 집 건너편에 불이 나서 그 불길이 우리 집으로 거의 옮겨붙으려 하고 있었다. 공산당원들이 이리 떼처럼 날뛰고 있는 판국이라 이 집에 불이 붙었다고 숨은 사람들이 나왔다가는 당장 잡혀 여지없이 죽을 형편이었다. 그러나 불길이 점점 다가오자 광 속에 숨어 있던 사람들이 이제는 죽어도 할 수 없다며 바닥을 박차고 나

올 수밖에 없었다. 그런데 기적이 일어났다. 그 불길이 우리 집으로 건너오지 않고 꺼져버린 것이었다. 또 한 번 죽을 고비를 넘긴 것이었다. 아슬아슬한 순간이었다.

공산주의자들은 그런 가운데서도 사람들을 동원시켜 흙 가마니를 만들게 하고 그것들로 길을 막으면서 시가전 준비를 하였다. 비행기는 유엔군을 엄호하느라 쉬지 않고 연달아 날아와서 폭격을 가했다. 하늘에서 내리쏘는 기관포의 파편이 우리 집 마당에도 수북하게 떨어졌다. 그럼에도 우리는 우물에 물을 길러 나갔고 밥을 지어먹고 살아야 했다.

27일 정오 때였다. 밖으로 망을 보러 나갔던 아이가 달음질쳐 들어오면서 미국 병정들이 탱크를 몰고 문 앞에 와 있다고 했다. 우리는 거짓말이겠지 하면서도 뛰어나갔다. 과연 미군들이 탱크를 몰고 수없이 들어왔다. 뒤이어 국군이 들어왔다. 어머니는 소리를 내어 우셨다. 우리들의 입에서는 절로 만세 소리가 나왔다.

이리하여 우리는 9·28 서울 수복을 맞이했다. 이렇게 되고 보니 당장 서대문형무소에 계시리라고 믿고 있던 아버지의 안부가 걱정이 되었다. 우리는 그날 곧바로 가보려 했으나 길이 막혀서 못 가고 말았다. 그 이튿날 29일에도 못 가고, 30일 아침에야 일찍이 집을 나서 서대문형무소로 갔다. 형무소는 텅 비어 있었다. 근처에 사는 사람들의 말에 의하면, 9월 20일을 전후하여 어디론지 모두 끌려갔다고 한다. 길가에는 인민군과 시민들의 시체가 즐비하게 널려 있었고 사람들은 얼이 빠져 있었다.

우리는 그 길로 효자동 집으로 향했다. 공산당원들이 우리 가족을 쫓아냈던 효자동 집에는 문이 다 잠겨 있었다. 앞문, 뒷문, 병원 현관문도 모두 닫혀 있었다. 국군과 유엔군이 서울에 들어왔는데 인민군이나 공산당원들이 아직도 우리 집을 차지하고 있을 리는 만무했다. 그래도 나는 혹시나 누가 숨어 있지는 않을까 겁이 났다. 그때 오빠가 담을 훌쩍 넘어서 대문을 열었다. 우리 집을 점령하고 있던 공산주의자들은 황급히 도망친 것 같았다. 마루 위 밥상에는 먹다 남은 반찬이 쉰 채로 남아 있었고, 두 달 전까지 우리가 썼던 밥통에도 그들이 만들어 놓은 보리밥이 그대로 남아 있었다. 그들이 신었던 신발들도 아무렇게나 흩어져 있었다. 어머니의 산부인과 의원의 수술실, 진찰실, 입원실들은 텅 비어 있었다.

이제 우리는 행복한 집으로 돌아왔지만 새로운 슬픔이 엄습해 왔다. 아버지가 계시던 방에는 아버지의 그림자가 왔다 갔다 하는 것 같고, 어머니는 자신의 잘못으로 아버지가 잡혀가신 것 같아서 형언할 수 없는 낙망과 슬픔에 빠져 있었다. 어쩌면 우리의 안전이 아버지의 희생으로 얻어진 것 같다는 생각이 들었다. 어머니는 왜 그리도 서러워하셨을까? 7월에 잡혀가셨을 때 아버지는 얇은 적삼을 입고 계셨다. 북으로 끌려가신 아버지가 추운 겨울을 견디고 살아남으실 수 있을까? 우리가 서대문형무소에 차입한 따뜻한 옷들이 아버지께 전달되었을까? 아마도 이런 생각들이 어머니를 괴롭혔을 것이다. 어머니는 아버지를 공산주의자들로부터 숨기는 데 실패했다. 일생 동안 아버지를 위해 희생하고 헌신한 것보다는 아버지를 보호하지 못했다는 사실 때문에 서럽게 우시는 것 같았다.

나는 나에게 아버지요, 스승이요, 신념이요, 희망이던 아버지를 이렇게 어이없이 잃어버렸다.

어머니는 언니와 나에게 효자동 집의 대청소를 맡기셨다. 부엌과 마루를 씻어내고 그릇, 항아리 들을 닦아내는 데만도 며칠이 걸렸다. 살아남은 우리들은 집안을 정돈하고 생계를 꾸려야 했다. 어머니는 '허영숙 산부인과 의원'이라는 간판을 집 앞에 내걸고 환자들을 받기 시작했다. 어머니가 진료하실 때 나는 간호조무사 역할을 했다.

어머니가 집안일을 하다가 환자와 마주치면 유별나게 행동하셨다. 하루는 어머니가 석탄 가루를 주먹 크기만한 공 모양으로 만들다가 지하실에서 나왔다. 이 석탄 공들은 취사용으로 쓰였다. 검은 바지에 얼굴이 새까맣게 되어 환자와 마주칠 경우 환자는 어머니를 알아보지 못했다. 의원을 방문한 환자가 "원장님, 어디 계세요?" 하고 물으면, 어머니는 "안 계셔요." 하고 대답한 후 세수하고 옷을 갈아입고 나서 흰 가운을 걸치며 점잖은 의사로 변신한 다음 진찰실로 나가셨다. 환자는 많이 오지 않았으나 환자로부터 받은 돈은 가계부에 기록하고 그 돈으로 반찬과 쌀을 샀다. 얼마 후 오빠는 국방차관 보좌관으로, 언니는 조흥은행 행원으로 직장 생활을 하게 되었다.

## 수복 후 1·4 후퇴

유엔군과 한국군이 38선 너머로 북한 인민군을 몰아가며 전쟁은 계속되었다. 유엔군과 한국군은 평양을 점령하고 중국과의 국경선인 압록강까지 계속 진격했다. 그때 유엔군과 한국군은 중국 의용군의 강력한 반격에 직면했다. 중공군은 강력하고 전술이 능했다. 한국군과 유엔군은 급하게 후퇴했다. 서울은 다시 공산군에게 점령당할 위기에 몰렸다. 서울 시민들은 이번에는 공산군이 서울에 진입하기 전에 정부와 함께 철수를 하였다. 우리는 이것을 1951년의 1·4 후퇴라고 한다.

오빠는 국방부와 함께 남쪽으로 갔다. 어머니, 언니와 나는 언니가 근무하는 조흥은행에서 제공하는 트럭에 올라탔다. 어머니는 아장아장 걷는 한 살짜리 아기를 내게 맡기셨고, 어머니와 언니는 각기 피란 짐을 운반하기로 했다. 우리는 한국의 최남단인 부산으로 향했다. 아이들을 제외하고 트럭에 탄 피란민들은 모두 여자들이었다. 내가 맡은 아이는 은행 총재의 손녀딸이었는데, 예쁘고 토실토실하고 순했다. 아기의 아빠는 경찰관이었는데 지난번 북한 인민군의 서울 점령 시 총살을 당했다.

우리가 탄 트럭은 천안에서 하룻밤을 쉬고 목적지인 부산까지의 중간쯤 되는 대전으로 갔다. 그때부터는 트럭이 자꾸만 고장이 나는 바람에 할 수 없이 우리는 어두운 밤중에 대전 기차역으로 향했다. 역 대합실로 올라가는 가파른 계단을 올라가는 동안 내가 등에 업은 조그만 여자아이는 마치 1톤처럼 느껴졌다.

다음 날 아침, 서 있는 화물차 위에 올라앉자 망망대해에서 구명선을 탄 듯 고마운 한숨이 저절로 나왔다. 그런데 부산으로 가는 그 화물차가 낙동강을 건너고 대구를 조금 지나고 나서 다시 멈추는 바람에 우리는 지붕 없는 화물차에서 밤을 새웠다. "아이 추워!" 하면서 어떤 남자가 차에서 내리더니 기찻길 옆에 있는, 사람이 살지 않는 듯한 초가집의 지붕을 뜯어서 불을 피우기 시작했다. 우리도 차에서 내려 그 불을 쬐며 꽁꽁 언 손발을 녹였다. 그러다가 다시 기차 바퀴가 구르는 소리에 "에구, 기차 놓치면 큰일난다." 하며 모두 화물차에 다시 올라앉았다.

기차가 달리는데 갑자기 눈이 오기 시작했다. 나는 눈을 피하려고 아기 얼굴을 담요로 덮어주었다. 하지만 아기는 답답하다는 듯이 자꾸 얼굴을 내밀며 칭얼거렸다. 조금 전까지 순하고 귀엽던 아기가 울어대기 시작했다. 나는 담요를 손에 들고 아기의 얼굴을 가려주었다. 그리고는 눈 덮인 산과 밤에 하얗게 빛나는 넓은 들을 보았다. 가끔 북쪽에서 총소리처럼 '빵' 하는 소리가 들렸다. 나는 우리가 북쪽의 전장으로 향하지 않기를 바랐다.

부산에 도착한 때는 다음 날 아침이었다. 어머니는 방 두 개를 겨우 얻어서 산부인과 의원을 개업했고, 언니와 나는 미군 부대에서 타이피스트, 전화 교환원 또는 비서로 일하며 돈을 벌었다. 그 무렵에는 미군 부대에 가면 일자리가 많았다. 그리고 여가에는 어머니의 산부인과 의원에서 간호원 역할을 했다. 나는 내가 서울에서 다니던 이화여자고등학교가 부산에 임시 학교를 열 때까지 일을 했다.

1951년 가을, 나는 직장을 그만 두고 학교가 마련한 천막 아래에서 공부를 다시 시작했다. 이렇게 공부하는 동안 1952년 정월에는 한국 학생 대표로 뽑혀서 미국 뉴욕 『헤럴드 트리뷴』이 주최하는 '우리가 원하는 세계'라는 세계 고교생 포럼에 참석했다. 당시 트랜스 월드 에어라인이 제공하는 항공기로 일본, 홍콩, 방콕, 뉴델리, 카라치, 텔아비브, 로마, 런던을 거쳐서 뉴욕에 도착하는 세계 일주 여행도 하였다. 항공기는 기착하는 곳마다 포럼에 참석할 각국의 대표들을 태웠다.

뉴욕에서 각국 포럼 대표들은 텔레비전 쇼에도 차례로 나가고, 월도프 아스토리아 호텔에서 열린 포럼에 참가했다. 우리들은 미국 고등학교 대표들의 집에 체류하면서 캐나다 토론토와 워싱턴 디시를 방문했다. 우리는 백악관에서 헤리 트루먼(Harry Truman) 대통령을 만나고, FBI 본부에서는 존 에드거 후버(John Edgar Hoover) 국장, 미국 의회도서관에서는 에버린 벡커 멕큔(Ms. Evelyn Becker McCune) 여사를 만났다.

포럼 책임자 헬렌 월러(Helen Hiett Waller) 여사는 6·25 전쟁에 대하여 당시 내가 가졌던 것과 다른 견해를 가지고 있었다. 그녀는 맥아더(Douglas MacArthur) 장군이 유엔군 사령관에서 해임된 것을 기쁘게 생각한다고 말했다. 그것은 맥아더 장군이 당시 중공군에게 원자폭탄을 투하할 것을 요구했기 때문이라고 하였다. 그럼에도 불구하고 6·25 전쟁의 피란민인 나에게 있어 맥아더 장군은 한국의 민주주의를 구한 영웅이었다.

내가 1952년 3월 부산에 돌아왔을 때 한국군과 유엔군은 매튜 리지웨이(Matthew Ridgeway) 장군의 지휘하에 38선 일대에서 전투를 벌이고 있었다. 서울은 유엔군과 한국군에 의해 수복되었지만, 정부는 아직 서울로 돌아올 준비가 되어 있지 않았다.

그해 가을에 펜실베이니아여자대학, 지금의 차탐(Chatham)대학교의 유학생으로 한국을 떠났다. 언니와 내가 미국으로 떠날 때엔 화물선을 탔다. 배가 미국으로 떠나기 직전 어머니가 잠깐 선실로 올라왔다. 그 선박은 전쟁을 위한 중요한 물자를 수송하고 있었지만 우리는 화물선이 무엇을 수송하는지 몰랐다. 우리는 미국의 어디에 내릴지도 몰랐다, 그것은 군사 비밀이었다. 우리 자매 이외에 세 명의 다른 한국 승객이 있었다. 모두 미국으로 가는 유학생들이었다. 태평양을 10일간 횡단하고 우리는 미국에 도착하였다. 눈앞에 샌프란시스코의 금문교가 보였다.

그때는 여행과 통신이 매우 제한되었던 시대라, 그 이후로 나는 어머니를 11년 동안이나 다시 보지 못했다.

1953년 7월 27일, 드디어 휴전 협정이 미국의 해리슨(William Harrison Jr.) 장군과 북한의 남일 장군이 서명함으로써 체결되었다. 나는 펜실베이니아주 피츠버그에 있는 차탐대학교에서 다음 날인 28일 휴전 협정 서명 소식을 들었다.

# 한국전(6·25 전쟁)과 나의 가족

최학주

## 우이동에 들어온 인민군

1950년 5월경에 우리는 선친이 살고 있는 서울 삼선교 집으로 이사했다. 선친은 서울대학교 병원에 출퇴근하고 있었다. 나는 우이동에서 미아리국민학교 분교를 다니고 있었는데, 주 선생님이라는 분이 교실 하나에서 1학년과 2학년을 함께 가르쳤다. 3학년이 되면 20리나 되는 본교까지 매일 걸어 다녀야 했다. 그러한 내 학교 문제로 우리는 삼선교로 이사한 것 같다.

할아버지 내외분은 신혼인 셋째 삼촌 내외를 데리고 우이동에 그대로 계셨고, 나는 서울 교동국민학교 3학년으로, 누이동생 동주(東柱)는 1학년으로 전학했다. 삼선교에서 교동까지는 꽤 먼 거리였지만, 당시 고모(최한옥)가 교동국민학교 사친회장으로 있어서 전학에 도움을 받았던 것 같았다. 그해 초여름이었다.

1950년 6월 25일, 학교에 안 가도 되는 일요일이었다. 어른들이 38선에서 전쟁이 났다 하였고, 선친은 서울대학교 병원으로 부랴부랴 가셨다. 선친이 다시 집으로 돌아온 것은 그로부터 반 달은 더 지나서였다. 선친의 말씀에 의하면, 병원의 환자들을 그대로 두고 집으로 올 수 없었다고 한다. 환자는 많고 의사는 부족하니 치다꺼리가 많았던 것이다.

어머니는 피란을 가야 하는지 고민하면서 2~3일간 삼선교 집에서 선친을 기다리고 있었다. 하지만 국군이 우리 집 위쪽 성곽 위에 기관총을 설치하는 것을 보고 서둘러 조그만 보따리들을 쌌다. 우리 남매에게 하나씩 들게 하고 성벽 밑 낙산 길을 따라 동대문까지 갔고, 거기에서 다시 시내로 들어와 익선동 고모네로 가서 하룻밤을 잤다.

다음 날, 서울 한복판인 종로에서 인민군 탱크가 지나가는 것을 보았다. 어머니는 피란 가는 것을 포기했는지 창덕궁 앞 원남동 뒷길을 걸어 삼선교 집으로 돌아왔고 선친을 며칠 더 기다리다가 결국 우리 남매를 데리고 우이동으로 갔다. 조그만 보따리를 하나씩 들고 미아리 고개를 넘어 의정부로 가는 길을 따라 걸었다. 길 양옆에는 부서진 탱크, 불에 타다 만 트럭들이 여기저기 나동그라져 있었고, 이따금 눈에 띄는 가마니 밑에는 시체들이 그대로 방기되어 있었다. 어머니는 내게 한눈팔지 말고 빨리 가라고 재촉했고, 내 어린 누이가 보지 못하도록 그쪽을 자신의 치마로 가렸다. 나는 그저 전쟁은 이런 것인가보다 하고 그냥 걸었다. 무섭다거나 그런 생각은 전혀 없었다. 그게 그해 7월 초였다.

우이동은 조용했다. 탱크도, 군인 시체도 없었다. 우리가 두 달 전 떠나올 때 그대로였다. 내 방도 그대로였다. 이부자리, 앉은뱅이책상, 만화책, 천자문 책, 벽에 걸린 시계, 고무줄 새총, 팽이, 딱지 상자, 유리구슬 주머니, 모두 그대로였다. 겨울을 기다리는 툇마루 밑 내 썰매, 바람 빠진 축구공, 메리라는 이름의 셰퍼드, 구구구 하면 쫓아오는 마당의 누런 닭, 흰 닭, 까만 닭도 모두 그대로였다.

다만 얼마 전 장가 간 삼촌과 새댁 숙모만 서울에 가고 없었다. 키가 훌쩍 크고 말도 시원시원한 셋째 숙모가 집에 없어 나는 실망했다. 그동안 교동국민학교에서 배운 구구단을 자랑하고 싶었는데 '셋째 엄마'(나는 셋째 숙모를 그렇게 불렀다)가 없었다. 어찌나 실망스러웠던지 괜히 우이동에 왔구나 싶어 다시 삼선교로 돌아가자고 했다.

심심해서 몸이 뒤틀리던 그해 여름 어느 날 오후였다. 그날은 조금 무더웠다. 나는 댓돌 아래 그늘에서 메리와 놀고 있었다. 대청에서는 홑이불을 숯불로 다리미질하는 아주머니들이 문이란 문은 다 열어놓고 무엇이 그렇게 재미있는지 꽤 요란하게 웃는 소리가 들려오고 있었다. 어느 순간 갑자기 웃음소리가 뚝 끊어지고 조용해졌다. 언제 대문이 열렸는지 안마당으로 총을 멘 대여섯 명의 인민군 병사들이 들어서고 있었다. 안방 문이 열리고 대청으로 나온 어머니가 댓돌 위에서 신을 찾아 신으며 병사들 앞을 막아섰다. 나는 데리고 놀던 메리가 당장 튀어나갈 것 같아 있는 힘을 다해 목줄을 붙잡고 있었다.

어머니가 여기는 어떻게 오셨느냐고 조용하게 물었으나 책임 자급인 군인은 답을 하지 않았다. 그는 모두 마당으로 내려오라고 요구했다. 어머니는 침착하게 안방에는 연로한 노인 두 분만 더 계실 뿐이라고 말했으나 그 군인은 아랑곳하지 않고 모두 나오라고 했고 그렇게 하지 않으면 자기가 들어가겠다고 위협했다. 그러고 나서 그는 군화를 신은 채 대청으로 올라갔다. 그 순간 안방에서 할머니가 "에미야. 조금 기다려라. 내가 나가마."라고 말씀하셨다.

모든 사람의 동작이 멈췄다. 마루에 올라선 군인도 그대로 얼어붙은 듯했다. 움직이는 것은 내가 있는 힘을 다해 붙잡고 있는 메리뿐이었다. 인민군 한 명이 나를 째려보았다. 아마 내가 아니라 메리였을 것이다. 그는 슬그머니 어깨에 멘 총을 내렸다. 그 순간 나는 벌떡 일어섰다. 개줄을 잡고 있는 내 손과 주먹이 유난히 하얗게 보였다. 댓돌 위에 서 있던 내 어머니, 다림질하던 아주머니들, 마당의 군인들의 시선이 모두 내게로 모아졌다.

나는 안방에서 막 마루로 나온 할머니에게 "할아버지 모시고 올게요."라고 말했다. 할머니는 "그래라. 어서 가라."고 말씀하셨다.

할아버지는 조금 떨어진 아랫집 서재에 계셨다. 나는 저항하려는 듯 버티고 선 메리를 있는 힘을 다해 끌고 갔다. 누가 말했는지 할아버지가 벌써 안채로 오시고 있었다.

장독대와 대청 앞 정원수 사이 꽤 넓은 마당에 식구들이 한 줄로 쭉 늘어서 있었다. 고추를 말리는 멍석이 그 앞에 깔려 있었는데, 나는 군인들이 더러운 흙발로 멍석을 밟을까 봐 걱정을 했다. 똑똑해 보이는 젊은 인민군 병사 한 명이 사람들의 손을 검사하기 시작했다. 맨 앞에 선 사람의 손등을 보고 나서 손바닥을 뒤집어 보았다. 젊은 병사는 말이 없었다. 다음 사람도 내민 손을 뒤집어 손바닥을 본 다음 지나갔다. 세 번째 사람부터는 병사가 뒤집지 않아도 알아서 손바닥을 뒤집어서 보여 주었다.

할아버지는 줄 맨끝에 있었다. 할아버지 차례가 됐다. 젊은 병사가 할아버지의 손바닥을 보다가 느닷없이 만져본다. 그리고 할아버지를 째려보면서 말했다.

"동무, 반동이구만."

할아버지는 "허!" 하며 실소를 하셨다. 모두 듣기는 들었는데 '반동'(反動)이 무슨 말인지 그때는 아무도 몰랐다. 할아버지는 물론 아셨겠지만 조용히 손을 내리고 그 병사를 바라보셨다. 병사는 더 이상 말이 없었다. 아무 일도 없다는 듯이 우물이 있으면 물을 좀 달라고 청하고 다른 병사들에게 그늘에서 쉬라고 말했다. 물을 떠 온 아주머니가 한 병사에게 떨어진 단추를 달아주겠다고 했다. 다른 아주머니는 또 다른 병사의 찢어진 견장을 꿰매 주겠다고 했다. 아주머니가 옷을 벗어야 제대로 꿰맬 수 있다고 거듭 말하자, 그 병사는 웃옷을 벗어 주었다.

나는 할아버지를 따라 아랫집 별채로 내려가면서 "할아버지, 반동이 뭐야?" 하고 물었다.

할아버지는 대답을 시원하게 안 하셨다. "나도 잘 모르겠다." 고 하셨다.

이는 내가 1950년 7월 우이동에서 만난 인민군들에 대한 첫 기억이다.

그해 우이동의 여름은 정말 조용했다. 9월이 되면서 미군 폭격기들이 날아다니긴 했지만 우이동은 별다른 피해를 입지 않았다. 내 또래 아이들은 '동해물' 대신 '장백산'을 부르고 다닐 뿐 문안(사대문 안, 서울 도심)에서 무슨 일이 일어나고 있는지 몰랐다. 문안에서도 우이동은 어디 있는지조차 모를 정도로 관심이 없어 보였다. 다만 한 가지 걱정스러운 것은 식량 문제였다. 밥보다 죽을 먹을 때가 많았지만, 할아버지는 밭에 감자 농사가 잘 되었다며 다행스러워 하셨다. 어머니는 9월 중순경 우리 남매를 데리고 삼선교 집으로 돌아왔다. 다행히 삼선교 집에는 식량이 조금 남아 있었다. 나는 9·28 수복을 삼선교에서 맞이했다.

## 납북을 모면한 할아버지

6·25 전쟁 중 이광수, 정인보, 안재홍 등 수많은 저명인사들이 납북(拉北)되었지만 내 할아버지는 납북을 면했다. 내 할아버

지가 납북을 면한 이유가, 월북해 당시 조선노동당 군사위원회 위원인 홍명희의 배려 때문이라는 설(說)도 있다. 그러나 그것은 확인되지 않은 추정일 뿐 진상은 다르다. 홍명희가 아낀 이광수도, 홍명희의 사돈인 정인보도 자진해서 월북한 것은 아니었기 때문이다. 또 셋째 삼촌이 노동당 서울시당 고위직이어서 납북을 면했다고도 한다. 그러나 그것도 사실이 아니었다.

인민군 병사가 내 할아버지를 반동이라고 불렀던 그 일이 있은 지 며칠 지나 내 선친이 서울에서 우이동으로 왔다. 7월 중순 즈음이었다. 전쟁 중 전국 모든 마을이 그랬겠지만, 우리 마을과 집에서도 여러 일이 벌어졌다. 우리 집은 동네에서 유일한 기와집이었고, 동네 사람들 대부분이 우리 집 땅에 소작을 부치고 있었다. 그들 중에는 일자무식인 사람도 있었고, 세상 돌아가는 것을 전혀 모르는 사람도 있었다. 그런 사람들이 모여 내 선친을 우이동 인민위원회 위원장으로 추대했다. 선친은 상당히 활달한 분이어서 어느 누구와도 이야기를 잘하고, 소작하는 사람들과 막걸리도 자주 마시곤 했다. 무당집 아들 경만이네, 화물트럭 운전수를 하는 안 씨네, 큰길 삼거리에서 잡화상을 하는 학이네, 소작하는 유 씨네. 이런 사람들이 내 선친이 교육을 받았다며 인민위원회 위원장으로 추대했던 것이다. 부위원장에는 미아리국민학교에서 우이동 분교로 파견 나온 주 선생이 추대되었다.

한 달쯤 지난 8월 중순쯤, 청년 원 씨와 내 선친이 의용군(義勇軍)으로 가게 되었다. 당시는 낙동강 전선에서 치열한 전투가 벌어지고 있을 때여서 인민군은 35세 미만 남자들을 모두 의용군으로 잡아갔다. 내 선친은 당시 36세였지만 의용군으로 가야 했다. 나는 어머니와 함께 돈암국민학교 교정으로 찾아가 의용군으로 가는 선친에게 주먹밥과 돈을 가져다준 기억이 있다.

선친은 의용군으로 떠나면서 부위원장인 주 선생에게 할아버지 신변을 부탁했다. 주 선생은 '최남선 선생님'을 보살펴 주겠다고 약속했다. 주 선생은 출신 성분이 이른바 '쁘띠 부르주아(소시민 계급)'라고 할 수 있지만 해방을 전후해서는 농촌 운동에 상당한 관심을 가진 분이었다. 주 선생이 좌익이었는지는 알 수 없으나 그렇게 보기에는 상당히 온순한 분이었다고 기억된다. 다만 사범학교를 졸업한 주 선생이 우이동 같은 시골 분교에서 애들을 가르쳤던 것으로 보아 상당히 의식이 분명했던 것 같다.

그분의 부인은 내 어머니와 경기여고 동기 동창이었다. 그래서 어머니는 주 선생 댁에서 일어나는 일이나 내외가 고생하는 것을 잘 알았고, 평소 이런저런 일들을 많이 도와주셨다고 한다. 주 선생 부인이 어느 날 어머니를 찾아와 당에서 할아버지에 대해 말이 있으니 어디로든 피신하시라고 조언을 해주었다. 할아버지는 집에서 일하는 이 씨 영감을 데리고 감자 한 자루와 읽고 있던 불경을 싸 들고 산에 있는 무당 암자로 피하셨다. 인민위원회에서 할아버지를 찾으러 왔을 때는 절에 다니러 갔다고 둘러댔다. 결국 내 선친의 부탁을 받은 주 선생 내외가 할아버지를 구했던 것이다.

## 고모는 학살되고 어머니는 고문을 당하고

1950년 9·28 수복과 함께 국군이 진주했고, 우이동에도 다른 곳과 같이 치안 유지를 명분으로 대한청년단(大韓靑年團)이 생겼다. 우이동 대한청년단장은 6·25 전에 성북구에서 국회의원 출마까지 한 인물이었다. 대한청년단은 이런저런 혐의를 씌워 주 선생 내외를 빨갱이로 몰아 체포했는데, 혐의 중에는 전임 위원장인 내 선친 최한인의 소재를 묻는 것도 있었고, 퇴각하는 인민군을 따라 월북한 셋째 삼촌 최한검에 대한 것도 있었다.

그러던 중 6·25 전에 셋째 삼촌을 감시하던 지 형사가 어디에선가 살해되었다는 사실이 알려졌다. 대한청년단은 주 선생에게 그 책임을 물어 주 선생 내외와 아들딸 삼 남매를 모두 개천가에서 공개 총살했다. 총을 쏜 청년당원들은 바로 주 선생 제자들이었다. 주 선생은 동네 사람들에 의해 인민위원장에 추대되었을 뿐이었다. 정말 좌익이었으면 내 삼촌처럼 월북했을 것이다. 함께 총살을 당한 자녀 삼 남매 모두 당시 열 살인 나보다도 어렸다. 큰딸인 여자아이는 눈망울이 유난히 크고 서글서글했다.

우이동 시절 내 단짝 친구인 삼웅이가 그 총살 현장을 보았다. 후에 그는 주 선생 부인이 애들을 껴안고 있어서 어쩔 수 없이 죽였던 거라고 말해 난 삼웅이에게 화를 냈다. 마치 삼웅이가 사모님을 죽게 했다는 듯 나는 "주 선생 사모님은 왜 죽여?" 하고 악을 썼다.

6·25 전쟁은 그랬다. 열 살 또래 아이들도 죽이고, 죽고 사는 것을 모두 일상처럼 얘기하고 싸우게 만들었다. 총을 쥔 어른들은 철없는 아이들 같았고, 아이들도 어른처럼 서로 살벌하게 싸웠다.

우이동 인민위원회 전임 위원장이었던 내 선친에게도 체포령이 내려졌다. 대한청년단은 서울시 당 간부로 월북한 셋째 삼촌이 공작해 내 할아버지가 납북을 면했다고 보았다. 이래저래 소란스러웠다. 할아버지는 문안으로 들어가 여러 이야기들이 가라앉기를 기다리면서 계동 심우섭의 따님 댁에 머물렀다.

대한청년단은 내 어머니를 체포했다. 나도 함께 끌려갔지만 열 살짜리라고 열흘 만에 풀려났다. 어머니는 동대문경찰서에서 시아버지, 남편, 시동생이 숨어 있는 곳을 대라며 청년단이 자행하는 고문을 한 달 이상 받아야 했다. 어머니를 잡아다 혐의를 씌운 자는 바로 그 청년단장이었다. 서울에 있던 할아버지가 그 소식을 듣고 내무장관 조병옥(趙炳玉)을 찾아가서 즉각 석방을 요구하여 부역자 은닉죄로 동대문경찰서로 이감된 당신의 맏며느리를 그해 가을에 구해냈다.

내 할아버지의 비극은 거기서 끝나지 않았다. 외손주 6남매의 에미인 큰딸 최한옥은 서울에서 후퇴하는 인민군에게 학살당했고, 사위 강건하(姜乾夏)는 납북됐다. 동경여자사범학교 출신인 내 고모는 해방 후에도 정치 활동이라고는 전혀 하지 않은 조용한 주부였고, 자녀들이 다니던 국민학교 사친회장이라는 것밖에는 아무런 사회적 활동이 없었는 데도 말이다. 그해 10월, 즉 6·25 전쟁이 발발한지 석 달 만에, 할아버지는 아들 셋 모두가 행방불명되어 생사조차 모르게 되었다.

구약성경 시대 선지자들에게나 있었을 법한 온갖 고난의 와중에서 내 할아버지는 1950년 9월 장녀의 죽음에 즈음하여 당시의 심정을 아래 시조로 남겼다.


깨끗고 아름다운 사십이 년 네 생애여
사랑도 유난하든 그 자식 다 살았거늘
저것들 품어줄 품만 사라 없어지도다


이번 일 독(毒)한 화살 너를 어째 맞혔는가
깨끗한 바닥에서 더러움이 분명하려
시대(時代)의 악(惡)한 표징(表徵)이 골라 달려들도다


눈물 밑 마르기로 설움 끝이 나리마는
가슴을 두드리며 실컷 울고 또 울리라
지정(至情)을 억지로 눌러 달리(達理)한 체하리

## 잿더미가 된 장서 17만 권

할아버지는 1950년 12월 차남 최한웅의 처가가 있는 대구로 피란길에 올랐다. 그 후 중공군의 개입으로 전선이 밀려나며 1·4 후퇴가 있던 이듬해 1월에 주중 한국 대사 신석우(申錫雨)가 마련한 정부 요인 피란 차량으로 다시 부산으로 갔다.

그곳에서 할아버지는 해군전사(海軍戰史)편찬위원회 일을 위촉 받아 대구를 오가면서 이충무공(李忠武公) 기념사업 등 해군 전사 편찬 일을 맡았다. 1951년 5월 서울이 다시 수복되자 내 선친 최한인이 장서 반출을 목적으로 해군사령부의 도움을 받아 인천을 경유해 우이동에 갔다가 서재와 장서 17만 권이 잿더미가 된 것을 발견했다. 한 달 전인 4월 중공군 춘계(春季) 공세 때 미군의 폭격으로 소진됐던 것이다.

할아버지는 어떤 서적이든 귀하게 여기지 않는 것이 없었다. 비단 책뿐 아니라 글씨가 있는 모든 종이를 아꼈다. 신문은 물론 글씨가 쓰인 종이를 화장실에 휴지 대용으로 가지고 가는 것도 절대 금지했다. 집안 어른이 신문을 찢어 화장실에 가다가 할아버지에게 들켜 혼이 난 적이 있었다고 한다. 종이조차 아꼈던 할아버지가 반세기에 걸쳐 모은 장서 대부분은 실로 국보급이라 할 만했다. 할아버지의 장서가 17여만 권에 이르기까지는 당신이 평생에 걸친 공력(功歷)이 쌓여 있었다.

일본 유학 시절 서점에 그득히 쌓인 책에 매료됐던 할아버지는 신문화 운동에 필요한 각종 근대 서적을 사들였다. 조선광문회 설립 이후 12년 동안 전국에 흩어져 있는 수많은 고서들을 하나하나 모아 들였고, 이시영(李始榮)이 만주로 망명하면서 그의 집안에 전래하던 수만 권의 서적과 문서들도 할아버지에게 기탁되었다. 제2대 대종교 교주인 김교헌도 1916년 자신의 소장 도서를 할아버지에게 맡기고 만주로 망명했다. 1928년 조선사편수회에 들어가면서 일제 당국이 발행한 자료들을 챙겨 모을 수 있었고, 1939년 만주국 건국대학 교수로 부임한 후에는 만주, 몽골, 북경을 드나들며 수많은 서적을 수집했다. 할아버지는 전후에 당신의 장서와 관련하여 다음과 같은 말씀을 남겼다.

"나라는 구하지 못할지라도 문화는 보존해야겠다는 생각에서 조선광문회를 만들고 본격적으로 국내 서적의 수집에 힘을 써서 무릇 조선 문화의 재료가 될 만한 것은 내용의 주제를 묻지 않고 힘이 자라는 대로 적극 수집했다.

그때는 일반적으로 이러한 방면의 일을 중히 여기는 이도 없었고 가치에 대하여도 정당한 인식이 없었기 때문에 도서 수집은 상당히 편리하게 진행됐다. 12년 동안에 수만 권의 서적을 모으게 되고 더욱이 전 부통령 이시영 씨가 서간도로 가실 때에 그 대소가에 전래하던 수만 권의 서적과 문서를 나에게 맡기신 것은 우리 사업 진행상에 커다란 기여가됐다. 그 가운데에는 청일전쟁 전후에 관한 귀중한 재료만도 수백을 헤아리게 됐다.

　이래저래 세월이 지남에 따라 내 장서는 각종 언어에 걸쳐서 비교적 많은 축적이었고 이 사실은 국내외에 알려져서 조선의 장서가라는 말을 듣기에 이르렀다. 그렇지만 장서가 목적이 아니라 그 가운데서 조선 문화의 숨은 빛을 발견하자는 것이 목적이었다. 책의 수가 많아진 것은 그 부산물에 지나지 않는 것이었다.”

　할아버지는 장서 보존에도 대단한 주의를 기울였다. 당신에게 그 장서는 당신의 것이 아니라 조선의 문화유산이고 당신은 그것들을 맡아 보관하고 있을 뿐이라고 했다. 1944년 서울 효제동에서 한적한 시골이었던 우이동으로 이사한 것도 태평양전쟁의 전화(戰禍)를 피해 장서를 소개(疏開)시키기 위해서였다. 그러나 아이러니하게도 바로 그곳에서 장서들은 사라졌다. 아래는 장서를 잃고 남긴 할아버지의 통곡, 장문의 시조 중 일부이다.

　십 년 전(十年前) 골라골라 깊이 소개(疏開)하여 둠이
　십 년 후(十年後) 화장(火葬)터를 준비한 것이란 말가
　내일의 매양 이러함 아니웃고 어리리

　일난(一難)이 채 안가서 또 일난(一難)이 달겨드네
　연다는 큰 시련(試鍊)이 가열(苛烈)이야 하다마는

옛날의 융도 있나니 못 견딘다 하리오


한 글짜 쪽종이도 넋을 밝아 모았나니
물건은 탔을망정 정신(精神)이야 어디 가리
낱낱이 내 기억(記憶)에는 곱게 살아 있으리


## 서울 환도와 아버지의 별세


1952년 봄, 대구에 살던 할아버지는 서울에 남아 있던 할머니
에게 곧 서울로 돌아갈 것이라는 편지를 보냈고, 5월 말 서울로
돌아오셨다. 그해 여름 6월, 어머니와 우리 남매는 할아버지 내
외가 있는 묘동으로 옮겨갔고, 그곳에서 선친이 뒷일을 정리하
고 서울로 돌아올 날을 기다리고 있었다.

그러던 어느 날 오후, 나는 우체부가 대문에서 주고 간 전보
한 장을 대청에서 손님들과 대화하고 있던 할아버지에게 전했
다. 할아버지는 전보를 잠깐 열어 보시더니 내가 물러가기도 전
에 손님들에게 "집안에 일이 좀 있어 실례해야겠다."고 말하신
후 내게 "에미를 좀 불러라."고 하셨다. 조금 후 할아버지는 "여
보, 큰애한테 일이 있나 보오." 하고 할머니에게 입을 여셨다.

그게 전부다. 할머니와 어머니는 금방 알아들었는지 몰라도
그 자리에 있던 나와 내 누이는 무슨 일인지 몰랐다. 곧 할머니

의 곡성이 터졌고, 내 어머니는 우리 두 남매를 끌어안았다. 나는 어머니의 눈에 눈물이 고이는 것을 보았다. 선친이 그날 새벽 부산에서 갑자기 심장마비로 사망한 것이었다. 할아버지는 어머니에게 "네가 부산을 다녀와야겠구나." 하고 손에 들고 있던 전보를 내어 주셨다.

6·25 전쟁으로 시작된 비극이 할아버지에게는 아직도 끝이 나지 않았던 것이다. 할아버지는 1952년 7월 31일 『자성록』에 다음 글을 남겼다.

인생(人生)의 커단 길로 활개치고 걸으려면
부족한 그 무엇이 없음즉도 하댔더니
목숨이 이뿐일 줄야 누가 생각했으리

하늘이 매운 채쭉 다시 한 번 드시도다
용렬한 이 위인이 무슨 소용 되신다해
이토록 독한 시련(試鍊)을 거푸 베프시는고

떨어진 얼음 굵고 노친 고기 크다는 말
상례로 들었더니 이제 내 일 되단말가
이 느낌 기리 간다면 그를 어찌 하리오

그리고 할아버지는 그 시조 아래 주(註)를 달았다.

큰아이 인아(因兒)는 천질(天質)이 변변하고, 지기(志氣)가 범상(凡常)치 아니하여 지독(舐犢)의 정(情)이 없을 수 없더니, 난리(亂離) 표박(漂迫)하는 중에 거년(去年) 이맘때 부산에서 세상을 떠났다. 제 회포(懷抱)는 피지 못한 꽃에 그치며 남들이 아는 바는 스케이팅, 발리볼 선수요, 의사학도(醫史學徒)인 의학박사(醫學博士)이었음뿐이다.

인아(因兒)는 한인(漢因), 내 아버지이다. 아버지 사후 할아버지는 49일 동안 매일 아침 두세 시간씩 나를 옆에 앉혀 놓고 관음경(觀音經)을 낭송했다. 당시 나는 열두 살 소년이었다.


* 영문판 편집자 주석

최학주 박사의 할아버지 육당(六堂) 최남선(崔南善, 1890~1957)은 한국 개화기 선각자였으며 문필가, 역사학자, 1919년 조선독립선언서를 쓴 애국자였다.

3·1운동 하면 여러 얼굴이 떠오르지만 우선적으로 독립선언서(문)와 함께 최남선의 얼굴이 떠오른다. 그는 3·1독립선언서를 기초해 2년 8개월간 옥고를 치른 독립운동가이다. 무엇보다 다양한 근대 잡지를 펴내고 우리의 고전을 책으로 묶은 출판인이자 신문화의 선구자이다.

최남선은 1902년 일본인이 운영하는 경성학당에 입학했다. 일본어, 산수, 지리 등을 배우다가 황실 유학생으로 뽑혀 1904년 11월 일본 도쿄부립 제1중학교에 입학했다. 그러나 집안에 사정이 생겨 자퇴하고 1906년 9월 와세다대 고등사범 지리역사과에 입학했다. 이번에는 1907년 3월 일본 학생들이 조선 국왕을 모독하는 모의국회 사건에 항의하다 10여 명의 다른 유학생들과 함께 자퇴했다. 일본 유학 시기에 최남선은 두 살 위인 홍명희의 하숙집에 드나들었는데, 그곳에서 두 살 아래인 이광수를 만났다. 세 사람은 '도쿄 삼재(三才)'로 불렸다.

일본에서 인쇄 기술을 배우고 귀국한 최남선은 1908년 오늘날 본격적인 청년 교양 잡지의 효시인 『소년』을 창간했으며, 이후에도 『붉은 저고리』, 『새별』, 『아이들 보이』, 『청춘』 등의 잡지를 계속 창간했다. 1922년 9월 3일 조선 최초의 시사 주간지 『동명』을 창간했고, 2년 뒤인 1924년 3월 31일에 『시대일보』를 창간했다. 편집국장 진학문, 정치부장 안재홍, 사회부장 염상섭으로 진용을 짠 『시대일보』는 『조선일보』, 『동아일보』와 함께 3대 민간지 대열에 오를 정도로 인기가 높았다.

최남선은 '한글'과 '어린이'라는 우리말도 창안했다. 사람들이 저마다 '우리글' '국문' '언문' '조선글' '배달글' '정음' 등 다르게 부를 때 『아이들 보이』(1913년 10월호)에서 우리말을 처음 '한글'이라고 이름 붙임으로써 한글을 탄생시켰다. 『청춘』 창간호(1914년 10월)에는 시 '어린이 꿈'을 게재해 방정환이 1920년 『개벽』지에 발표한 '어린이 노래'보다 6년이나 앞서 '어린이'라는 존칭을 쓰기 시작했다.

# 적 치하(赤治下) 90일

1950년 6월 25일 ~ 9월 29일

안홍균

## 서막: 첫 3일

1950년 6월 25일, 온화한 기운이 감도는 일요일 아침이었다. 많은 사람들이 아침 밥상에 앉아 라디오를 통해 38선에 걸쳐 일어나는 군사 충돌에 관한 소식을 듣고 있었다. 또 시작인가? 모두들 그렇게 생각했다. 남과 북 사이에 그러한 군사적 충돌은 전혀 새로운 것이 아니었다. 전면전을 시사하는 것은 아무것도 없었다. 그 어떠한 나라도 제정신으로 자기 형제들을 향해 전쟁을 벌일 것이라고는 상상조차 못했기 때문이다.

그보다 이틀 전 평양에서는 상대측에 구류 중인 주요 인사의 교환을 제의해 온 바 있었다. 북한은 남한에서 복역 중인 공산당 요원 2명의 석방을 바라고 있었고, 그에 대한 대가로 일제에 항거했던 기독교 민족주의자 조만식 선생의 석방을 내걸었다. 고

당 조만식 선생은 한국의 간디로 불렸던 저명한 민족 지도자였는데 당시 평양에 구류 중이었다. 남한 측은 북한의 제안을 진심으로 받아들이고 있었다. 그보다 며칠 앞서 북에서는 이른바 평화와 통일을 협의하기 위한 3인 대표를 일방적으로 서울에 파견한 바 있었다. 지나고 나서 생각해 보건대 이 모든 것은 침략 전야 남한을 속이기 위해 치밀하게 계산된 북한의 움직임이었다.

시간이 지나면서 불길했던 언론의 어조도 점차 급박해져 갔다. "휴가 중인 장병들은 속히 부대로 복귀하라." 놀란 시민들은 확성기를 매단 군용 차량들이 지나가면서 "장병들은 즉시 부대로 복귀하라!"고 계속해서 외쳐대는 장면을 바라보고 있었다.

6·25 전쟁 기록에 의하면, 국군은 한 달간 이어졌던 고도의 경계 태세를 풀고 해당 주말 38선 중부와 서부에 배치됐던 병력의 3분의 1 내지 절반가량을 휴가 보냈다. 앞선 한 달여의 기간 동안 북한의 38선 경비대들은 남한의 초소들을 향해 공격을 해왔는데, 전면전을 며칠 앞두고는 갑자기 공격을 중단했다.

숙명적인 그날 아침, 수도 방위를 책임지는 보병 사단과 연대의 다수 사령관들은 전날 밤 육군사령본부 인근에 새로 개관한 장교클럽 오픈 기념 행사장에서 진탕 마신 후 깊은 잠에 빠져 있었다.

1950년 6월 25일 새벽 4시, 북한 인민군의 공격을 개시하는 집중포화의 첫발이 울리는 순간까지 대한민국은 평화 무드에 젖어 있었다. 한국 역사상 가장 피비린내 나는 형제간의 살육전이 시작되는 순간이었다.

남부 도시들에서 지원 병력들이 도착하면서 육군 부대들은 계속해서 북측 최전방에 투입되었다. 완전 군장을 하고 병력 수송 차량에 탑승한 장병들이 주먹을 치켜들고 군가를 힘차게 불렀다. 동원령이 급했던 탓인지 정장에 모자와 넥타이 차림의 병사도 보였다. 몇몇 장교들은 등에 일본도를 차고 있었는데 태평양전쟁 당시 사진에서 보는 것과 유사한 모습이었다. 점차 많은 수의 민간 트럭과 버스들이 현장에서 차출되어 군인들을 가득 태운 군용 차량의 뒤를 이었다. 그러나 이상하게도 기관총, 박격포, 대포를 비롯한 중화기들은 거의 눈에 띄지 않았다. 민간인들은 국기를 흔들고 박수를 치며 전선으로 투입되는 군인들에게 응원을 보냈다. 사람들은 이들 용감한 군인들이 침략자들을 물리칠 것으로 굳게 믿었다.

긴장이 고조되면서 시민들은 라디오 근처로 모여들었다. 친숙했던 뉴스 아나운서들을 대신해서 육군 대령이 전 국민을 향해 단독 보도를 시작했다. 그는 북한 괴뢰군이 38선 전역에 걸쳐 전면적인 공세를 취했다고 보도했다.

괴뢰라는 표현은 당시 북한이 소련 제국주의의 꼭두각시라는 일반적인 인식에서 비롯되었다. 이와 마찬가지로 북한에서는 남한을 미국 제국주의자들의 꼭두각시로 보았다.

국방부 보도과장인 육군 대령은 계속해서 국방군이 거점을 지키고 있으며, 몇몇 부대는 공격을 막아낸 후 심지어는 적군을 추격하여 북한 영내로 반격을 가하고 있다고 전했다. 그는 시민들에게 국방군을 믿고 침착하게 행동할 것을 당부했다. 그의 유창하고 확신에 찬 어조가 대중들을 안심시켰다. 간헐적인 군가를 사이에 두고 라디오 보도가 계속해서 이어졌다.

사람들은 대체로 낙관적이었다. 남한 대중들은 북한, 특히 그들의 군사력에 관해 아는 것이 별로 없었다. 남한 정부는, 북한에는 가난한 농경 사회에 비효율적이고 강압적인 공산주의 체제가 들어섰고 그들의 군사력은 도적단 수준의 농민군에 지나지 않는다는 어렴풋한 개념을 대중들에게 심어 놓았다.

그와는 대조적으로 국군은 초현대적인 미국 무기들로 무장했으며 북진을 결단하기만 하면 평양에서 점심을 먹고 저녁은 한반도 최북단 도시인 신의주에서 먹을 수 있다고 호언장담했다. 사람들은 이러한 정치적 수사를 믿었다.

시간이 지나면서 상황은 점차 악화되어 갔다. 시민들은 공군복과 경찰복을 입은 사람들이 권총 한 자루에 의지하여 전방에 투입되는 모습을 지켜보았다. 심지어는 무기도 없이 전방에 투입되는 사람들도 있었다.

경찰관들이 경찰봉 대신 카빈 소총을 들고 가두에서 보초를 서기 시작했고, 정부가 주도하는 우익 청년단체들도 뚜렷한 목적 없이 주요 도로와 길모퉁이에 허둥지둥하며 정렬해 있었다.

공공방송에서 여고생들의 협조를 요청하기 시작했다. 병사들이 먹지도 못하고 싸우고 있으며 식사 해결을 위해 젊은 여성들이 필요하다고 했다. 거점 방어를 위해 배치된 한국군에는 이동식 조리 시설이 전무했다. 잠시 뒤 라디오 방송에서는 몇몇 여고들이 협조 요청에 응했으며 수백 명의 여학생들이 전방으로 가고 있다고 알렸다. 라디오 진행자는 여학생들의 헌신에 아낌없는 찬사의 말을 전했다. 가슴 아프게도 그 여고생들이 이후 어떻게 되었는지는 국군이 남쪽으로 밀려나면서 알 수 없게 되었다.

중화기와 탱크를 앞세운 북한군은 그러한 무기를 보유하지 못한 남측 부대를 궤멸시키면서 신속히 남하했다. 그리고 전쟁 발발 이틀째, 조직적인 대응은 온데간데없이 사라졌고 모든 전방 부대들이 혼란에 빠진 채 후퇴하기 시작했다.

소련제 전투기가 날아다니면서 수도 이남의 철도 기지와 비행장에 기총소사를 가했다. 나는 서울 남산 자락 장충동 언덕 위에 있는 우리 집의 창문을 통해 폭발 장면을 목격했다.

전쟁은 우리에게 서서히 다가오고 있었다. 길거리는 서울 이북 지역에서 온 피란민들로 넘쳐나기 시작했다.

선출된 지 채 한 달도 안 된 대한민국 제2대 국회는 수도 사수 결의안을 채택했다. 라디오 방송의 육군 대령은 국군이 이기고 있으며 서울은 전혀 위험하지 않다는 확인 방송을 거듭 내보냈다. 그러나 그의 목소리는 점차 공허하게 들리기 시작했다. 그의 말들은 일본 제국 최고사령부가 태평양전쟁 막바지에 반복해서 방송했던 것과 유사하다는 생각이 들었다. 한국인들은 이전의 식민 지배자들로부터 많은 것을 배웠다. 전시에 정부가 국민을 기만하는 것도 그 중 하나였다. 시민들은 무엇을 믿어야 할지 도무지 알 수가 없었다.

우리 가족은 혼란에 빠졌다. 어머니는 만 이틀 동안 쌀을 찾아 헤맸지만 문을 연 가게가 없었다. 우리에겐 6일치 식량밖에 남지 않았다. 아버지는 사업 관계자들로부터 대금을 회수하러 다녔지만 결과는 신통치 못했다.

전쟁 발발 3일째, 대포의 포격 소리가 인근에서 들려오기 시작했다. 시간이 지나면서 그 소리는 점차 가까이 다가왔고, 초췌하고 부상당한 군인들이 시가지에 나타나기 시작했다. 탈진 상태로 보이는 군인들은 수도 이남을 흐르는 한강을 향해 걸어가고 있었다. 몇몇 병사들만 소총, 경기관총, 박격포 등을 휴대하고 있었고 대다수는 소총조차 없는 빈 몸이었다. 병사들은 이야기도 나누지 않고 다른 곳을 둘러보지도 않은 채 묵묵히 걸어갔다.

사람들은 퇴각하는 병사들을 그저 구경하듯 바라보고만 있었다. 그들에게 도움 주기를 주저하는 것처럼 보였다. 일련의 광경은 무척이나 불길하고 공포스러웠다. 물 한 모금, 떡 한 조각이 절실했을 병사들을 앞에 두고 당시의 나는 아무런 생각도 하지 못했다. 남들과 마찬가지로 나 또한 무엇을 해야 할지, 어떻게 생각해야 할지 갈피를 잡지 못했다. 모든 것이 초현실적이었고 해석이 가능한 범주를 벗어나 있었다.

어둠이 깔리면서 섬뜩한 적막감이 눈에 보이지 않는 분주함으로 가득한 도시를 뒤덮었다. 서울 시민 대다수가 잠을 청했다.

그들에게는 다른 선택의 여지가 없었다. 정부와 국방부의 이야기를 믿고 어쩔 수 없이 따르는 수밖에 없었다.

그러나 정부의 간곡한 호소에도 불구하고 북한 공산당의 박해를 두려워한 많은 이들이 밤의 어둠을 틈타 짐을 싸서 도시를 떠났다. 그들 중에는 정부 고위 관료, 정치가, 경찰관, 부유한 지주, 기업가, 우익 활동가들과 전쟁 전에 북한을 떠나 월남한 인사들이 있었다.

한편 북한 지하 조직원들과 동조자들은 승리한 인민군을 맞이하고 수도의 점령을 돕기 위해 조용히 준비하고 있었다. 전쟁이 발발하고 세 번째 밤이 찾아오자 도시의 겉면에는 숨죽인 듯한 고요함과 체념이 흘렀으나 그 내면 깊숙한 곳에서는 엄청난 움직임이 벌어지고 있었다.

북쪽에서 들리는 포격과 굉음이 점차 가까워져 오면서 나는 어두운 방안에서 잠을 청하는 데 무척 애를 먹었다. 그러자 2년 전 1948년 8월 15일에 있었던 군사 퍼레이드 기억이 떠올랐다.

그날은 대한민국의 탄생을 축하하는 날이었고, 미 군정 하의 치안 유지 부대에서 어엿한 국방군으로 승격된 한국군이 서울 시내 주요 도로를 따라 행진하며 열병식을 거행하고 있었다. 개인 화기로 경무장한 보병 부대가 처음으로 행진했고 기병대가 그 뒤를 따랐다. 105밀리미터 곡사포와 박격포, 공병 사단과 기타 지원병과의 분견대가 뒤를 이었다. 그리고 기계화 부대를 구성하는 10여량의 4륜 장갑차가 이승만 초대 대통령을 비롯한 신정부의 주요 인사들로 가득 찬 연단 앞을 지나갔다. 보도를 따라 일렬로 늘어선 구경꾼들은 그 광경을 보고 열렬히 환호했다.

흰색 해군복을 입고 소형 화기로 무장한 200명가량의 해군 병사들이 지나가자 사람들이 또 다시 박수갈채를 보냈다. 그리고 일반 시민들의 모금으로 구입한 10기의 경비행기가 V자 대형을 이루며 머리 위를 지나가자 연단 위에 있던 대통령과 고위 인사들, 각국 외교관들과 미국 군사 고문, 그리고 모여든 군중들이 열광적으로 환호했다. 방금 지나간 10기의 비무장 경비행기로 구성된 공군이 총동원된 모습이었다.

군사 행진의 하이라이트는 군악대가 장식했다. 그때까지 한국인들은 수많은 악기들이 한곳에 모인 장면을 본 적이 없었다. 관중들은 거대한 수자폰(튜바처럼 생긴 금관악기)을 보고 놀랐고, 고적대장의 현란한 움직임이 사람들의 눈길을 사로잡았다. 군악대의 모든 레퍼토리는 미군의 행진곡에서 가져온 것이었고, 한국곡은 단 하나도 없었다. 나는 이 사실을 전혀 모르고 있었는데, 당시 대한민국 국군에 자체 행진곡이 단 한 곡도 없었다는 것을 아는 한국인은 거의 없었을 것으로 확신한다.

그날 사람들은 새로 태어난 대한민국이 나라를 방위할 국군을 보유하게 되었다는 사실에 모두가 기뻐했다.

잠을 설치면서 나는 2주 전의 뉴스를 떠올렸다. 미국이 한국군과 경찰을 무장시키기 위해 5만 정의 권총을 보냈으며, 이 물량이 하와이를 경유해서 한국으로 향하고 있다는 반가운 소식이었다. 1948년의 군사 행진 이후 2년 동안에는 이승만 대통령이 평소 장담해 온 것처럼 북진할 것을 우려하여 미국 정부가 현대적 중화기의 한국 인도를 연기한다는 소식을 간간히 접해왔다.

자정을 조금 앞두고 시민들에게 씩씩한 음성을 들려주던 육군 대령의 목소리가 멎었다. 남한 정부의 대변자 역할을 했던 중앙 방송국이 침묵에 잠긴 것이었다. 추후 알게 된 사실이지만 대한민국 국방부의 대변인이었던 육군 대령은 북한군 주력 부대가 서울에 입성하기 전에 투입된 선발 대원들에 의해 사살될 때까지도 국민을 향해 방송을 하고 있었다고 한다.

자정을 조금 지나 남쪽으로부터 둔탁한 굉음이 들렸다. 그 굉음의 정체는 곧 알게 되었다.

당시 나는 고등학교 졸업반 학생이었는데, 1950년도는 4월 1일 대신 6월 1일에 개학했다. 일본 식민지 시기의 학기제에서 미국식 학기제로의 이행을 위해 이후 신학기는 9월 1일에 시작하는 것으로 변경될 예정이었기 때문이다. 변화의 충격을 줄이기 위해 과도기적으로 6월에 개학하게 된 것이었다. 졸업반이라는 것은 치열한 대학 입시 경쟁을 준비하기 위해 몹시 고된 학업에 몸을 내던져야 한다는 것을 의미했다. 잠 못 이루는 밤을 지새우며 전쟁이 나의 학업 계획은 물론 나의 인생 전체를 송두리째 바꾸어 놓게 될 줄은 꿈에도 몰랐다.

나는 누군가가 계속해서 조용히 현관문을 두드리는 소리에 잠에서 깼다. 어머니가 이미 현관으로 나가셨다. 현관문에 몸을 기대며 이 늦은 시간에 누가 찾아왔는지 살피셨다.

"누구세요?" 어머니가 긴장한 목소리로 물었다.

"접니다." 조용한 목소리가 들렸다. 한국인은 자신의 이름을 스스로 잘 부르지 않는다. 이름이 자신을 밝히는 첫 번째 수단이 아닌 것이다. 대신에 자신의 목소리로 가족 구성원, 친구, 지인임을 밝힌다.

"헌균이니?" 어머니가 물었다.

"헌균이 형이다!" 나는 속옷차림으로 현관으로 달려 나갔다. 그리고 가족 모두 자다 말고 현관으로 뛰쳐나왔다. 어머니께서 현관문을 열자 형이 현관 바닥에 쓰러질듯 비틀거리며 안으로 들어왔다.

나는 형이 신고 있던 군화 끈을 풀고 그를 방으로 이끌었다. 농부들이 쓰는 밀짚모자를 머리에서 벗겨 낸 후 형이 입고 있던 우비의 단추를 풀려고 하자 형이 나의 손을 뿌리쳤다. 살펴보니 속옷을 제외하고는 우비 안에 아무것도 걸치지 않았다. 어머니와 두 명의 누이들이 부엌으로 가서 형이 먹을 것을 가지고 왔다. 굳이 얘기 안 해도 배고프고 지쳤다는 것은 누가 보아도 알 수 있는 상황이었다. 방에서 여자들이 나가자 형이 아버지의 낡은 옷들로 갈아입도록 도와주었다. 나는 어째서 형이 군복을 입고 있지 않은지 의아했다.

형과 나는 정확히는 육촌지간이다. 형의 조부와 나의 조부는 형제 사이다. 형이 어린 나이에 부모님을 여의자, 내 조부는 형이 기술고등학교를 졸업할 때까지 도와주었다. 졸업 후 형은 군에 입대했고 공병 부대의 소위로 임관하여 개성에 주둔한 대한민국 육군 1사단에 배치되었다. 개성은 서울로 통하는 관문 도시로서 50킬로미터 남쪽에 수도가 자리하고 있다. 형이 복무하는 사단은 38선 최서단에 배치된 부대였다.

황급히 식사를 마친 형은 졸음이 쏟아지는지 고개를 꾸벅거렸다. 그러나 이내 잠을 깨고 그간 겪었던 일을 얘기해 주었다. 형은 적이 서울에 진입하기 전에 남쪽으로 가기 위해 이동 중이었다고 한다. 그가 속해 있던 부대의 생존자들이 남쪽으로 갔다는 얘기를 들었고 부대원들을 찾아야 한다고 말했다. 그리고 형은 약 한 시간 전에 서울에서 수원으로 통하는 유일한 길목인 한강대교 북단에 있었다고 했다. 육군본부가 대피해 있다는 수원으로 가려고 한강철교로 향했으나, 눈앞에서 대교가 폭파되는 광경을 목격하고 만 것이다.

"수백 명의 군인과 군용 차량, 민간인과 피란민들, 자동차와 수레들에 뒤섞여서 다리를 건너려고 기다리는데, 순식간에 다리가 폭발했어. 사람과 차량이 하늘 위로 솟구쳤다가 그 아래 강물 속으로 떨어지는 모습을 보았어."

수도와 그 이남 지역을 잇는 한강철교를 폭파할 때 군 당국이나 방송국은 아무런 사전 경고도 하지 않았다. 수많은 군인들과 정부 인사들, 일반 시민들과 경찰관들의 발이 묶였다. 그때 후퇴하던 군 부대, 그리고 그들의 중화기, 중장비, 차량 등 대부분은 도강하지 못한 채 아직 강 북쪽에 그대로 남아 있었다.

성급한 다리 폭파였다. 남쪽으로 이어지는 유일한 생명선이 폭파되어 다리를 건너지 못한 이들 중 많은 사람들이 반동분자로 분류되어 다리 폭파 후 몇 시간 내에 서울로 입성한 북한 점령군에 의해 처형되거나 감금되었다. 많은 사람들이 북으로 압송되었고 이후 그들이 어떻게 되었는지는 아무도 알지 못한다.

"나는 되돌아서서 방향도 정하지 못한 채 계속해서 걷고 있었어. 그러다 보니 어느새 너희 집 문 앞에까지 오게 된 거야." 형이 말했다.

마치 혼잣말을 하는 것처럼 형은 이야기를 이어 나갔다.

"내 부대가 주둔하고 있던 개성은 전쟁이 발발하고 두 시간도 채 안 돼서 함락됐어. 처음엔 포탄이 우박처럼 쏟아졌어. 그리고는 북한 보병 부대와 전차 부대가 아군 진지를 휩쓸어 버렸어. 전차는 마치 괴물 같았어. 대포, 바주카포, 박격포를 비롯해서 아무것도 적의 전차를 막을 수 없었어. 선발된 지원자들이 박격포탄이나 TNT를 안고 카미카제식으로 자살 공격도 감행했지만 성과를 거두지는 못했어. 그런 공격을 감행하다 부대원이 여럿 죽었고."

형이 흐느끼며 말했다. 부대 중대장이 형에게 TNT를 이용해서 자살 공격을 감행하도록 명령했던 것이다. 형의 부하들은 적군 전차에 접근하기도 전에 TNT가 터져 폭사했다고 했다.

그때까지 생전 전차라는 것을 한 번도 보지 못한 형의 부하들은 무한궤도의 쇠들이 부딪히는 소리와 탱크 엔진의 굉음 소리를 듣고 겁에 질린 나머지 혼란스러운 상황에서 총기를 버리고 도망치기에 이르렀다. 적의 전차가 가까워지자 형의 공병 소대는 다리를 폭파하기 위해 폭약을 설치했다. 스위치를 눌렀지만 기폭 장치가 제대로 작동하지 않았다. 퓨즈가 끊어져 있는 것을 나중에 알게 됐는데, 형이 추측으로는 피란민으로 변장한 이른바 적군의 빨치산 요원들이 끊은 것 같다고 하였다. 적의 전차들이 뒤를 바짝 추격해 오는 바람에 형과 부대원들은 사방으로 흩어졌고, 사분오열되면서 모두가 낙오자 신세로 전락하고 말았다. 형은 이야기를 멈추고 한숨을 깊게 들이쉬었다.

우리 가족은 그가 빨리 떠나야 한다는 것을 알고 있었다. 만일 적에게 붙잡힌다면 무슨 일이 벌어질지는 하느님 밖에 알 수 없는 일이었다. 공산당의 잔혹함은 두말 할 나위 없었다. 북한의 김일성이 군사들로 하여금 무자비하게 전쟁을 수행하도록 명령했다는 얘기를 들었다. 아버지와 할아버지가 지갑을 털어 형에게 얼마의 돈을 쥐여 주었고, 어머니는 형이 먹을 점심 도시락을 싸주었다. 서로 보는 것이 이번이 마지막이 될 수도 있었다. 헌균 형은 조용히 작별 인사를 남기고 떠났다. 우리 식구와 함께 있다가 적에게 발각이라도 되는 날에는 형은 물론이고 나머지 가족들까지 위험에 처해지리라는 것을 알았기 때문이다.

"어떻게든 한강을 건너서 남쪽에 있는 부대원들을 찾아야 해." 형은 마치 스스로에게 얘기하듯이 중얼거렸다. 우리는 동이

트기 전 비 내리는 어둠 속으로 사라지는 형의 뒷모습을 말없이 지켜보았다.

나는 왜 형이 알몸이었는지 도저히 물어볼 엄두가 나지 않았다. 우리 가족 모두 울음을 삼키고 참았다. 전쟁은 잔인했다.

전쟁 기록에 의하면, 북한군은 개전 초기 240대의 T-34 전차를 운용한 것으로 되어 있다. T-34는 제2차 세계대전 당시 나치 독일의 기갑 부대를 분쇄한 소련의 전차다. 남한에는 전차가 단 한 대도 없었다.

전쟁을 앞두고 미국에 탱크 지원을 요청한 남한 정부의 요구는 번번이 묵살됐다. 왜 그랬을까? 물로 가득 찬 논이 산재해 있는 남한의 지형적 조건이 전차의 운용에 적합하지 않다는 판단에서였다고 한다. 남한은 대전차 지뢰의 지원도 요구했다. 남한의 자료에 의하면, 이 또한 같은 이유로 거절되었다고 한다. 동일한 지형적 요건으로 인해 북한에서의 전차 운용 또한 효과가 제한적이라는 것이었다.

일부 미국학자들은 이러한 보고서에 이의를 제기했다. 그들은 남한 정부가 다량의 대전차 지뢰를 보유하고 있었으나 적의 진입로에 매설하지 않은 채 창고에 보관만 하고 있었다고 주장했다. 이승만 대통령이 향후 있을지 모를 북진에 대전차 지뢰가 방해가 될 것을 우려해 애초부터 이용하지 않았다는 것이다.

한강대교를 서둘러 폭파한 죄로 군사 재판에 회부된 공병 부대의 총책임자가 총살에 처해졌다. 그의 명령으로 6월 28일 새벽 2시 30분에 다리가 폭파되었고, 북한 인민군은 새벽 4시에 서울로 진입했다. 25일에 전쟁이 발발했으니 3일 만에 수도 서울이 함락된 것이다. 정부와 군은 처참한 패배의 책임을 전가할 희생양이 필요했고 가장 가시적인 인물이 공병 부대의 총괄 책임자였던 것이다. 정의가 결여된 이 결정은 시일이 지나 정정되었다. 그는 사후에 재심을 받았고 무죄 선고를 받았다.

1950년 6월 28일, 나는 완벽한 고요함 속에서 잠을 깼다. 눈부신 햇살이 창문에 내리비치고 있었다. 더 이상 대포의 포격 소리는 들리지 않았다. 평화가 되돌아온 것인가? 나는 고등학교 교복을 급하게 걸쳐 입고 거리로 나갔다. 전차를 둘러싼 군중들이 보였다. 탱크? 아니 우리 군에 탱크는 없을 텐데. 심장이 크게 두근거렸다. 군중에 다가서자 전차의 포대 밖으로 머리를 빼꼼히 내민 병사가 보였다. 그가 쓴 철모의 모양과 색이 이상하게 보였다. 놀란 마음에 주변을 돌아보니 트럭 두 대가 길에 세워져 있었다. 그 트럭에는 가슴과 등에 위장용 망을 두르고 낯선 제복을 입은 군인들이 가득했다. 그들의 군복은 일본이 항복한 후 북한을 점령한 소련군의 그것과 비슷해 보였다. 그 트럭들에는 낯선 깃발이 나부끼고 있었는데 북한의 인공기였다. 나는 심장이 철렁 내려앉았고 몸서리를 쳤다. 적의 군대가 수도에 입성한 것이다.

나의 조국 대한민국은 어디로 갔나!

## 전쟁: 북한군 치하의 삶

느리기는 했지만 북한 공산당에게 점령당했다는 엄연한 현실이 나의 뇌리 속으로 서서히 기어 들어오고 있었다. 나는 무척이나 당혹스러웠고 길거리의 모습이 괴기하게 보였다. 소수의 사람들만이 북한군을 열성적으로 환영했고 그들과 악수하면서 이야기를 나누었다. 몇몇 아이들은 길 한가운데 서 있는 탱크 위에 올라타기도 했다.

놀랍게도 작은 북한 인공기를 흔드는 두 명의 시민이 보였다. 우리 동네에도 공산주의 동조자들이 내내 숨어 있었던 것일까? 아니면 정복자들의 비위를 맞추고자 노력하는 단순한 기회주의자들일까? 그러나 대다수의 사람들은 애써 속마음을 숨기며 거리를 둔 채 적군 병사들을 조용히 지켜보고 있었다. 이 상황이 무엇을 의미하는가를 알아내려고 애쓰고 있는 것으로 보였다.

내가 할 수 있는 유일한 일은 집으로 돌아가는 것뿐이었다. 집으로 가는 도중 가슴 안쪽 주머니에 들어 있는 지갑에서 신분증을 꺼내 갈기갈기 찢은 후 쓰레기통에 버렸다. 학도호국단 신분증이었다.

전쟁이 발발하기 1년 전인 1949년 초, 교육부는 유사시 북한의 공격에 대비하여 방어 전력의 증강을 위해 전국 고등학생을 학도호국단으로 편성하여 훈련시키기로 결정했다. 그 시작은 그럴듯했지만 여타 정부 시책들과 마찬가지로 실질적인 성과는 미미했다. 우리가 한 것이라고는 학교 운동장과 시가지를 행진하거나 사열 혹은 분열 연습뿐이었다. 어쨌거나 북한 군인들이 그러한 신분증을 발견한다면 좋게 보지 않을 것이 분명했다.

집에 돌아와서는 길에서 본 것을 가족들에게 들려주었다. 모두들 침묵에 빠졌다. 다들 말을 아꼈고 특별히 하는 일 없이 그날 하루를 보냈다. 그날 겪었던 충격은 우리 가족이 감내할 수 있는 수준을 넘어섰던 것이었다.

점심을 차리던 어머니는 뒤주를 열어 아버지에게 보여주었다. 쌀이 거의 바닥을 보이고 있었고 아버지는 고개를 떨구었다. 전쟁이 발발하기 하루 전, 부모님은 햅쌀이 시장에 나오는 가을까지 남은 몇 달을 버티기 위해 쌀통을 채워 놓아야 한다는 이야기를 주고받고 있었다. 전쟁은 그보다 하루 일찍 찾아왔다. 그리고 전쟁 발발 첫째 날부터 모든 가게의 선반에서 쌀이 사라졌다.

북한의 서울 점령 첫날이 저물기 전, 서울 시민들은 믿을 수 없는 북한군의 잔학 행위를 접하게 된다. 북한 인민군은 1950년 6월 28일 아침 서울에 입성했다. 적의 수도에 입성한 북한군이 최초로 취한 행동은 서울대학교 의과대학 병원에 들이닥쳐서 그곳 병상에 누워 있던 국군 부상병들과 그들을 돌보던 의사와 간호원을 학살한 것이었다. 그들 중 다수는 의과대학 직원들로 부상병들을 치료하기 위해 급하게 동원된 사람들이었다.

3일 전에 전쟁이 발발하면서 부상당한 다수의 군인들이 당시 최대 규모였던 의과대학 병원에 실려 왔다. 대한민국 육군에는 전쟁 사상자들을 돌볼 병원 시설이 없었다. 구급차가 몇 대 없었기 때문에 수많은 부상병들이 트럭, 손수레, 들것 그리고 동료의 등에 업힌 채 실려 왔다.

지붕 위에 나부끼는 적십자 깃발은 북한 인민군에게는 무의미했다. 병상에 누워 있는 부상자들은 더 이상 전투병들이 아닌데다 그들 모두 같은 동포였지만 광분한 북한 병사들에게는 그것 역시 아무런 의미가 없었다. 학살 작전은 체계적으로 수행되었고, 그것이 전쟁의 광기에서 비롯된 국지적인 사건이 아니라는 것만은 의심의 여지가 없었다.

일반적인 상식과는 달리 북한 점령군은 그들의 잔혹 행위를 숨기려 들지 않았다. 도리어 그들은 남한 주민들 사이에서 그 소식이 퍼지기를 바랐고 실제로도 그 소문은 삽시간에 퍼졌다. 선전 기관에 의하면, 북한의 김일성은 인민군으로 하여금 미 제국주의자들의 심복들과 그들의 용병에 대항하여 가차없이 싸울 것을 명령했다고 한다.

공산주의 혁명과 조국 통일을 가로막는 자는 누구 하나 빠짐없이 무자비한 숙청을 당해야만 했다. 날카로운 메시지가 밤낮을 가리지 않고 북한 점령군의 손아귀에 떨어진 서울의 방송국을 통해 울려 퍼졌다.

공화국 남반부를 해방시키기 위해 참전하라는 강경하고도 도발적인 선언들 사이사이에 북한군 군가가 흘러나왔다. 그중에는 〈김일성 장군가〉, 〈적기가〉, 〈빨치산의 노래〉 같은 것들이 있었다. 원통하게도 적군의 군가는 감미롭고 신이 나서 듣는 이로 하여금 빠져들게 만들었다. 머지않아 그 행진곡들은 대중들 사이에서 엄청난 인기를 끌었고 북한에 대항했든 동조했든 젊은 사람들이 열심히 따라 부르기 시작했다. 나도 마음속 울분을 떨쳐버리려 했는지 그 노래들을 큰 소리로 따라 불렀다. 두려움 없이 마음껏 노래를 불렀다. 적어도 그 노래를 부르는 동안에는 나를 건드리는 공산당원은 없을 테니 말이다.

서울이 함락되고 이틀째 되는 날 저녁 때 라디오를 틀었는데, 큰 소리로 영어가 흘러나오는 바람에 나는 소스라치게 놀랐다. 미국 방송이라고 생각한 나는 즉시 라디오를 꺼버렸다. 내가 양키 제국주의자의 방송을 듣는다는 사실을 누군가가 알아차리게 될까 봐 두려웠던 것이었다.

주위가 조용한 것을 확인한 나는 음량을 낮추고 조심스럽게 라디오를 다시 틀었다. 놀라움도 잠시, 실망스럽게도 그것은 북한 당국이 영어로 하는 방송이었다. 어떻게 이럴 수가? 어째서? 미국과 자유세계의 우방이었던 남한에서도 영어로 하는 방송을 들은 적이 없었는데, 북한이 적국의 언어로 방송을 하고 있다니! 나는 선전과 선동에 있어서는 남한이 북한을 따라갈 수 없을 거라는 생각이 들었다.

자유분방한 남한 사람들은 거짓과 허위의 냄새가 가득한 북한의 선전 선동을 혐오했다. 공산주의자들에게 선전 선동은 사회주의 혁명을 위한 하나의 신성한 도구였고, 선전 부대는 북한 노동당의 핵심 조직 중 하나였다.

놀랍게도 북한의 선전 부대는 전쟁을 시작한 쪽이 남한이라고 공언했다. 북한은 스스로를 공화국이라 칭했는데, 이승만과 남한의 괴뢰군이 이북의 형제들을 향해 비인도적이고 기습적인 공격을 감행했으므로 공화국은 이를 기회 삼아 한반도 통일을 위한 전면적인 반격에 나섰다는 뻔뻔스러운 주장을 반복하고 있었다.

이러한 북한 측 주장은 무의식적으로나마 북한의 선전 선동이 하나의 거대한 거짓이라는 사실에 대한 증거가 되었다. 전쟁 발발 초기 3일간 대한민국 국군의 대혼란을 본 사람이라면 남한이 전쟁을 시작했다는 북한 측 주장은 쉽게 반박할 수 있을 터였다.

남한을 지칭하면서 북한 사람들은 시종일관 '공화국 남반부'라는 표현을 사용했다. 대조적으로 남한 사람들은 북한을 '북한'이라 불렀고 남한을 '남한'이라 불렀다. 이 차이는 너무나도 뚜렷하고 선명하다고 스스로 생각했다. 북한은 남과 북의 모든 한국인들에게, 그리고 전 세계를 상대로 남한이 '조선민주주의인민공화국'의 일부라고 주장하고 있었다. 이데올로기적 왜곡과 선전 선동의 술수에 있어서는 남한이 북한에 한참 뒤처져 있음을 인정하지 않을 수 없었다.

한번은 미국 군인에게 '프로파간다'라는 단어의 뜻을 물어본 적이 있었다. 그는 잠시 생각한 뒤 "아, 그건 불쉿이야!"라고 대답했다. 구어적인 비속어는 도리어 나의 궁금증을 키우기만 했다. 그것은 라틴어 계열의 '프로파간다'(propaganda, 어떤 것의 존재나 주장 따위를 남에게 설명하여 동의를 구하는 일)라는 보다 지적이고 고상한 단어와는 너무나도 확연히 대비되는 단어였다. 세월이 지나 '불쉿(bullshit, 개소리)'이라는 단어의 뜻을 알게 된 나는, 북한 공산당의 입에서 나온 이야기를 정의하는 데 있어서 '프로파간다'보다는 '불쉿'이 적합하다는 결론에 다다르게 되었다.

6·25 남침 전쟁이 발발하고 70년의 세월이 지난 오늘에도 북한은 남한의 북침을 주장하고 있다. 남한에서 편히 살며 모든 정보에 쉽게 접근할 수 있으면서도, 어처구니없이 아직까지 북한 측 주장을 고집하는 사람들이 일부 남아 있는 것으로 안다.

북한군의 서울 점령 이후 첫 몇 주간 유혈 사태가 계속해서 이어졌다. 서울 시민들은 북한 군인들을 비롯하여 사냥 모자를 쓰고 팔에 붉은 띠를 두른 공산주의 유격 단원들이 패주한 남한 병사들을 색출하여 길거리와 동네 공터에서 처형하는 것을 자주 목격했다. 투항하는 남쪽 패잔병도 즉결 처분했다. 이런 광경을 본 내 가족은 육촌형인 안헌균 소위의 생사가 무척이나 걱정스러웠다.

남한 병사가 변장했을 것으로 의심되는 민간인 차림의 남자들은 하나같이 모자를 벗을 것을 명령받았다. 이마의 피부색이 다른 곳보다 엷다면 이유를 불문하고 총살되었다. 병사들은 철모나 모자를 착용하기 때문에 이마가 햇볕에 그을리지 않는다는 것이 그들의 논리였다. 이는 평소에 교복과 학사모를 착용하는 징집 연령대의 남학생들에게도 위험천만한 일이었다. 나는 쓸데없이 밖으로 나가는 일을 삼가게 되었다.

북한의 요원들과 수년간 숨어 지내다가 모습을 드러낸 남한의 공산주의 지하 조직원들은 현역과 퇴역 경찰관들을 찾아내어 무자비한 복수를 가했다. 그들의 분노와 혐오는 빨갱이 즉 공산주의자들을 색출하는 최전선에 남한 경찰관들이 있었다는 사실에 기인했다. 남한 경찰관이 붙잡히는 날에는 모진 고문과 죽임을 각오해야만 했다. 많은 수의 그들의 가족 또한 동일한 수준의 엄한 처벌을 받았다.

어느 날 오후, 나의 막내 고모가 안부를 물으러 우리 집에 찾아왔다. 고모는 문지방에 소포를 털썩 내려놓고 방바닥에 털썩 주저앉았다. 고모는 숨을 헐떡이고 있었고 온몸이 땀에 젖어 있었다. 고모와 상당히 가까웠던 어머니는 "대체 무슨 일이 있었던 거니?"라며 조용히 물어보셨다.

"동대문 근처 학교 운동장에서 어떤 사람이 등뒤로 팔이 밧줄에 묶인 채 무릎 꿇고 앉아 있는 것을 봤어요. 수백 명의 사람들이 둘러싸고 있었는데 연단 위에 선 한 남자가 그 사람에게 고함을 치고 있었어요. 북한 군인 몇 명과 소총, 칼, 죽창으로 무장한 사람들이 근처에 서 있었고요."

고모는 숨을 헐떡이며 얘기했고, 얼굴은 겁에 질려 있었다.

"어린아이와 여자 한 명도 그 가엾은 사람 뒤에 고개를 떨구고 서 있었어요. 저는 너무 무서워서 그 자리에서 재빨리 빠져나와 뛰어왔지요."

그리고는 생각났다는 듯이 할아버지에게 살짝 웃어 보이며 말했다. "맞다, 아버지 드릴 쌀 한 봉지 가져왔어요." 그리고는 마치 악몽이라도 떨쳐 버리려는 것처럼 몸을 부르르 떨었다.

"인민재판을 보고 왔구만." 아버지가 고모에게 말했다. "군중 재판 말이다."

아버지께서 설명하시기를, 북한군은 서울을 점령하면서 남한 내부의 적대 세력을 축출하고 남쪽 주민들 사이에 공포 분위기를 조성하기 위해 군중 재판이라는 수단을 동원하고 있다는 것이었다. 그들은 이러한 절차를 '인민재판'이라 불렀다. 말 그대로 인민에 의한 재판이었다. 새로이 해방된 민청(민주주의청년연합)과 같은 공산주의 단체 조직원들을 비롯하여 평소 불만에 차 있던 동네 주민들과 하룻밤 새 공산주의자로 전향한 사람들이 북한 블랙리스트에 오른 사람과 그들의 표적을 찾아내어 집이나 일터에서 끌고 나와 재판을 위해 공터나 학교 교정으로 데려왔다. 그들의 표적은 자본주의자, 지주에서부터 남한 경찰관과 친일파였다. 우익 지도자로 선고되는 사람이 있는가 하면, 고리 대금업자, 반혁명주의자, 또는 단순히 반동분자나 '인민의 적'으로 분류되기도 했다.

재판 주최자들은 피고의 혐의를 목청껏 읊었다. 공산당원들과 지지자들 근처로 모여든 많은 사람들이 환호했다. 그들 중 상당수는 강요에 의해서 동원된 사람들이었다. 짜인 각본에 의해서 군중 중 누군가가 일어서서 피고를 향해 비난을 가하고 처벌을 요구했다. 그러면 더욱 많은 사람들이 환호로 호응했다. 어느 누구도, 평소 피고의 친한 친구들마저 이의를 제기하는 사람이 없었다. 모두들 인민의 적으로 낙인찍힐 수 있다는 위험 앞에 압도당했던 것이다. "이의 있습니까?" 연단 위의 남자가 소리쳤다. 아무 소리가 없자 남자는 피고의 유죄를 선고했다. 가장 흔한 처벌은 총살 부대에 의한 즉결 처형이었다. 그보다 덜한 처벌을 받은 이들은 형무소로 끌려갔는데 이후 소식은 알 길이 없었다.

아버지는 평소 반공청년단체에서 활동을 하던 친구 하나가 인민재판을 받은 후에 종적을 알 수 없게 됐다고 이야기했다.

아버지가 이야기를 마치자 아무도 입을 여는 사람이 없었다. 고모가 떨고 있는 것을 보고 아버지는 당시 열네 살이던 내 남동생을 시켜서 집에서 몇 킬로미터 떨어진 안암동 댁까지 모셔다 드리게 했다.

시간이 지나면서 공개적 처형은 점차 잦아들었다. 7월 중순 무렵부터는 공개 재판이나 인민재판에 관한 소식은 거의 들리지 않았다. 북한 당국은 공포 조장을 통해 남한 사람들을 충분히 장악했고 서울 내에 남아 있는 적대 세력 또한 거의 축출한 것으로 판단한 듯했다.

북한 지배자들은 서울시 행정을 재빨리 장악했다. 전기와 수도는 끊기지 않았다. 단축 운행이기는 했지만 시내 노면 전차들도 계속해서 운행되었다. 최하위 행정 기관인 동사무소는 제복을 입은 북한 관료들로 채워졌다.

서울 점령 이틀째 되는 날, 우리 동사무소는 인민군을 돕기 위해 각 세대별로 신체 건장한 사람을 차출하도록 요구해 왔다. 그 명령은 새로 부임한 공산당원들로부터 계속 남아서 일할 것을 지시받은 남한의 동사무소 직원들에 의해서 전달되었다. "삽이나 곡괭이를 챙겨 오라." 그들의 요구 사항이었다. 할아버지는 아버지와 대책을 논의했다. 신체 건장함이라는 자격 요건에 부합하는 사람은 나와 아버지밖에 없었다. 할아버지는 두 사람이 가면 안 된다고 판단했다. 오히려 신체가 건장하기 때문에 가면 안 된다는 것이었다. 대신 어머니가 나서기로 결론을 지었다. 여자가 나오면 오랫동안 노동일을 하거나, 또는 최악의 경우 군대에 편입시키지는 않을 것이라는 판단에 따른 결정이었다.

어머니는 저녁 무렵 동네 집결지에 나가셨다가 다음 날 아침, 기진맥진하고 누더기가 된 모습으로 집에 돌아오셨다. 다른 수천 명의 시민들과 함께 모래주머니를 한강 변으로 실어 날랐다고 하셨다. 어머니는 남한 방어군에게 계속해서 공세를 가하기 위해 북한군이 한강 도하를 준비하는 것 같다고 얘기하셨다. 나쁜 소식이었다.

잠시 쉴 틈도 없이 어머니는 아침상을 차렸다. 우리는 상에 둘러앉아 쌀죽을 먹었다. 우리 식구가 이처럼 형편없는 식사를 한 것은 제2차 세계대전 막바지 일본 정부가 가혹한 배급제를 시행했던 이후로 처음 있는 일이었다. 물이 가득 섞인 쌀죽으로 배를 채우기는 했지만 허기가 가시지 않았다. 어머니는 고모가 가져 온 쌀 한 봉지로 앞으로 일주일을 먹어야 한다고 말씀하셨다.

식사를 마치고 할아버지께서 아버지에게 조용히 물으셨다. "네 생각에 미국이 우리를 도우러 군대를 보낼 것 같으냐?"

우리는 아버지의 답변에 귀를 기울였다.

"분명 그럴 겁니다." 아버지가 단호하게 말하였다.

"어째서 그렇게 생각하냐?" 할아버지께서 다시 물으셨다.

"미국은 우리 우방이니까요. 미국이 일본 식민지로부터 우리 를 해방시켰고 국제연합을 통해서 독립하도록 도왔잖아요. UN 도 우리 정부를 인정했고요."

아버지는 한숨을 크게 쉬면서 계속 이어 나갔다. "실제로 일 주일 전에도 존 포스터 덜레스(John Foster Dulles)가 국회 연설에 서 미국이 외부 위협으로부터 남한을 보호할 거라고 확약하지 않았습니까. 믿을 수 있어요. 미국은 거짓말하지 않습니다."

당시 미 국무부 고문이었던, 덜레스는 일본과 평화 조약을 협 의하기 위해 도쿄에 와 있었다. 그는 북한이 남한에 대해 군사 행동을 벌이기 1주일 전, 서울에 잠시 머물렀다. 나는, 남한 외 무부 장관과 국방부 고위직을 대동하고 38선을 따라 배치된 군 사 초소들을 방문한 덜레스 특사의 사진을 떠올렸다. 그 사진은 서울 주요 일간지들의 1면을 화려하게 장식했다. 북한은 동일한 사진을 놓고, 덜레스가 남한의 괴뢰들에게 북에 대한 공격을 지 시하고 있다며 그들의 선전 선동에 이용했다.

"그 말이 사실이면 좋겠군." 할아버지께서 아버지에게 말씀하셨다. "하지만 미국이 북한군을 몰아내지 못하면 어쩌지? 소련제 무기에 탱크까지 북한군은 엄청 강하다고. 게다가 미국은 멀리 떨어져 있고 말이야."

"미국이 우리를 도와주지 않거나 전쟁에서 진다면 김일성에게 항복하는 수밖에 더 있겠어요?" 아버지는 평소와는 정반대로 익살스럽게 얘기했다. 그러나 아버지는 상상조차 하기 싫지만 혹시라도 있어날지 모르는 무시무시한 미래의 전망에 심기가 불편해 보였다.

정말로 미국이 우리 편에 서지 않는다면?

서울 점령 3일째 되는 날, 쉽 없이 떠들어 대는 북한 방송은 인민군이 성공적으로 한강을 도하해서 퇴각하는 남한 군대를 뒤쫓고 있다고 울부짖었다. 머지않아 승리할 것이며 여름이 끝나기 전에 조국의 통일을 쟁취할 것이라고 장담했다.

나는 절망감에 라디오를 안고 옷장 안에 숨어들었다. 머리 위에 두꺼운 요 세 장을 뒤집어쓴 채 라디오를 가까이 대고 신호를 잡기 위해 천천히 다이얼을 돌렸다. 귀에 거슬리는 공산당 방송과 짜증나는 잡음밖에 잡히지 않았다. 옷장 속은 숨이 막혔고 두꺼운 이불을 뒤집어쓰고 있어서 온몸이 땀으로 흥건히 젖었다. 나는 신선한 공기를 마시기 위해 옷장 밖으로 기어 나와 뒤뜰에 서서 무심코 하늘을 올려다보았다. 순간 우리를 향해 날아오는 세 개의 작은 점에 눈길이 멎었다.

"저게 뭐지?" 내가 소리쳤다.

"별똥별 같다." 남동생이 신기해하면서 얘기했다.

"별똥별? 이 대낮에?" 나는 하늘을 바라보며 날아가는 물체를 눈으로 쫓았다. 십자가 모양의 작은 물체가 머리 위로 날아갔다. "비행기 같은데." 내가 말했다. "하지만 비행기가 어떻게 저렇게 빨리 날지?"

나중에 안 사실이지만 그날 우리가 본 비행기는 제트 엔진을 장착한 F-80였다. 아니나 다를까 '별똥별(shooting star)'이라는 별명이 붙은 미국의 신형 전투기였다.

그날 밤 늦게 나는 옷장 안으로 기어들어가서 다시 라디오를 켰다. 희미한 목소리가 들렸다 끊기기를 반복했다.

"맥아더 장군, UN결의안, 미국 공군이 항공 지원, 일본 주둔 미군 한국행……."

미국을 향한 나의 믿음은 배신당하지 않았다. 미국과 자유세계 국가의 병사들이 한국으로 오는 중이었다. 나는 공상 과학 소설에나 나오는 것처럼 보이는 신형 전투기를 내 두 눈으로 확인했다. 더 이상 무슨 증거가 필요하겠는가?

전쟁은 며칠 내로 끝날 것이다, 나는 그렇게 생각했다. 뒤떨어진 북한의 농민 군대는 땅에서, 바다에서, 하늘에서 미국의 강력한 군사력 앞에 상대가 되지 못할 테니까. 이는 김일성이 가장 먼저 인정할 것이다. 스스로를 대원수로 공표한 북한의 김일성은 미국 참전의 소식을 듣는 순간 군사들에게 재빨리 퇴각하도록 명령할 것이다.

나는 고무되었다. 머지않아 이 숨 막히는 감옥에서 해방될 것이다. 그렇다, 나는 지난 며칠 동안 공산당 치하의 삶은 오히려 감옥살이보다도 못하다는 것을 배웠다.

북한 침략자들을 몰아내기 위해 다국적군을 파견하기로 한 UN결의안 채택 소식은 조용히 그리고 빠르게 퍼져 나갔다. 당시 한국인들 사이에서 제2차 세계대전의 영웅 더글라스 맥아더 장군이 유엔군 총사령관으로 지명되었다는 이야기가 나돌았다.

그건 기적이나 다름없었다. 반가운 소식은 서울 시민들 사이에서 삽시간에 퍼져 나갔다. 본능적으로 사람들은 자유의 기운을 느낄 수 있었지만, 그와 동시에 기쁨과 환희를 잠시 동안 마음속 깊숙이 숨겨 놓아야만 했다. 북한 요원들이 사방에서 감시하고 있을 수도 있기 때문이었다.

그러나 나의 예상과는 달리 전쟁 국면은 빠르게 전환되지 않았다. 어느 날 밤 옷장 안에서 들은 라디오 보도는 김빠지는 내용이었다. 서울 이남 45킬로미터 지점에서 미군과 북한군이 최초로 맞붙었는데, 그 전투에서 미국의 스미스 기동 부대가 대패했다는 소식이었다.

희미하게 들리는 남한의 라디오 방송에서 다음과 같은 이야기가 매일 밤 반복됐다. "우리의 용감한 병사들과 미군이 전략적 후퇴를 성공적으로 수행했다." 북한 군대는 남한과 미군 진지들을 연이어 격파했다. 유엔군은 적군에게 계속 패배하고 후퇴를 되풀이하며 영토를 내주고 있었다.

전투는 둘째 주를 지나 셋째 주로 접어들었다. 그리고 북한의 선전 선동은 전쟁 열기에 부채질을 가하려는 것처럼 점차 그 수위를 높여 나갔다. "북한은 미 제국주의 세력에 맞서 연전연승을 거듭하고 있으며, 미국 병사들은 혼란 속에서 패주 중이다...." 북한 방송은 머지않아 영웅적인 인민군이 제국주의 세력을 한반도 남단의 바다 밖으로 몰아낼 것이라고 장담했다. 북한의 선전 포스터에는 붉게 물든 한반도가 그려져 있었고, 붉은색으로 덮인 영역은 점점 남쪽으로 뻗어 나갔다.

"전략적 후퇴라고? 또?" 나는 이를 갈면서 라디오를 껐다. "전략적 공세로 나서란 말이야." 나는 라디오를 들고 이불을 뒤집어쓴 채 주먹을 불끈 쥐었다. 덥고 습하고 잠 못 이루는 밤들이 길게 이어졌다.

하루는 어머니가 공산당이 점령한 뒤로 서울 시내 곳곳에 자생적으로 생겨난 시장에 갔다. 일상적인 경제활동은 정지된 상태였다. 집을 나서면서 어머니는 나에게 밖에 나가지 말라고 당부하셨다. 젊은 남자가 밖을 배회하기에는 너무 위험하다고 엄격히 말씀하셨다. 나는 나가지 않겠다고 약속했다. 나는 어머니가 왜 시장에 가시는지 의아했다. 시장에서 교환할 만큼 값진 물건도 없는 데도 어머니가 길을 나섰으니 말이다.

한여름의 하루는 열여덟 살 사내아이가 집 안에 갇혀 있기에 너무나도 길었고, 그 무료함은 견디기 어려웠다. 나는 『노동신

문』을 집어 들고 몇 페이지를 훑어 보았다. 흥미로운 기사라고는 단 한 줄도 없었다. 마치 다른 견해는 절대로 용납하지 않겠다고 독자에게 말하려는 것처럼 1면 헤드라인은 굵고 각이 지고 강렬했다. 기사는 빼곡하게 인쇄되어 있어서 더 이상의 이야기는 필요 없다는 인상을 주었다. 1면에는 김일성이 병사들에게 전하는 말, 공산당 표어, 행정 명령 등이 실려 있었다. 마치 법률서적 서문처럼 사람의 손길이 결여된 느낌이었다. 나는 단정적인 어투에 메스꺼움과 낙담을 동시에 느끼면서 일간지를 내려놓았다.

해는 아직도 중천에 떠 있었고 나는 바깥세상 소식에 심한 갈증을 느꼈다. 나는 고등학교 야구팀 동료이자 걸어서 20분 거리인 신당동에 사는 가까운 친구 한 명을 찾아가기로 마음먹었다. 주위를 조심스럽게 살피면서 최성이네 집으로 빠른 걸음을 옮겼다. 그의 아버지가 유명한 변호사여서인지 친구 가족은 부유한 동네의 한 저택에 살고 있었다. 친구 집이 가까워지면서 나는 조금씩 이상한 생각이 들기 시작했다. 눈부신 햇살에도 불구하고 친구 집은 말로 형용할 수 없는 그림자가 드리워져 있었다. 담장 주변으로는 나무와 풀들이 관리를 하지 않았는지 무성하게 자라 있었다. 창문은 두꺼운 천으로 가려져 있었다. 한국의 전통적인 관습에 따라 평소처럼 살짝 열려 있어야 할 현관문은 굳게 잠겨 있었다.

나는 초인종을 눌렀다. 대답이 없었다. 다시 초인종을 눌렀지만 여전히 인기척이 없었다. 서서히 마음이 불편해지고 살짝 화가 난 나는 현관문을 두드리기 시작했다. 그러자 한 여성이 문을 반쯤 열고 나에게 떠나라는 손짓을 했다. 곧바로 그분이 친구 어머니라는 것을 깨달았다. 나는 이상하다고 생각했다. 평소에는 가정부가 문을 열어 주었으니까. 친구 어머니는 회색 작업복을 입고 계셨는데 평소의 다정했던 모습과는 사뭇 달랐다. 그녀는 겁에 질려 있는 것처럼 보였다. 내가 반응을 하기도 전에 친구 어머니는 문 뒤편으로 사라졌다. 무슨 급한 일이 있겠거니 하고 생각한 나는 돌아서서 그곳을 떠났다.

그 이후 석 달이 지난 1950년 9월 서울이 해방되고 나서야 비로소 나는 당시 친구에게 무슨 일이 있었는지 알게 되었다.

친구를 만나지 못한 나는 실망감에 서울 거리를 걸어 다니기로 마음먹었다. 공산주의 치하의 서울 거리에서 무슨 일이 일어나고 있는지 몹시 궁금했다. 사실 나는 공산당이 도착한 이래로 집 밖으로 나간 적이 별로 없었다.

서울 시내를 걸어 다니면서 고궁 돌담과 건물들의 높고 긴 담벼락이 선전 문구와 포스터들로 도배되어 있는 걸 보았다. 선전 문구는 하나같이 제국주의에 맞선 투쟁과 조국의 해방, 사회주의 혁명을 선포하는 내용들이었다.

포스터에는 코 큰 미군 병사를 발바닥으로 짓밟는 북한 병사, 피 흘리는 아기를 팔에 안고 미군기를 노려보는 여성, 피바다 속에 누워 있는 어머니 옆을 기어다니는 갓난아기 등이 그려져 있었다. 포스터의 미적 수준은 상당히 뛰어났고, 어떤 것은 심지어 예술적이기까지 했다.

높은 건물 옥상과 점포의 진열창에는 김일성과 스탈린(Joseph Stalin)의 초상화가 걸려 있었는데, 마치 지나가는 사람들을 바라보고 있는 것 같았다. 내 눈에는 악마 같은 미소를 머금고 있는 것처럼 보였다.

공산당 선전 기관들은 북한에서 가장 뛰어난 예술가들을 총동원한 게 분명해 보였다. 전쟁이 끝나고 나서야 알게 된 사실이지만, 공산주의 북한에 안식처를 찾은 다수의 남한 출신 예술가들이 선전 선동 기관에 참여해서 그들의 재능을 제공했다고 한다.

거의 모든 건물 꼭대기, 개인 주택, 길거리 모퉁이 어디를 보아도 곳곳에 북한 인공기들이 펄럭이고 있었다. 공산주의자들은 어째서 이토록 깃발을 좋아하는 걸까?

깃발 얘기를 하다 보니 시청 건너편에 있던 서울의 차이나타운을 보고 놀랐던 기억이 떠올랐다. 모든 중국 음식점, 야채 가게, 주택 입구에 공산 중국의 깃발이 걸려 있었다. 전쟁 전에는, 남한에 거주하는 중국인들은 당연히 장개석의 국민당에 충성하는 사람들이라고 알고 있었고 누구도 의심한 적이 없었다.

하지만 중국 오성홍기를 어디서 구해서 이처럼 빠르게, 그것도 일제히 내걸었는지 참으로 놀라운 일이었다. 석 달 뒤 북한군이 서울을 비우고 달아나자 중화 거리에는 국민당의 청천백일기만이 나부끼고 있었다는 후일담을 전해 들었다.

마오쩌둥(毛澤東)이 북경 천안문 꼭대기에서 중화인민공화국의 수립을 선포한 것은 전쟁이 발발하기 겨우 8개월 전의 일이었다. 그리고 장제스(蔣介石)의 국민당 정부는 당시 대만의 타이페이에 있었다.

지구촌 곳곳에 산재한 해외 중국인들은 귀화한 땅에서 엄청난 생존력과 융통성을 체득했다는 것은 역사가 이를 증명한다. 나는 글자 그대로 '몸을 돌아 눕는다'는 뜻의 그들의 전설적인 '번신(翻身)'의 순간을 실제 두 눈으로 목격했다. 그날 거리에는 단 한 명의 중국인도 없었다. 그들은 위험을 피하는 방법을 잘 알고 있는 듯했다.

나는 계속해서 서울 시내를 걸어 다녔다. 문을 연 가게는 거의 없었고 거리는 텅 비어 있었다. 전쟁 전의 번잡함과, 분주하고 활기찼던 도시의 모습은 어디에도 없었다. 지나가는 사람들은 서로의 눈길을 피했다. 북한군 보초병들이 건물들을 지키고 있었지만 그들의 존재가 오히려 어색해 보였다. 그들이 자리를 지키지 않아도 어차피 공포로 가득 찬 도시에는 아무 일도 일어나지 않을 터였다. 도시 전체가 하나의 거대한 붉은 선전의 도가니 같았다. 숨이 막혀 왔다. 나는 다른 사람 눈에 띄지 않기 위해 최대한 조심해서 걸어 다녔다.

갑작스레 마음이 초조해졌다. 어머니께서 집에 있으라고 신신당부하지 않으셨던가? 나는 인기척 없는 텅 빈 거리에 혼자 무방비 상태로 서 있었다. 해가 질 무렵, 나는 돌아서서 집을 향해 발걸음을 서둘렀다.

어머니는 골목길에 서서 나를 기다리고 계셨다. 어머니가 거대한 수호자처럼 보였고, 나는 어머니의 품안으로 달려가고 싶은 충동을 겨우 참아냈다. 나는 당시 열여덟 살이었고, 키 150센티미터 남짓의 어머니는 서른일곱이었다. 어머니는 강철 방패와 같이 그곳에서 버티고 계셨다.

나는 어머니와 함께 나란히 집을 향해 걸으면서 엄청난 꾸지람을 들을 줄만 알았다. 나 스스로도 단단히 혼이 나야 한다고 생각했다. 어머니는 아무 말씀도 안 하셨다. 그런데 오히려 어머니의 침묵이 나에게는 소리 없는 웅변처럼 들렸다. 나는 그때 이후로 철저히 어머니 당부 말씀에 따르겠노라 맹세했다.

그날 저녁, 어머니는 식구들에게 흰쌀밥을 차려 주셨다. 그날 어머니가 시장에 가셨던 건 알고 있었지만 도대체 쌀을 어떻게 구했는지 궁금했다. 그러나 먹는 데 정신이 팔린 나머지 미처 물어볼 여유가 없었다.

부엌에서 설거지를 마친 어머니가 배불리 먹고 마루에서 쉬고 있는 가족들 곁으로 오셨다. "오늘 죄를 지었네요." 하고 어머니가 거의 속삭이듯이 얘기했다.

"무슨 일이 있었니?" 할머니가 부드럽게 물으셨다. 할머니는 며느리인 내 어머니를 늘 아끼셨다.

"오늘 시장에서 북한 군인을 속였지 뭐예요."

"네?" 모두들 어머니를 바라보았다. "북한군을 속였다고요?"

"젊은 북한 병사에게 회중시계를 팔았어요. 북한 사람들과 군인들이 남한 사람에게서 시계를 사고 싶어 한다는 얘기를 들었거든요. 그래서 제가 가지고 있던 낡은 시계 하나를 팔았어요."

나는 어머니가 여분의 시계를 가지고 계신지 몰랐다. 그나저나 북한 군인에게 시계를 팔았다고 해서 문제가 될 건 전혀 없어 보였다. 여타 공산국가의 사람들처럼 북한 사람들도 시계를 무척이나 갖고 싶어 했다. 그들 나라에서는 시계 같은 소모품을 충분히 생산하지 못하기 때문이었다. 제2차 세계대전 막바지에 북한을 점령한 소련군이 사람들에게 총부리를 겨누고 손목에 차고 있던 시계를 채갔다는 이야기를 들은 적이 있다.

"그런데 있지요," 어머니가 계속 말하셨다. "제가 판 그 시계는 고장 나 있었어요. 작동시키려면 흔들어야 하고 몇 분 가다가 또 멈추곤 했어요. 북한 병사에게 보여주기 전에 세게 흔들었지요. 그 사람은 마음에 들었는지 흥정도 안 하고 저한테 돈을 줬어요. 아주 상냥한 청년이었어요." 어머니는 소리 없이 한숨을 쉰 것 같았다. "그리고 근처에 있던 농부에게서 쌀을 사 왔지요."

모두들 말을 하지 않았지만 어머니의 재치에 내심 감사하는 듯했다. 나는 너무 깊이 생각지 않으려 애쓰면서 잠을 청했다. 어머니는 그 젊은 병사에게 죄책감을 느꼈겠지만 그건 어쩔 수 없는 일이었다. 그리고 비록 당신께서 죄스러운 행위를 통해 가족을 먹였지만 그것에 대해서 만족하신다면 그 또한 좋은 일이었다. 사기를 당한 것은 적군 병사이고 대수롭게 생각할 일은 못

되었다. 나는 그렇게 결론짓고 이내 잠이 들었다.

며칠 지나서 누나가 알려 주었는데, 그 회중시계는 내가 태어나기 전에 돌아가신 외할아버지의 유품이었다.

어느 날 오후 누군가가 현관문을 강하게 두드렸다. 어머니가 현관에 나가면서 나에게 방에 들어가 숨으라고 손짓하셨다. 나는 창문 모퉁이 틈새로 밖을 엿보았다. 순간 나는 겁에 질려 주춤했다. 어머니와 이야기하는 남자는 내가 다녔던 학교의 동급생이었는데, 그를 마지막으로 본 것은 2년 전이었다.

2년 전 어느 날 아침, 두 명의 사복 경찰관들이 학교 교장을 대동하고 교실에 들어왔다. 그들은 먼저 교사와 이야기한 후 그 친구의 이름을 불러서 그를 교실 밖으로 데리고 나갔다. 집 앞에 서 있던 사람은 그날 북한 공산당에 협조한 죄로 끌려 나갔던 바로 그 친구인 것이었다.

당시는 경찰이 교실에 들이닥쳐서 국가보안법 위반 혐의로 학생들을 잡아가는 일이 드물지 않았다. 학생들은 그런 경찰의 관행에 심한 불쾌감을 가지고 있었다. 우리는 학교 교정이 신성하다고 생각했다.

"그러니까 경찰은 우리에게 빨갱이 근처에 가지 말라고 경고하는 거지." 친구들 중 하나가 잘난 체하면서 말했다. 학교 급우가 북한에 협력한 죄로 체포되면 체념하고 받아들이는 것 외에 우리들이 할 수 있는 일은 별로 없었다.

그 친구는 어머니와 몇 분 대화를 나눈 후 곧 떠났다. 어머니가 동요하는 모습이 역력했다. 그 친구는 나를 만나고 싶어 했고 북한이 수행하는 전쟁에 협력해 주기를 원했다고 말씀하셨다.

어머니는 내가 쌀을 구하러 시골에 내려갔는데, 이틀이 지나도록 집에 돌아오지 않아서 걱정하고 있다고 말했다. 그 친구는 다음 날 있을 학교 집회에 내가 참석할 것을 요구했다. 어머니는 학교가 정상적으로 운영 중인지 물었고, 친구는 아니라고 답했지만 전쟁에 협력하기 위해 전교생 차원의 집회가 예정되어 있다고 하였다. 그는 집회에 참석하는 게 나를 위해서도 좋을 거라고 말하고 떠났다. 나도 모르는 사이에 나는 이미 전쟁의 소용돌이 속으로 말려들고 있었다.

"어떻게든 너를 숨겨야겠다." 어머니께서 말했다. 어머니는 걱정이 이만저만이 아니었지만 다른 한편으로는 결의에 찬 모습이었다.

그 후 며칠 뒤 마을 반장이던 유 씨 아저씨가 우리 집 현관문을 두드렸다. 어색하게 웃는 반장 아저씨 뒤로 붉은 완장을 찬 두 명의 남자가 서 있었다. 반장은 동사무소 산하 마을의 한 구획을 담당하는 서울시 행정의 최하위 직책이었다. 장충동 동네에서 평소부터 알고 지내던 유 씨 아저씨는 어머니에게 새로운 동사무소장의 지령으로 의용군으로 활약할 젊은 인재를 모으고 있다고 하였다. 그 후로 의용군이라는 단어는 공산 치하 모든 청년과 그의 가족들을 공포로 몰아넣으며 끈질기게 따라다녔다.

"저희 집에는 인민군에 가담해서 싸울 만한 젊은이가 없어요.” 어머니는 단숨에 말씀하셨다. 유 씨 아저씨는 우리 식구를 잘 알고 있었다. 그는 알겠다고 어머니에게 말한 다음 돌아서서 두 명의 동행에게 머리를 흔들어 보였다. 나는 겁에 질린 채로 창문 커튼 뒤에 숨어서 이 광경을 지켜보고 있었다.

놀란 어머니는 그날 오후 유 씨 아저씨 집을 찾아가서 자초지종을 캐물었다. 아저씨는 북한 당국이 남한 청년들을 징집하고 있다고 말했다. 전선에서는 북한군 사상자가 급증하고 있었다. 그는 의용군 모집 압력이 앞으로 점점 더 심해질 거라고 하였다.

어머니는 유 씨 아저씨 밑에서 부반장이 되기를 자원했다. 아저씨 일을 돕다 보면 징집 계획을 미리 알아내서 나에게 알려줄 수 있다고 생각한 것이었다. 아저씨는 어머니 간청을 흔쾌히 받아들였다. 물론 부반장 같은 직책은 애당초 존재하지 않았다.

흥미롭게도 아저씨의 보좌역이 된 어머니의 첫 번째 일은 서울 한복판에 있던 어느 교정에 모이는 것이었다. 임무는 식사 당번, 즉 밥 짓기였다.

“대체 누가 먹을 밥이지?” 어머니가 궁금해했다. 다른 여성들과 함께 지정된 학교 교정에 모여 목욕을 해도 될 만한 대형 솥에 밥과 된장국을 끓였다. 어머니 생각에 그날 만든 주먹밥은 족히 100명을 먹이고도 남을 양이었다고 했다. 반찬으로 곁들일 김치도 준비했다.

교대 근무자들이 집에 가려고 준비하고 있었는데, 어머니는 그들 중 한 명이 미국 포로들은 한국 음식을 싫어한다고 얘기하는 것을 들었다. '미국 포로?' 어머니는 귀를 의심했다. 그 여성은, 지치고 흙먼지를 뒤집어쓴 채 충격에 빠진 미군 포로들이 다른 건물에 수용되어 있다고 얘기했다.

"미군들이 배가 고팠나 봐요, 왜냐면 주먹밥을 입 속으로 마구 넣더라고요." 누군가 말하였다.

"다는 아니야." 다른 사람이 말했다. 그녀는 어떤 미군 병사가 코를 막고 된장국을 들이켜 마시는 장면을 보았다고 했다. 발효된 콩으로 만든 된장국을 좋아하는 미군 병사는 없을 터였다.

한 여자는 키득거리면서 "미국 사람들은 된장 냄새를 싫어하나 봐요."라고 익살스레 말했다.

"미군들 중에 맨발인 사람도 있더라고요." 여성들 중 한 명이 말했다.

"어째서?" 또 다른 사람이 물었다. "인민군이 미군에게서 빼앗았나?"

"쉿, 조용!" 한 명이 입술 앞에 검지손가락을 가져가며 말했다. "미국 군인들이 논을 걸어가면서 젖는 게 싫어서 군화를 벗었다가 다시 신기 전에 북한군에게 잡혔다잖아."

나는 집에 돌아온 어머니에게 미군 병사를 봤냐고 물어보았는데, 보지 못했다고 대답하셨다. 어머니는 처참한 미군의 모습을 보고 싶지 않았던 것 같다.

나는 어떻게 생각해야 할지 갈피를 잡지 못했다. 세계 최강 미국 전사들에게 도대체 무슨 일이 있었던 걸까? 미군의 무기는?

탱크는 어디로 가고? 미군이 패퇴 중이라고 자랑스럽게 떠들던 그간의 적들 선전이 모두 사실이었다는 말인가?

소문에 의하면, 한반도에 처음으로 파견된 미군 부대는 평화로운 일본 점령 분위기에 젖어 있던 나머지 적군에 대해 아무것도 모른 채 자만에 빠져 준비도 없이 전투에 투입되었다고 했다.

나는 하늘을 올려다보며 미국에 대한 신념을 다지기로 했다. 때로는 단독으로, 때로는 밀집 대형을 이루면서 저 하늘 위 어딘가 미국의 멋지고 강력한 전투기가 날고 있을 것이다. B-29 폭격기가 북쪽을 향해 매일같이 날아가고 있을 것이다. 미국은 중도에 임무를 포기하지 않을 것이다. 제2차 세계대전의 승리가 이를 증명한다. 미국은 초기의 고난을 이겨낼 것이다. 미국 공군이 제공권을 장악하고 있는 것은 의심의 여지가 없었다. 최근 몇 주 동안 북한 공군기는 단 한 대도 보이지 않았다. 머지않아 유엔군 보병들이 파도처럼 밀려와서 서울을 해방시킬 것이다. 그렇다, 꼭 그렇게 될 것이다. 나는 확신했다.

열네 살이던 내 남동생 승균은 비교적 안전하고 자유롭게 집 밖 출입을 할 수 있었다. 7월 중순의 어느 날 오후, 그가 숨을 헐떡이며 집 안으로 뛰어 들어왔다. 그는 비무장 상태의 미군 병사들이 북한 병사들에게 이끌려 북쪽을 향해 서울 시내 주요 도로를 천천히 걸어가고 있는 광경을 보았다고 말했다.

승균이 얘기로는, 먼지를 뒤집어쓰고 맨발인 수많은 미군 병사들이 7월의 작열하는 태양 아래서 땀을 뚝뚝 흘리며 걸어가고 있었으며, 그들 중 부상당한 병사들은 동료의 등에 업혀 있었고, 다리를 절면서 따라가는 사람도 있었다고 했다. 대다수의 사람들은 이 엉뚱한 미 병사들의 가두 행렬을 침묵 속에서 지켜보고 있었는데, 개중에는 미군 병사들에게 야유를 날리는 사람도 더러 있었다고 했다.

북한 공산당은 공개적으로 미군 포로들을 끌고 다니면서 그들이 미국과의 전쟁에서 이기고 있음을 사람들에게 납득시키려 했다. 내 생각은 붙잡힌 미군 포로들에게 옮겨갔다. 불쌍한 군인들. 만일 미군 병사가 도망쳐서 도움을 청한다면 나는 어떻게 해야 할까? 뒷산에 숨겨야 하나? 아니면 우리 집 안에? 과연 그를 도와줄 만큼의 용기가 나에게 있을까? 질문의 무게는 내가 감당할 수준을 넘어섰다. 나는 더 이상 생각하지 않기로 했다. "이런 비겁한!" 나는 스스로를 나무랐다.

7월 내내 전선은 계속해서 남쪽으로 밀려났다. 대전은 한반도 남반부의 정중앙에 위치해 있어서 북한의 진격을 저지하기 위한 전략적 요충지가 되었다. 이곳을 사수하기 위한 전투를 벌이다 미 제24사단장이었던 윌리엄 딘(William F. Dean) 장군이 행방불명 되었다가 결국 인민군에게 포로로 붙잡혔다는 사실이 뒤늦게 알려졌다. 딘 장군은 1948년 대한민국 정부 수립 이전에 남한의 군정 장관을 지낸 사람으로서 남한 사람들에게 익히 알려진 인물이었다.

미국 공군은 계속해서 공습을 더해갔다. 점점 더 많은 수의 전투기와 폭격기들이 하늘을 날아다니면서 서울과 그 외곽 지역에 폭탄을 떨구고 기관포 사격을 가했다. 우리 집이 언덕 위의 자리하고 있었기 때문에 눈길이 미치는 곳마다 피격된 건물들로부터 검은 연기가 하늘 높이 솟아 올라가는 모습을 여기저기서 볼 수 있었다.

어느 이른 아침, 아버지는 지하실에 있던 낡은 자전거를 꺼내서 깨끗이 닦고 타이어에 공기를 주입했다. 그런 다음 아버지는 쌀과 야채를 얻기 위해 시골로 떠나셨다. 그날, 아버지는 해가 지고 한참이 지난 늦은 시간에 돌아오셨다. 옷에는 진흙이 잔뜩 묻어 있었고, 자전거는 체인이 끊어진 데다 타이어의 바람도 빠져 엉망인 상태였다. 쌀은 보이지 않았다. 아버지는 탈진한 나머지 문지방에서 쓰러지실 뻔하셨다.

아버지는 정오쯤 김포 근처에 있는 농촌 마을에 도착했다. 마을 언덕에는 수세대에 걸쳐 조상들이 매장되어 있는 우리 집안의 선산이 있었다. 선산을 관리하면서 우리 가족과도 오랫동안 알고 지내던 분이 아버지께 넉넉한 양의 쌀과 여타 식량을 나누어 주셨다.

아버지는 기분 좋게 자전거 페달을 밟으며 집으로 오는데 순간 머리 위에서 기관포 소리가 들렸다고 했다. 하늘을 올려다보자 미국 전투기가 정확히 아버지가 계신 방향으로 기관포를 발사하며 날아오고 있었다. 아버지는 그때 분명히 백인 파일럿 얼굴을 보았다고 말씀하셨다. 길가에 있던 사람들이 사방으로 흩어졌고 아버지는 도랑으로 몸을 던졌다. 모든 것이 채 1분도 안 되는 사이에 일어났다. 주위가 조용한 것을 확인하고 배수구에서 기어 나오자 길에 피를 흘리며 쓰러져 있는 사람들이 보였다.

아버지의 자전거는 길가에 넘어져 있었고 쌀은 먼지에 뒤섞인 채 사방으로 흩어져 있었다. 아버지는 급하게 집으로 향했는데 얼마 가지도 못해 타이어가 터지고 체인마저 끊어져 버렸다. 자전거를 끌고 집으로 오는 길에 문득 불시에 공습을 당했던 곳이 김포 비행장 근처였다는 것을 깨달았다.

며칠이 지나 어머니와 혜봉 누나가 곡식을 얻기 위해 시골로 떠나셨다. 어머니는 식료품과 교환하기 위해 비단 포목과 한복 재료들을 챙겨 가셨다. 오랜 전통에 따라 어머니는 두 명의 누이들을 위해 그 비단들을 아껴 오셨다. 한국에는 결혼 지참금 제도가 없지만 신부가 시댁 어른들에게 사치스러운 선물을 가져간다고 해서 탈이 날 일은 없었다. 어머니는 농촌의 검소한 아낙네들이 그 물건들을 보면 자기 딸들에게 챙겨 주려고 분명히 갖고 싶어 할 거라며 자신만만했다.

어머니와 누나는 해가 지기 전에 쌀과 다른 식량을 얻어서 집으로 돌아오셨다. 어머니는 쌀자루를 머리 위에 이고 계셨고 누나는 대학생답게 나머지 음식들을 배낭에 메고 왔다.

저녁 식사를 마친 후 누나는 어머니가 큰길 대신에 산길을 택했다고 나에게 속삭였다. 공습을 당하지도 않았고 멀리 돌아오지 않았다고 말했다. 전시가 되면 여성이 남성보다 지혜롭고 강

인하고 적응력도 뛰어난 것 같았다.

동네 반장 아저씨가 예견했던 대로 의용군 징집 활동은 날이 갈수록 심해졌다. 젊은 사람들이 길거리에서 무작위로 잡혀갔다. 어떤 이들은 군중집회, 학교 모임, 시민 행사에 나갔다가 강제로 징집되어서 끌려갔다. 새벽녘 현관문을 두드리는 빈도는 점점 더 잦아졌다. 의용군은 모집되는 즉시 남쪽의 최전방으로 보내졌고, 행군 도중에 사격 훈련을 했다.

수도를 비롯하여 점령당한 모든 지역이 공황 상태에 빠졌다. 어머니가 동사무소 회의에서 새로 알게 된 것은 붉은 완장을 찬 공산당 요원들과 흔히 '따발총'이라 불렸던 소련제 PPSH-41 기관단총으로 무장한 병사들이 수색대를 이루어 한 집 한 집 들이닥쳐서는 모든 방을 샅샅이 뒤지고 이불의 개수마저 센다는 사실이었다. 그리고 만에 하나 침구의 수가 그들이 찾아낸 사람의 수와 일치하지 않으면 누군가 빠져나갔거나 숨어 있다고 단정 짓는다는 것이었다. 그렇게 해서 행여나 들키게 되면 숨겨 놓은 청년을 내놓을 때까지 그들은 자리를 떠나지 않는다고 했다.

어머니는 거의 석 달 동안 침구 수와 가구 인원수를 맞추기 위해 나무로 된 마루에서 이불도 없이 주무셨다. 이런 일은 우리 군대가 북한 점령군을 서울 밖으로 밀어내는 1950년 9월 말까지 여름 내내 이어졌다. 오로지 자식만을 위하는 어머니 덕분에 나는 부드러운 요 위에서 잘 수 있었다.

또한 공산 침략자들이 집을 급습할 때마다 나는 자다 일어나서 은닉처에 몸을 숨겨야만 했다.

부모님은 나를 숨겨 놓을 만한 곳을 찾기 위해 우리의 준양옥 집 안팎을 구석구석 살펴보았다. 우리 집에는 다락이 없었다. 콘크리트 벽으로 둘러싸인 지하실은 제일 먼저 목록에서 제외됐다. 지하실은 가장 위험한 장소였다. 옷장도 안전하지 못했다. 머리가 반쪽이라도 있는 사람이라면 수색하면서 우선 옷장의 미닫이문을 열어 볼 것이 뻔했다.

어머니는 마당에 쌓여 있는 땔감나무들을 둘러보셨다. 뒤틀리고 휘어진 소나무 장작들이 벽에 기대어 처마 아래까지 겹겹이 쌓여 있었다. 어머니는 그곳을 가리키며 조용히 말했다, "이거야." 어머니는 장작더미의 중간 부분에서 나무 더미를 빼낸 후 내 몸의 반이 될까 말까 한 크기의 작은 구멍을 만드셨다. "저 안에 들어가 있으면 안전할 거다. 때가 오면 네가 들어가고 내가 구멍을 나무로 덮으면 될 것 같구나."

적들의 손아귀로부터 나를 구해 내기 위한 어머니의 본격적인 투쟁이 시작되었다. 매일 아침 동트기 전, 어머니는 동사무소에 나가셨다. 우리 동네에 의용군 사냥꾼들이 언제 출동할지 어머니는 미리 알고 싶어하셨다. 어머니는 장충동 마을의 부반장이었기 때문에 그곳에 있다고 해서 의심할 사람은 아무도 없었다.

하루는 잠을 자는데 어머니가 나를 흔들어 깨웠다. 어머니 머리에서 빗방울이 떨어졌고 모시 적삼은 빗물에 흠뻑 젖어 있었다.

"온다." 어머니께서 말하며 내 어깨를 잡고 뒷마당으로 끌고 나가셨다. 빗줄기가 무섭게 쏟아져 내리고 있었다. 장작더미에 난 구멍을 가리키며 엄하게 말씀하셨다.

"빨리 들어가."

나는 터무니없이 작다고 생각한 구멍 속으로 몸을 집어넣었다. 한계에 이를 때까지 몸을 밀어넣으면서 사람의 인체는 참으로 신비롭다고 속으로 생각했다. 내가 미처 자리를 잡기도 전에 어머니는 구멍과 틈새를 막기 위해 장작더미를 내가 있는 쪽으로 가차없이 밀어넣었다.

나는 젖은 장작더미 안에서 꼼지락거리긴 했지만 쥐 죽은 듯이 숨을 참았다. 집 안을 뛰어다니는 발자국 소리가 들렸고 누군가가 소리를 질렀다. 우리 가족 모두가 가운데 방 안으로 들어가는 것이 느껴졌다.

"큰아들 어디 있네?" 함경도 지방 특유의 투박한 사투리로 누군가가 고함쳤다. "다 큰 아들놈이 있는 것 다 안다. 아들 이름이 동사무소 등록 명부에 있어. 열여덟 살."

"맞아요." 어머니가 침착한 목소리로 답하는 것이 들렸다. "고등학생 아들이 있어요." 잠시 뜸을 들였다. "몇 주 전에 먹을 것을 구하러 시골 고향에 나갔는데 아직까지 집에 안 돌아오고 있어요."

어머니 목소리는 애원하는 것처럼 바뀌었다. "제발 우리 아들 찾으면 집으로 돌아오라고 얘기 좀 해주세요." 어머니는 불청객들에게 사정했다. 그리고 어머니께서 가엾게 읊조리는 소리가 들렸다. "더러운 양키 조종사놈이 우리 아들 죽이지 말았어야 하는데."

곧 주위가 조용해졌다. 긴장이 풀림과 동시에 내 몸에 찌르는 듯한 고통이 느껴졌다. 나는 빗물에 물기를 흠뻑 머금은 소나무 장작더미 위에 누워 있다가 몸을 이리저리 움직여 보았다. 내 몸무게 때문인지 마치 날카로운 잔가지들이 피부를 사정없이 찌르고 있는 것처럼 느껴졌다. 장작더미의 표면이 거칠어서 얼굴을 가누는 것조차도 힘들었다. 뾰족한 잔가지에 한쪽 귀가 거의 뚫릴 뻔했다. 내 몸은 상상할 수 있는 가장 기이한 모양새를 취하고 있었다. 글자 그대로 고문실에 갇힌 기분이었다.

나는 어머니가 장작더미 근처로 다가오시는 것을 알아차렸다. 마치 수호신이 재림하신 것 같았다. "나 좀 빼내 주세요. 죽을 것 같아요. 아얏." 나는 고통스럽게 말하며 비명을 질렀다.

"쉿!" 어머니가 조용히 하라고 꾸짖었다. "저 사람들 다시 돌아올 수도 있어. 그런 식으로 끌려간 사람들이 있다고!"

극심한 통증은 점점 더 심해져서 더이상 견딜 수 없는 지경에 이르렀다.

"차라리 의용군에 입대하는 게 낫겠어요." 나는 소리치며 그곳에서 나오기 위해 장작더미를 바깥쪽으로 밀었다. 그러나 빗물에 젖은 장작더미는 꿈쩍도 하지 않았다. 마치 쇠못이 박힌 철제 상자 안에 갇힌 것 같았다.

한참이 지나서야 어머니가 나를 고통으로부터 해방시켜 주었다. 아마 몇 시간이 흐른 것 같았다. 나는 어머니에게 거칠게 불평을 했다. "어머니, 나는 저 구멍에 두 번 다시 안 들어가요. 다시는요."

그날 저녁 식사를 하면서 아버지가 나를 질책했다. "오늘 아침 어머니에게 대들다니 참으로 이기적이구나. 너는 충분히 군대에 갈 나이다. 하지만 너가 적군 편에 서서 싸우는 건 말이 안 된다. 만일 입대할 거라면 나는 너가 우리 군에 입대해서 싸우기를 바란다."

어머니의 표정이 약간 굳어진 듯했다. 어머니는 내가 그 어느 쪽이건 군대에 가는 것을 원치 않은 듯했다. 잠시 뒤 어머니는 다른 숨을 곳을 찾아보겠다고 약속하셨다.

36년이 지난 1986년 여름, 나는 어머니와 아내 그리고 열여섯, 열네 살인 두 아이들 함께 캐나다 밴쿠버에서 열린 세계박람회장에 다녀왔다. 어머니는 우리를 만나기 위해 서울에서 오셨다. 참으로 행복한 한때였다. 이후 우리는 페리를 타고 꽃의 정원으로 유명한 빅토리아 섬으로 향했다.

아름다운 시내를 거닐다 보니 어느새 '고문 박물관'이라는 간판이 걸린 건물 앞에 도착했다. 나는 주변의 경관과 별로 안 어울리는데, 라고 생각했다. 집사람이 주저하는 것을 무시하고 나는 박물관 안에 들어섰고 가족들도 뒤를 따랐다.

고문 기구와 복제된 고문실들을 보고 나서 '이교도 심판의 시대(Inquisition Era)'라고 이름 적힌 방 안에 들어갔다. 그곳에는 수백 개의 꼬챙이가 달린 S자 모양의 우리처럼 생긴 기구가 있었다. 그 우리 안에 갇힌 불쌍한 사람은 S자 모양으로 몸을 구부린 채 그 안에 서 있어야만 했다. 만일 몸을 일으켜 세우거나 눕거나 한다면 수백 개의 송곳이 그의 피부를 꿰뚫게 될 것이다.

"어머니." 나는 S자 모양의 우리를 가리키며 말했다. "저거 그때 그 장작더미 구멍하고 똑같이 생겼네요."

어머니는 살며시 미소 짓기만 했다. 얼굴 표정 어디에도 아들에게 끔찍한 고통을 겪게 했다는 후회나 죄책감은 없었다. 내 생각에는 오히려 당신 스스로 아들을 지켜냈다는 뿌듯함을 잠시 상기했던 것 같이 보였다.

마치 전쟁터의 열기를 재현이라도 하듯 1950년 8월의 태양은 몹시 이글거렸다. 미국 공군의 공습은 점점 더 잦아지고 심해졌다. 북한 호송대와 전차 대열, 기차부터 병사에 이르기까지 미군은 움직이는 모든 것을 공격했다. 병사들이 묵거나 장비를 저장했던 학교나 공장 같은 큰 건물들은 끊임없는 폭격과 기관포 사격 제물이 됐고, 민간인 사상자에 관한 소문도 날로 무성해졌다. 그에 따라 북한 병사들과 수송 차량들은 밤에만 이동을 했다. 큰 건물에 머물던 병사들도 공산군이 새로 압류한 민간 주택으로 분산 배치됐다.

어느 날 저녁, 예기치 못한 손님이 집에 찾아왔는데, 오 씨 아저씨의 부인이었다. 우리 가족과 잘 알고 지내던 신당동 부촌에 살던 아주머니였다. 그녀의 가족은 상당히 부유해서 당시의 부자 동네 안에서도 눈에 띄게 으리으리한 저택에 살고 있었다. 그녀는 쇠약하고 불안해 보였다. 평상시 주고받는 일상적인 인사치레를 모두 건너뛴 아주머니는 집이 몇 주 전부터 북한 군인들에게 점거되고 가족들은 하인 방에서 기거하는 중이라고 말했다. 화를 입을 것을 두려워하여 아주머니의 며느리와 고등학생이던 딸은 병사들의 눈을 피해 작은 방 안에 거의 갇혀 지낸다고 얘기했다. 아주머니는 이야기를 멈추고 깊은 한숨을 쉬었다.

긴 침묵이 흘렀다. 어머니는 그녀의 가족이 겪는 고난 이야기를 듣고 안쓰러워했다. 또다시 긴 침묵이 흘렀다. 오 씨 부인은 두 명의 젊은 아녀자를 우리 집에서 맡아 주기를 바랐던 걸까? 그건 우리 식구가 들어줄 수 없는 부탁이었다. 우리 집에는 그럴 만한 공간도 없고, 한 치 앞도 예측할 수가 없는 상황이기 때문이었다. 게다가 우리 집에도 스물, 열여섯 살의 누이들이 살고 있었다.

아버지께서 말씀하시기를 북한 군사들은 규율이 엄격하고 통제가 잘 된다고 했다. 제2차 세계대전 이후 북한을 점령하고 닥치는 대로 여성들을 겁탈했던 광폭한 소련 군사들과 다르다고 얘기하셨다. 우리는 아버지의 이야기가 오 씨 부인에게는 그다지 위안이 되지 못한다는 사실을 잘 알았다.

아주머니 댁에는 커다란 보물함 두 개가 있다고 얘기했다. 그녀는 그 보물함을 북한 군인들에게 빼앗길까 봐 걱정하고 있었다. 우리 가족이 그 물건들을 맡아줄 수 있을까? 또다시 기나긴 침묵이 흘렀다. 전쟁이 한창이었고 앞으로 무슨 일이 벌어질지 아무도 알지 못했다. 그 부탁은 우리가 떠맡기에는 너무나도 과중했다.

아주머니는 일어나서 작별을 고했다. 문간에서 신발을 신으며 인민군이 서울을 점령하고 얼마 뒤에 남편이 북한 요원들에게 납치당했다고 나지막한 목소리로 어머니에게 얘기했다. 아저씨의 행방은 그 이후 알 길이 없었다. 의기소침하게 물러서는 아주머니의 뒷모습에서 모든 것을 짐작할 수 있었다. 공산당과의 전쟁 중에는 부유한 것 자체가 재앙이었다.

역사 기록에 의하면, 고위 정부 관료에서부터 예술가, 기업가를 비롯한 일반 시민들에 이르기까지 수만 명의 남한 사람들이 당대의 유명한 기업가였던 오 씨 아저씨와 같은 운명을 맞이했다. 공식 통계에 따르면, 8만 명을 상회한다는 보고가 있다.

미군의 공습 위험이 점점 심해지면서 우리 가족의 식량 사정 또한 더욱 악화됐다. 가족 어른들은 우리 군대와 북한 점령군이 서울에서 시가전을 벌일 경우 우리에게 닥칠지도 모르는 미래의 참극에 대해 의논을 했다.

할아버지와 아버지는 우리 가족을 둘로 나누기로 결정하였다. 우리 가족 중 절반은 서울에서 50킬로미터 떨어진 경기도 광주의 농가로 이동하고, 나머지 식구는 서울에 남기로 했다. 두 곳으로 가족을 분산시키면 둘 중 적어도 한쪽은 전쟁에서 살아남을 수 있으리라고 생각한 결정이었다. 그리고 가족을 둘로 나누면 가족 모두가 기아에 직면할 위험도 완화시킬 수 있었다.

역설적인 것은 그 농가가 제2차 세계대전 말기 일본 도시들을 폭격하려던 미군의 공습으로부터 가족들을 대피시키기 위해 지었다는 것이다. 한국은 제2차 세계대전의 포화를 비켜 갔다. 그리고 예기치 못했던 전쟁이 벌어지는 바람에 그 농가는 우리 가족의 새로운 피란처가 됐다.

당시 예순다섯이던 할아버지와 나의 남동생, 열네 살 승균이와 열두 살 영균이, 그리고 열여섯 살 여동생 혜석이가 광주로 향했다. 가사는 혜석이가 책임지기로 했다.

그리고 예순일곱이던 할머니와 마흔의 아버지, 서른일곱의 어머니, 그리고 스무 살 누나와 열여덟 살인 나는 서울에 남았다. 우리가 서울에 남은 이유는 다양했다. 할머니는 먼 거리를 이동하기에 너무 노약했고 누나는 험악한 시기에 밖을 다니기에는 너무 예민한 나이였다. 아버지는 가족을 책임져야 했고 어머니는 나를 보호해야 했다. 그리고 나의 경우 절대 밖에 나가면 안 된다는 것은 우리 가족 모두가 잘 알고 있었다.

그들이 출발하기 전, 할아버지는 우리 가족의 가보를 보다 안전한 장소에 옮겨 놓고 싶어 하셨다. 할아버지는 두 남동생들을 시켜 서울 외곽 왕십리에 있는 먼 친척집까지 당신 개인 보관함을 옮기도록 했다. 그중에는 안씨 가문의 족보 56권도 들어 있었다.

안씨 가문의 시조는 1243년 출생한 안유라는 분이다. 안유는 주자 성리학을 한국에 소개하고 전파하는 데 공헌한 고려 시대 학자이며, 이후 수십 세대에 걸쳐 한국 양반 사회의 존경을 받은 인물이다.

할아버지께서는 안씨 가문의 족보만큼은 무슨 일이 있더라도 지켜내야 한다고 강하게 말씀하셨다. 그리고 공산당 점령하에서는 시내 중심가를 벗어난 비교적 가난한 동네의 낡고 허름한 초가집이 보다 더 안전할 것으로 여기셨다. 부모님은 가족사진과 졸업 증서, 학교 성적표와 여타 귀중품들을 할아버지의 사물함 안에 고이 넣으셨다. 그러나 그 상자는 그로부터 몇 달이 지나 전혀 예기치 못한 충격적인 종말을 맞게 된다.

할아버지와 동생들 모두 각자의 등짐을 지고 우리에게 작별을 고하고는 8월 초의 어느 이른 아침 집을 나섰다. 한여름의 찌는 듯한 더위와 공습이 한창인 산과 들을 넘어 무사히 목적지까지 도착할 수 있기를, 그리고 전쟁이 끝난 뒤 가족 모두가 상봉할 수 있기를 빌었다.

갑작스럽게 우리 집은 낯선 정적으로 가득 찼다. 어머니는 의용군 사냥꾼으로부터 나를 숨길 장소를 새로이 물색했다. 우리 집과 옆집을 나누던 담벼락과 우리 집의 뒷벽 사이에 있는 좁은 공간에 어머니 눈이 멎었다.

"이거야." 어머니가 결정을 내렸다. 집의 뒷벽 바닥과 지면 사이에 나 있는 작은 틈새를 가리키고 계셨다. 그 공간은 배를 깔고 두 팔로 기어서 겨우 들어갈 수 있는 정도의 크기였다. 내부는 어둡고 습했다.

어머니가 나에게 들어가 보라고 손짓하셨다. 나는 내키지 않았지만 이내 순순히 따랐다. 생각해 보니 장작더미 사이에 난 구멍만 아니라면 어디든 좋다고 어머니께 약속하였던 터였다. 틈새 속으로 어렵게 머리를 집어넣자 거미줄이 내 얼굴을 뒤덮었다. 손과 무릎을 밀어서 내부로 보다 깊숙이 들어갔다. 아마도 바퀴벌레였던 것 같은데, 벌레 몇 마리가 내 이마와 코 언저리를 지나가다 이내 날아갔다. 바퀴벌레가 계속해서 얼굴을 스쳐 지나갔다. 내 몸 아래 있던 곱고 검은 흙 입자는 건조했지만 무슨 이유에서인지 젖은 것처럼 느껴졌다. 게다가 정체를 알 수 없는 야릇한 냄새까지 났다. 그 안의 공기는 무척 탁해서 나는 숨을 깊게 마시지 않으려고 노력했다.

어머니의 목소리가 들렸다. 어머니 눈에 내가 더이상 보이지 않았기 때문에 그 정도면 숨기에 충분하다고 하셨다. 나는 거꾸로 기어서 새로운 은신처 밖으로 나왔다. 나는 이곳을 '나의 창고'라 불렀다.

어머니가 나에게 숨으라고 할 때마다 나는 어둡고 습한 나의 창고에 순순히 기어 들어갔다. 8월 한 달과 9월 초에 걸쳐 적어도 열두 번은 들어갔던 것 같았다. 경보 해제 신호가 떨어질 때까지 그곳에서 몇 시간을 보낸 적도 있었다. 오보인 경계령도 몇 번 있었다.

햇빛을 보지 못한 나의 얼굴은 점점 창백해졌고 운동 부족과 영양실조로 무릎마저 쇠약해져 갔다. 이발소도 가지 못해서 짧게 깎았던 머리카락은 계속해서 자랐다. 나는 머리를 기르기로 했다. 그것은 나에게 있어 청년기에서 성인기로 넘어가는 하나의 징표와도 같은 것이었다.

8월 초에 들어서자 전쟁의 국면은 조금씩 우리에게 유리하게 전개되었다. 부산을 향해 적을 좇아 바짝 추격하고 있다는 격앙된 북한 측 방송은 서서히 힘을 잃어 가고 있었다. 선전 삐라의 한반도 영토 속에 칠해진 붉은 색은 더이상 남쪽으로 뻗어 나가지 못했다. 전선이 낙동강 부근에서 정체된 것이 분명해 보였다. 이 지역은 훗날 '부산 교두보'로 불리게 된다. 이는 나에게 고무적인 신호였다. 북진 작전이 곧 전개될 터였다.

하루는 어머니에게 좋은 아이디어가 떠오른 듯했다. 그동안 아끼던 찹쌀을 쪄서 떡을 만든 것이었다. 그것도 설탕과 팥을 잔뜩 섞어서 말이다. 사람들은 싸구려 음식에 질려 있었고 근사한 찹쌀떡을 시장에 내다팔면 분명히 장사가 될 거라고 생각하셨다. 실제로 음식물이 귀했고 도시 전체가 식량 부족에 시달리고 있었다. 사람들은 과연 먹어도 되는 건지 알 수 없는 생소한 음식들을 시장에서 사고팔았다. 흔히 거래되는 음식 중에는 '개떡'이라는 것이 가장 흔했는데, 밀기울이나 보릿겨 등으로 대충 만들어낸 음식이었다.

어머니 생각은 옳았다. 어머니의 떡을 보고 많은 사람들이 몰려들었다. 그중에는 주머니 가득 돈을 갖고 있는 공산당 요원들도 있었다. 그들은 어머니의 떡을 무척 좋아했다. 그러나 이들은 어머니 입장에서는 피하고 싶었던 고객들이었다. 그들이 어머니께 내민 지폐는 생전 처음 보는 것들이었다. 그 돈은 그때까지 유통되던 남한의 화폐가 아니었다. "북조선 돈입니까?" 어머니가 물었다.

"아니, 남조선 사람들이 쓸 새 돈이요." 고객은 거센 북쪽 지방 사투리로 답했다. 어머니는 남한 군대가 곧 올라오리라 믿고 있었기 때문에 서울이 수복되는 날에는 이들 화폐가 쓸모없으리라 생각했다. 어머니는 고개를 가로로 저으면서 그 돈은 받지 않겠다고 거절했다.

"어째서? 당신, 반동 아냐?" 고객은 어머니를 험악하게 몰아붙였다. 반동은 당연히 반동분자를 의미한다. 반동으로 낙인찍히는 날에는 돈은 물론이고 가족 모두 위험에 처해지게 된다. 어머니는 생전 처음 보는 돈을 받아들고 떡을 넘겨준 다음 곧바로 집으로 돌아왔다. 남은 떡은 우리 식구가 나누어 먹었다.

어머니는 용감했지만 영리한 사업가는 못 되었다. 모든 사람이 배가 고플 때에는 싸구려 음식을 거래하는 것이 안전했다. 호된 수업료를 치른 것이다. 격변기에는 눈에 띄거나 혁신을 꾀하거나 이윤을 밝히면 안 되었다. 특히 공산당이 근처에 있을 때는 말이다.

나중에 알게 된 사실이지만, 북한 점령군은 한국은행 금고에서 아직 유통되기 전인 화폐를 대량으로 입수했다. 실제로 그 지폐들은 다가올 화폐개혁을 위해 한국 정부가 인쇄해서 은행에 보관해 왔던 돈이었다.

8월 내내 나는 무료함과 배고픔, 공포에 떨어야 했다. 밤늦게 라디오를 켜보니 임시 수도였던 부산에서 내보내는 방송이 희미하게나마 흘러나오고 있었다. 미군 증원 부대가 하와이와 미 대륙에서 출발해 곧 도착한다고 했다. 피비린내 나는 전투가 부산 교두보 지역에서 벌어지고 있었다.

어느 무더운 여름날 오후, 나의 고모부가 숨을 헐떡이며 우리 집을 찾아왔다. 옷은 검게 그을리고 찢긴 상태였다. 고모부는 아버지에게 수색 기차역에서부터 달려오는 길이라고 했다. 그곳은 북쪽으로 16킬로미터쯤 떨어져 있었다. 고모부는 작은 규모지만 제약회사를 경영하는 사업가였다.

그날 아침, 고모부는 당시 북한 점령군이 장악하고 있던 제약협회 사무실로 집합하라는 명령을 받았다. 고모부는 그곳에 제약업계 경영인들과 간부들이 거의 다 집합해 있는 것을 보고 깜짝 놀랐다고 했다.

공산주의 지도부는 모여 있던 회원 전원을 서울역으로 이동시킨 후 강제로 기차에 태웠다. 그들의 최종 목적지는 평양이었다. 고모부를 비롯한 그 사람들은 자신들이 북으로 강제 이송된다는 사실을 알았다. 북한 군사들의 엄격한 경비 속에 사람들은 감히 자초지종을 물어볼 엄두도 내지 못했다. 기차가 수색역에 도착할 때 즈음 미군 전투기가 기차에 공격을 가했고, 그 공격으로 기차에 불이 붙었다. 고모부의 지인 중 몇 명은 기관총에 맞아 그 자리에 쓰러졌다.

북한군 지휘관 중 하나가 사람들에게 일단 흩어져서 몸을 피하라고 지시하고 나서, 다음 날 아침 서울역에 재차 집결하라는 엄명을 내렸다.

"만일 내일 아침 나오지 않는 자가 있다면, 가족에게 그 책임을 묻겠다!" 사방으로 흩어지는 사람들을 향해 그가 짖어댔다.

고모부는 아버지에게 어떻게 하는 것이 좋을지 물었다. 고모부는 명령을 따르지 않았을 경우 가족들이 위험에 처해질 것을 두려워했다.

"어쨌거나 내일 서울역에 나가는 게 좋을 것 같네요." 고모부가 무기력하게 말했다. 그는 선량하고 순진한 사람이었다.

아버지는 매제에게 거칠게 말했다. "자네 바본가? 내일 안 나가면 빨갱이들은 자네가 죽은 줄 알 거야. 지금 당장 일어나서 광주로 가게. 거기 있으면 안전할 거야. 가족들은 무사할 테니 걱정 말고 빨리 가게. 지금 당장!"

고모부는 자리에서 일어나 상의를 걸쳐 입고 밖으로 나갔다. 아버지는 가는 길에 안전한 농가를 찾아서 밤을 보내라고 했다. 그리고 아버지는 고모부에게 당부했다.

"반드시 산길로 가게."

그로부터 며칠이 지난 어느 날 저녁 늦은 시간에 내 동생 승균이가 광주에서 집으로 찾아왔다. 커다란 곡식 자루를 등에 짊어지고 백 리가 넘는 길을 한나절 만에 걸어온 터라 동생은 탈진 상태였다. 땀에 젖은 면 셔츠를 벗자 어깨 위에 붉은 자국이 선명했다. 곡식 자루의 끈이 동생의 어깨 피부를 짓누른 것이었다. 그 자국을 보고 놀랐는지 어머니는 순간 주춤거리셨다. 흙투성이가 된 동생의 옷만 보아도 여정이 얼마나 험난했는지 짐작할 수 있었다.

제2차 세계대전이 한창이었을 때, 나의 조부는 광주에 피란 집을 지으면서 가족을 부양할 목적으로 인근의 논과 밭도 사들였다. 그 당시에는 소작농 세 가구가 그곳에서 논밭을 부치고 있었다. 젊었을 적 농사일을 경험했던 할아버지는 그곳 소작농에게 친절히 대했다. 한번은 한 소작농가의 아들이 결핵에 걸렸는데, 그 아이가 완치될 때까지 도와주셨던 적도 있었다.

6·25 전쟁 발발 3개월 전인 1950년 3월, 정부의 토지개혁 법안이 통과되자 할아버지는 법에 따라 이들 소작농들에게 농지를 매각했다. 다시 말해 할아버지가 손자들인 내 동생 셋을 데리고 1950년 여름 광주로 피란할 당시 이들 농부들은 개인 토지를 소유한 자작농들이었다. 내 할아버지는 더 이상 그들의 지주가 아니었다. 옛 소작농 중 연 씨네 가족은 우리 농가를 관리하는 조건으로 임대료 없이 광주의 그 집을 빌려 쓰고 있었다.

우리는 승균이가 들려줄 소식을 듣기 위해 주위에 모여 앉았다. 승균이는 할아버지와 동생들이 모두 무사히 광주에 도착했다고 말했다. 그리고 고모부도 며칠 전에 그들과 합류했다고 했다. 가족들은 이전 소작농들의 후한 도움으로 잘 먹고 있다고 전했다. 가족이 도착했을 즈음, 연 씨네 가족이 그 농가의 안방을 비우려고 하는 것을 할아버지는 극구 사양했다고 한다. 대신 할아버지와 동생들은 사랑방에 머물기로 했다.

연 씨네 가족은 우리 식구들에게 식료품을 넉넉히 나누어 주었다. 그리고 다른 두 옛 소작농 가족들도 어둠을 틈타 가난한 이웃들의 눈길을 피해 야채와 옥수수 등을 제공했다. 그러던 중 서울에 남아 있는 가족들의 식량 사정이 걱정된 할아버지가 승균이를 시켜 쌀을 보내온 것이었다.

동생이 도착하는 순간부터 짐작은 하고 있었지만 승균이의 여정은 험난했다. 오는 길에 공습이 있어서 승균이는 큰 다리 밑으로 몸을 피했는데, 교량은 오히려 미군 파일럿의 좋은 공격 표적이라는 것을 미처 몰랐던 것 같다.

아버지는 동생에게 다시는 식량을 가져올 생각을 하지 말라고 엄하게 일렀다. 식량 나르는 일은 열네 살의 동생이 하기에는 너무 고되고 위험한 일이었다.

"그럼 광주는 별일 없이 다 잘 있는 거지?" 아버지가 승균에게 물었다.

"그렇지는 않아요." 동생이 답했다. 광주에 도착하고 얼마 지나지 않아 내 여동생과 두 남동생들은 면 인민위원회 사무소에 불려 나갔다. 할아버지는 병을 핑계 삼아 나가지 않으셨다고 했다.

면사무소 벽면 높이 걸려 있던 김일성과 스탈린의 초상화가 사람들을 내려다보고 있었고, 커다란 책상 뒤에는 북한 인공기가 걸려 있었다.

북한 행정관은 내 할아버지가 소작농을 착취하는 쓰레기 지주라는 보고를 받았다고 했다.

"도시에서 온 이유가 뭔가? 법이 무서워 도망치기 위해서 왔나?" 그는 빠르게 말했다. 겁에 질린 나머지 내 동생들은 벌벌 떨기만 할 뿐, 취조에 제대로 대답을 하지 못했다.

"반동분자 지주 계급은 숙청돼야 해!" 빨갱이 면장 동무가 으름장을 놨다.

그 순간 기적과도 같은 일이 벌어졌다. 연 씨 아저씨와 몇해 전 할아버지께서 결핵 치료를 도왔던 그의 아들이 면사무소까지 달려온 것이었다.

"이런, 연 동무 무슨 일인가? 게다가 아버님까지?" 공산당 간부는 일어서서 연 씨 아들과 악수를 나눴다.

"이 사람들은 우리 가족의 친구입니다. 서울에서 온 우리 식구 손님들입니다. 이 사람들은 식량을 구하러 여기까지 왔고 모두 다 공화국의 충성스러운 인민들입니다. 제가 보증합니다." 아버지 연 씨가 침을 삼키며 단숨에 말했다.

면장이 아들 쪽을 바라보았다. 아들은 고개를 끄덕였다.

"어, 그래, 그럼 좋다. 가도 된다." 그는 동생들에게 가라고 손짓을 했다.

내 동생들은 면사무소를 나왔고, 연 씨 아저씨가 뒤를 따랐다. 아들은 뒤에 남았다.

"이런 일이 생겨서 내가 미안하구나. 너희 할아버지에게서 얘기 듣고 달려왔단다. 아들을 찾아서 데리고 오느라고 좀 늦었구나."

연 씨 아저씨는 자신이 한 일을 뿌듯해하는 듯이 보였다. 내 동생들은 어떻게 헤어 나와야 할지 모르는 곤경에서 자신들을 구해준 그 아저씨에게 여러 번 감사 인사를 했다.

며칠이 지난 후 광주에 있던 가족으로부터 놀라운 사실을 전해 듣게 되었다. 소작농이었던 연 씨 아저씨의 아들은 열렬한 공산당원이 되었다는 것이었다. 그럼에도 불구하고 예전의 지주였던 우리 가족을 공산주의자들의 무시무시한 박해로부터 구해준 것이었다. 우리는 연 씨 아저씨가 강경히 버티는 좌익 아들을 설득해서 우리 가족을 도와준 것이 분명하다고 생각했다.

이튿날 동생 승균이는 한나절 걸리는 광주를 향해 또다시 길을 떠났다. 승균이는 광주의 할아버지와 동생들에게 서울 식구들이 모두 잘 있다는 소식을 들려줄 것이었다.

1950년 9월 15일, 유엔군이 인천에 상륙했다. 그 소식을 어떻게 처음 접했는지는 지금도 기억 나지 않는다. 그러나 소식을 듣고 천하가 뒤집힌 듯 기쁘고 원기 충천했던 것만은 기억이 난다.

인천은 서울에서 서쪽으로 30킬로미터쯤 떨어져 있다. 유엔군의 기동력과 화력을 감안하면 이르면 이틀, 오래 걸려도 닷새면 서울에 당도할 것이다. 해방이 눈앞에 다가왔다. 전설의 군인 맥아더 장군이 상륙 작전을 직접 지휘했다고 한다. 자유에 굶주린 서울의 시민들이 공산 점령군의 질곡에서 풀려날 날이 머지 않았다는 것은 의심의 여지가 없었다.

서울의 하늘에는 미국 전투기들이 쉴 새 없이 날아들며 지상의 목표물들을 향해 급강하한 후 포격을 가했다. 시커먼 연기가 소용돌이치며 하늘로 치솟았고 집집마다 지붕 위와 뒤뜰에 재가 겹겹이 쌓였다. 밤낮을 가리지 않고 먼 거리에서 대포가 포격하는 둔탁한 폭발음이 들려왔다. 인천 방향의 서쪽 하늘이 붉은색으로 물들고 지붕 저쪽은 작렬하는 섬광들로 명암이 교차했다. 전선은 우리를 향해 다가오고 있었다.

어느 날 오후 늦은 시간, 나와 아버지는 미국 전투기들이 영등포 차량 기지 방면으로 끊임없이 공격을 가하는 장면을 바라보고 있었다. 우수가 가득 찬 아버지의 얼굴이 일그러졌다. 순간 나는 지난 6월 초 전쟁이 발발하기 며칠 전 아버지가 영등포 차량 기지 근처 창고에 사업용 자재들을 옮겨 놓았던 일이 생각났다.

그것은 제2차 세계대전 이후 몇 차례의 실패를 거듭하면서도 사업을 재건하기 위해 노력했던 아버지의 마지막 시도로 이루어진 일이었다. 이날의 공습으로 인해 자재들은 물론이고 아버지의 사업도 글자 그대로 재로 변해버렸다. 아버지는 그때의 타격에서 벗어나지 못했고 이후에는 경제 활동을 완전히 접으셨다.

인천 상륙 작전 이후 수일이 지났지만 우리 지상군의 모습은 서울 근처 어디에도 보이지 않았다. 그러나 유엔군이 서울을 향해 진격하고 있었고 북한 점령군이 초조해하기 시작하면서 도시에는 팽팽한 긴장감이 감돌기 시작했다.

소문에 의하면, 이때 의용군으로 붙잡힌 불운한 사람들은 남부 전선 대신 북으로 보내진다고 했다. 이 이야기를 듣고 나와 같은 의용군 기피자들은 크게 동요했다.

그날 새벽, 어머니가 의용군 사냥 계획을 탐지하기 위해 동사무소에 나가셨다. 얼마 지나지 않아 어머니가 황급히 집으로 달려오셨다. 어머니의 표정은 처절하게 일그러져 있었다.

"홍균아!" 어머니가 절규했다. "빨리 집에서 나가라!"

"왜요, 어머니?" 황급히 내가 되물었다. "늘 숨는 창고가 있잖아요."

"안 돼, 오늘은 안 돼."

어머니의 말투는 거의 광란에 가까웠다. "이번에는 수색대가 하나둘이 아니다. 이번에는 집 안도 샅샅이 뒤질 거야. 다락방, 마룻바닥 아래, 변소 속까지 뒤질 거야. 숨어 있다가 발각돼서 두들겨 맞는 사람들까지 보고 왔다. 다들 등 뒤로 손이 묶여서 수색대원들에게 끌려가고 있단 말이다. 공산당 깡패들이 길모퉁이에서 길을 막고 서 있단다."

"하지만 어디에 가라고요?" 나는 어머니께 집에 있게 해달라며 애원했다.

"안 돼. 빨리 나가라. 너가 끌려 나가는 꼴을 도저히 못 보겠다. 가, 지금 당장!" 어머니는 정신이 나간 사람 같았다.

나는 사태가 급박한 것을 직감했다. 각오를 단단히 했다. 옷장을 열고 기나긴 여름날 스스로를 감금하면서 무료함을 이기기 위해 준비해 두었던 물건 몇 가지를 챙겼다. 나는 왼팔에 붉은 완장을 차고 밀짚모자를 꾹 눌러쓴 다음, 오른쪽 옆구리에 낡은 가죽가방을 꼈다. 우리 가족은 내가 떠나는 모습을 말없이 지켜보았다. 나는 대문을 나선 다음에야 부모님에게 작별 인사 하는 것을 깜빡 잊었다는 사실을 깨달았다.

우선 무작정 걸었다. 그러다 주택가를 벗어나 보다 안전할 것 같은 큰길로 나가기로 했다. 골목 몇 개를 지난 다음 어느 모퉁이를 돌자, 억세게 보이는 한 남자가 긴 곤봉을 들고 길목을 지키고 서 있었다.

"이봐, 너." 그가 소리를 질렀다. "지금 어디 가는 거야?" 그의 태도는 위압적이었다.

순간 내 머릿속이 하얗게 변했다. 하지만 나는 곧바로 그 사람에게 "동무!"라고 소리쳤다.

"예... 옛!" 깜짝 놀란 그 사람은 병사가 허리에 소총을 당겨 내려놓듯 곤봉을 허리 곁으로 잡아끌고 차렷 자세를 취했다.

"그 어느 누구도, 고양이 한 마리도 여기를 못 지나가게 하라. 알겠나!" 나는 그 공산당 당원에게 소리쳤다. 순간 나는 내 자신이 무엇을 하고 있는지 스스로도 의식하지 못했다는 것을 오늘날까지도 기억하고 있다.

나는 그 남자를 날카롭게 노려보고 나서 그 앞을 지나갔다. 길 모퉁이를 돌고 그의 모습이 시야에서 사라지자마자 나는 목숨을 걸고 뛰어 도망쳤다.

　나는 장충로 대로변으로 나왔다. 길거리는 섬뜩하리만치 텅 비어 있었다. 순간 오한이 나의 등을 타고 흘러내렸다. 이렇게 사방이 뚫린 곳에서 어디에 숨지? 나는 아무 생각 없이 빠르게 걸었다. 1~2킬로미터 정도를 걸어가 보니 앞에서 노면 전차 한 대가 을지로 6가역으로 들어오는 것이 보였다. 생각할 겨를도 없이 전차 위로 뛰어올랐다. 전차에는 표를 받는 차장은 물론이거니와 단 한 명의 승객도 없었다. 제복을 입은 운전사 한 명이 기계적으로 질서정연하게 전차를 몰고 있었다. 그는 모든 역마다 하나하나 정차했고, 문을 열었다가 닫은 후에 다음 역으로 향했다. 아무도 타지 않았고 승객은 내가 유일했다.

　길거리는 적막했고 길가의 건물들은 굳게 잠겨 있거나 덧문이 내려져 있었다. 그 광경이 예사롭게 보이지 않았다. 도시의 정적은 임박한 유혈 사태의 전조나 다름없었다. 전차 운전기사와 여러 시민들처럼 나 또한 우리 군대가 세 방면에서 서울로 좁혀 들어오고 있다는 사실을 들어서 알고 있었다. 그 순간, 서울의 하늘이 그날따라 유난히 조용하다는 것을 깨달았다. 그날은 공습도 없었고 어떠한 공군 작전도 없었다. 짙은 구름이 하늘을 덮고 있었다.

　한 시간가량 흐른 뒤 전차는 서쪽의 종착역인 서대문역에 도착했다. 이상하게도 그날 노면을 달리는 다른 전차는 단 한 대도 없었다. 내가 탔던 전차만 유일하게 운행하고 있었다. 운전사는 전차를 가로질러 반대편 모터를 작동시켰다. 그가 나를 스쳐 지나갔지만 우리는 서로의 존재를 무시했다.

말 한마디 나눈 적 없었지만, 운전사는 내가 목적지도 없이 전차에 타고 있는 이유를 알고 있었다. 그리고 나 또한 어째서 그가 성실하게 로봇처럼 전차를 운행하고 있었는지 알고 있었다. 우리 두 사람 모두 의용군을 피해 숨어 있었던 것이다. 동일한 목적을 가지고 동일한 공간에서 동일한 술책을 부리는 두 사람은 서로의 존재를 모르는 척하는 것이 신상에 이로워 보인다고 생각했다.

전차는 동대문을 향해 다시 천천히 이동했다. 우리는 동일한 노선 위에서 같은 길을 여러 차례 왕복했다. 몇 시간 후 기관사는 조금 떨어진 한 정거장에 전차를 세웠다. 그는 가방을 열고 신문지로 싼 소포를 꺼냈다. 그의 점심이었다.

순간 내가 아침부터 아무것도 먹지 못했다는 생각이 들자 몹시 배가 고파졌다. 운전기사는 짙은 갈색 떡 몇 개를 꺼냈는데, 거친 밀기울로 만든 개떡처럼 보였다.

개떡을 우물우물 씹어 먹던 기사는 개떡 몇 개를 신문지 위에 올려 놓은 다음 내 쪽을 쳐다보지도 않고 나를 향해 내밀었다. 이 사람은 자신의 소박한 점심 식사를 나와 함께 나누고 싶었던 것이다. 망설임도 잠시, 나는 팔을 뻗어 음식을 집어 들고는 게

걸스럽게 입에 처넣었다. 그 개떡 맛을 글로 묘사하는 것은 무의미하다. 그건 이 세상의 맛이 아니었다. 나는 그에게 감사의 말을 전하고 싶었지만 그렇게 할 수가 없었다. 내 감정을 효과적으로 전달할 수 있는 언어가 없었기 때문이다. 게다가 그 또한 나와 인사를 나눌 마음이 전혀 없어 보였다.

드디어 저물어 가는 한여름의 황혼이 우리를 감싸기 시작하자, 운전기사는 전차를 동대문 근처의 거대한 주차장으로 몰고 갔다. 그가 문을 열고 내리자 나도 뒤따라 내렸다. 그가 처음이자 마지막으로 나를 향해 미소를 지어 보이자 나도 따라서 미소를 지어 보였다.

'의용군 사냥꾼들을 조심하길!'

우리는 서로의 안전을 간절히 빌며 침묵 속에서 작별했다.

집에 돌아와 보니 아무도 없었다. 어둠이 깔리면서 부모님과 할머니, 그리고 누나가 하나둘 돌아왔다. 나를 보자 가족들이 기쁨에 겨워 소리를 질렀다. 그날 아침 일찍, 의용군 수색대원들을 피해서 내가 집을 나서고 난 뒤, 가족들은 내가 틀림없이 잡혔으리라 짐작하고 사지로 떠나가는 나의 마지막 모습이라도 보기 위해 거리를 헤매 다녔다고 한다.

그날 밤 어머니는 특별히 흰쌀밥으로 저녁을 차려 주셨다. 그날 저녁 늦게 아버지께서 미국 해병대와 보병 부대가 한강을 건넜다고 말씀하셨다. 말 그대로 팔 뻗으면 닿을 거리에 있었다. 우리는 몇 시간 내에 서울이 해방될 거라고 생각했다. 그러나 과

연 그럴까?

집 근처에서 터진 우레와 같은 폭발음이 동트기 전의 정적을 산산이 깨뜨렸다. 1950년 9월 25일, 유엔군이 인천에 상륙한 지 10일이 지났다. 매일 밤 옷장 안에서 듣던 라디오 방송을 통해 우리 군대가 전날 한강을 건너 시내 중심부 가까이 다가왔다는 것을 들어서 알고 있었다. 이 순간을 얼마나 애타게 기다렸던가! 더 많은 폭발음이 사방에서 계속해서 울려 퍼졌다. 그러나 우리 가족에게는 이 모든 것이 자유를 알리는 나팔소리처럼 들렸다.

"좋아!" 나는 생각했다. 그러나 그 순간 어떤 불길한 생각 하나가 머릿속을 파고들었다. 과연 나와 우리 가족은 이 전투가 끝날 때까지 살아남을 수 있을까? 상황은 급박하게 돌아가고 있었고, 우리 가족은 전쟁터로 돌변할 가능성이 짙은 땅 한가운데 있었다.

하늘을 올려다보았지만 비행기는 보이지 않았다. 회색 구름 아래 작은 점처럼 보이는 박격포탄과 대포 탄환 수백 개가 바람을 가르며 북쪽을 향해 하늘 높이 날아갔다. 집 근처에도 포탄이 떨어지면서 짙은 먼지와 화염을 내뿜었고, 포탄이 떨어질 때마다 건물들이 하나씩 가루로 변했다. 포탄 연기와 메스꺼운 화학물질 냄새가 뒤섞여 우리 가족은 숨이 막힐 지경이었다. 다음은 혹시 우리 집이 아닐까?

정오 무렵, 아버지께서 우리 식구들을 한방에 모았다. "우리는 전쟁터 한가운데 있다. 여기에 계속 머물러 있기에는 너무 위험하다. 지금 당장이라도 우리 가족에게 무슨 일이 벌어질지 모른다. 가족 모두를 잃기 전에 어서 우리 식구가 갈라져 있어야겠다." 하소연하듯 얘기했지만 아버지는 결단에 차 있었다.

"어떻게 할까요?" 어머니가 속삭이듯 아버지께 말했다.

"홍균아, 너는 누나와 같이 할머니 모시고 안암동 고모 댁으로 가라." 광주로 피란을 갔던 고모부는 며칠 전 서울로 돌아와 있었다. "이번에는 고모부가 우리 식구를 도와줄 차례다."

"어째서 안암동이에요? 또 당신하고 저는요?" 어머니가 물었다.

"안암동은 서울 외곽인 데다 시내 중심부에서 떨어져 있어. 여기보다는 훨씬 안전할 거야." 아버지는 다소 불확실한 어조로 설명했다. "짐 싸서 떠나거라. 어서." 아버지는 나에게 엄히 주문하셨다. "당신과 나는 여기 남을 것이오." 아버지가 어머니에게 일렀다.

다시 부모님을 뵐 수 있을까? 나는 스스로의 생각에 소스라치게 놀랐다.

곧이어 나와 할머니, 그리고 혜봉 누나는 옷가지와 이부자리를 등에 지고 안암동을 향해 출발했다. 서울 북동쪽에 자리한 안암동까지는 할머니의 느린 걸음을 감안할 때 두어 시간 정도 걸릴 것 같았다.

길거리는 무인 지대였다. 갑자기 사방이 무섭도록 조용해졌다. 우리는 동대문을 지나 신설동 개울을 따라 걸어갔다. 그 지역 전체가 쥐 죽은 듯이 고요하고 정적이 깔린 사실에 나는 새삼 놀랐다. 위험 지역에서 벗어났다는 생각이 들었다. 머리 위로는 무수히 많은 점들이 우리가 향하는 방향으로 바람을 가르며 날아가는 것이 보였다. 우리 군대가 퇴각하는 적을 향해 포격하고 있다고 생각했다. 남과 북의 양방향, 멀리 떨어진 지점에서 자욱한 연기가 피어오르고 있었고, 머리 위로 흩날리는 재는 마치 얼룩진 눈이 내리는 듯했다.

순간 스산했던 정적이 갑작스레 깨졌다. 한 중년 여성이 미동도 없는 갓난아이를 팔에 안고 길모퉁이에서 뛰쳐나와 실성한 것처럼 달려갔다. 아기는 피범벅이었다. 부디 그녀가 구호소를 찾을 수 있기를 빌었지만 마음 한편에는 그런 내 기도가 덧없다는 것 또한 알고 있었다. 도시의 기능은 이미 마비되어 있었다.

우리는 강둑을 따라 죽은 듯이 고요한 거리를 계속해서 걸어갔다. 고모 댁까지 반쯤 왔을까, 순간 몸속의 피가 얼어붙는 것처럼 느껴졌다. 내가 직면한 상황을 구체적으로 파악하기도 전에 내 사고가 마비되는 듯한 충격이었다. 공산당 빨치산 부대원들이 골목에 쪼그리고 앉아 있는 것이었다. 수염을 기른 건장한 체격의 남자가 카키색 군복을 입고 사냥 모자를 쓴 채 내 앞에 서 있었다. 그는 두말 할 나위 없이 빨치산 부대의 지휘자였고, 오른손에 권총을 든 채 나를 바라보고 있었다.

공산당 빨치산은 은밀하게 움직이는 조직이었는데 그들이 내 앞에, 그리고 마찬가지로 나 또한 그들 앞에 완벽하게 노출된 모습으로 마주친 것이었다. 나는 그들이 반혁명분자로 지명한 인물을 현장에서 즉결 처형한다는 것을 잘 알고 있었다. 빨치산 전사들이야말로 혁명 투쟁의 최전선에 서 있는 첨병들이라는 얘기는 공산당 선전 선동을 통해 수도 없이 들은 터였다.

정규군에 앞서 가장 먼저 적진 깊숙이 침투하고, 마지막 순간까지 남아서 전장을 정리하고 숙청하는 것이 그들 빨치산들의 임무였다. 북한 점령군은 서울 시민들에게 미제와 싸우다 죽어가는 빨치산을 영웅시하는 노래를 가르치기도 했다.

그곳에는 30명가량의 남녀가 땅바닥에 쭈그리고 앉아 있었다. 그중 몇몇은 위아래 짝이 안 맞는 군복을 입고 있었고, 다른 사람들은 양복과 한복을 비롯한 다양한 일상복을 입고 있었다. 두세 명은 사냥 모자를 쓰고 있었고, 나머지는 밀짚모자를 쓰고 있었다. 그리고 대다수가 등에 자루를 짊어지고 있었다. 그들의 무기는 보병 소총에서부터 기관단총, 일본도와 소련제 총검을 장착한 죽창에 이르기까지 다양했다. 여성 몇 명은 구급약품이 들어 있는 듯한 카키색 배낭을 등에 지고 있었다.

나는 전율했다. 그들의 대장이 내 목을 잡아끌어다가 어째서 인민군 의용대에 가입하지 않았는지 따져 물을 것 같았다. 신체가 멀쩡한 젊은 청년이 창백한 얼굴로 머리를 기른 채 전쟁터를 배회하고 있다니. 나의 몰골은 반혁명분자와 동의어인 의용군 기피자의 그것과 완벽하게 들어맞았다. 내가 모르는 척하고 빨치산 대장 곁을 지나가자 그의 눈초리가 잠시 나를 따라오다가 이내 시선을 다른 곳으로 돌렸다. 마치 나의 존재가 그에게는 아무 의미도 없는 것처럼.

나는 계속 무관심한 척하며 최선을 다해 발걸음을 재촉했다. 시간이 멎은 듯했고, 지평선 위에 있던 사물들이 내 눈앞에서 사라진 듯했다. 우리는 계속해서 걸어갔고 마침내 빨치산 부대의 시야에서 벗어났다. 시간의 흐름이 되돌아오고 주변이 다시 보이기 시작했다. 나는 깊은 숨을 들이쉬었다. 나는 아직 살아 있었다. 할머니와 누나는 방금 무슨 일이 있었고, 내가 어떤 상황을  겪었는지 전혀 깨닫지 못하고 있었다. 차라리 다행이었다. 예상하지 못한 위기에서 나와 우리 식구는 운 좋게도 벗어났다.

우리는 고모 댁에 도착해서 즐거운 저녁 식사를 만끽했다. 특히 고모는 자신의 어머니, 즉 내 할머니가 무사한 것을 보고 기뻐했다. 해가 떨어지고 밤이 되자 대포의 포격이 점차 강렬해졌다. 맹렬한 포격에 고모부는 우리 모두 근처 뒷산에 있는 반공 대피소에 가서 밤을 보내야 한다고 결정했다.

그 대피소는 제2차 세계대전이 한창일 무렵 일본 군대가 만들었던 것인데 그때까지 단 한 번도 사용된 적이 없었다. 우리가 도착했을 때 동굴같이 생긴 세 개의 대피소는 사람들로 가득 차 있었다. 각 대피소는 200명가량을 수용할 수 있었다. 그곳의 공기가 덥고 탁해서 그런지 어린아이들이 시끄럽게 울고 있었다. 사람들은 전쟁이나 그것의 결과에 대해 얘기하지 않았다. 그와 같은 격변기에는 때 이른 논쟁이 사람의 생명까지도 앗아갈 수 있다는 사실을 우리 모두 잘 알고 있었다.

고모부가 말리는 것을 무릅쓰고 나는 신선한 공기를 마시기 위해 동굴 입구 쪽으로 가서 앉았다. 밤새 사방에서 폭발음이 들렸다. 포탄이 터지면서 섬광이 번쩍이다가 곧 사그라지는 장면이 끊임없이 이어졌다. 자정을 즈음해서 동굴 입구 근처에 포탄 하나가 떨어졌다. 뜨거운 공기가 나의 얼굴을 스쳐 지나갔고 귀청이 찢어질 듯한 파편 소리가 대기를 갈랐다. 나는 그 자리에 계속 앉아 있기로 했다. 뚜렷한 이유도 없이 그곳에 계속 앉아 있어도 나는 무사할 것이라고 믿었다. 젊음의 만용이었다고나 할까.

초가을의 신선한 공기를 들이쉬면서 나는 홀로 깊은 생각에 빠져들었다. 포격을 피해서 할머니와 누나, 그리고 내가 고모 댁까지 왔지만 결국 산속의 방공호에서 포격을 피하고 있다는 사실이 역설적으로 느껴졌다.

오늘 아침 공산당 빨치산 전사들과 마주친 건 또 어떤가? 어째서 나 같은 반혁명분자를 그대로 내버려 두었을까? 반동분자를 색출하고 제거하는 것이 그들의 임무 아닌가, 그것도 그들이 쫓기는 절박한 마당에서 말이다.

머리 위를 올려다보니 밝고 신비로운 광채를 지닌 물체들이 어두운 밤하늘에 띠를 그리며 북쪽으로 날아가고 있었다. 우리 군대가 서울에서 북으로 퇴각 중인 적군을 공격하는 것 같았다. 서울에서 북으로? "맞다, 그렇구나!" 나는 순간 벌떡 일어섰다.

미군과 대한민국 국군이 서울을 탈환하기 위해 진격하면서 북한군은 북쪽으로 밀려났다. 고모 댁은 서울 외곽 북동쪽에 자리하고 있었다. 북한과 남한을 이어주는 중서부 쪽 간선도로가 바로 그 옆에 위치한 것이었다.

고모 댁에서 북쪽으로 그리 멀지 않은 곳에 유명한 미아리 고개가 있다. 서울에서 퇴각하는 북한군에게는 전략적 요충지이다. 전쟁터에서 보다 안전한 장소를 찾아 서울 남부에 있는 집에서 북쪽의 고모 댁으로 이동한 나와 할머니, 그리고 누나는 의도치 않게 북한군 퇴각로를 따라 서북쪽으로 이동하고 있었던 것이다.

북한 빨치산 대원이 나를 내버려 둔 이유는 다름 아니라 우리 식구가 북쪽으로 이동하고 있었기 때문이다. 그들의 눈에 우리 세 사람은 진격하는 자본주의자들의 보복과 박해를 피해 각자 등에 보따리를 짊어지고 미아리 고개를 넘어 북으로 피란하는 불쌍한 공산당원 내지는 조력자 정도로 보였을 것이다. 그들 북한군 전사들에게 나는 반동분자가 아니었다. 나는 북으로 피란하는 그들의 동지였던 것이다.

그날 만일 내가 남쪽으로 가고 있었다면, 나의 운명은 완벽히 다르게 전개되었을 것이고, 나의 인생 여정도 그날 그 자리에서 끝났을 수도 있었다.

1950년 9월 28일 서울 수복이 되는 날까지 우리 식구는 방공호에서 이틀 밤을 더 보냈다. 우리 군대가 인천에서 서울까지 30킬로미터를 진격하는 데 13일이 걸린 것이다. 이는 내 인생에서 가장 혹독하고 긴 13일이 되었다. 우리는 북한 공산당의 점령 치하에서 정확하게 석 달을 견뎌낸 것이다. 그리고 우리 가족, 특히 내 어머니는 우리 가족을 보호하는 전쟁에서 나름의 방법으로 승리했다.

대한민국이 수도 서울을 되찾았다. 태극기가 하늘 높이 펄럭이는 가운데 맥아더 장군은 해방된 서울을 이승만 대통령에게 돌려주었다. 여기저기 파손되고 연기에 그을리기는 했으나 전쟁의 포화를 이겨낸 중앙청에서 짤막한 기념행사가 열렸다.

그날 아침 일찍 나는 고모 댁을 나와 우리 집으로 달려갔다. 사람들은 전투의 흙먼지를 뒤집어쓴 미군들에게 감사하며 환호했고 심지어는 끌어안는 사람들까지 있었다. 시체 썩는 냄새가 길을 뒤덮었고 부풀어 오른 북한 병사들의 시체가 길가와 도랑을 메우고 있었다. 연기가 자욱했고 하늘에서 끊임없이 내리는 재가 모든 것을 뒤덮었다. 전쟁의 상흔은 깊었다. 지평선 멀리까지도 도시의 많은 건물들이 불타고 있는 모습이 눈에 들어왔다.

도시는 곧 활력을 되찾았다. 사람들은 환희와 근심 걱정이 어지럽게 뒤섞인 속에서 분주히 돌아다니기 시작했다. 그들은 일상으로 되돌아왔지만 미래는 불확실했다.

집에 돌아오자 건물이 건재한 것을 확인했다. 부모님도 무사했고 우리는 기쁜 마음으로 서로를 맞았다. 우리는 살아남았다. 나는 집안에 들어서면서 백발의 먼 친척 할머니 한 분이 방 안에 쪼그리고 앉아 있는 것을 보았다. 파리해 보였다. 어머니는 친척

집에 포탄이 떨어져서 집이 불탔다고 말하셨다.

안씨 가문의 족보 56권도 친척집과 함께 불탔다. 화마는 어머니가 모았거나 물려받은 보물들까지도 함께 삼켜 버렸다. 어머니는 손실에 대해 단 한 마디도 하지 않으셨다. 단지 우리 식구 모두 무사하다는 사실에 행복했던 것이 분명했다.

며칠이 지나고 상황이 보다 안정 되면, 나는 광주로 가서 할아버지를 모시고 동생들과 함께 서울 집으로 올 것이다. 그때까지 일단 내 친구들이 괜찮은지 알고 싶었다.

안전을 기해 나는 고등학교 교복을 입었다. 불확실하고 혼란한 시기에 학생 교복은 상당한 수준의 안전을 제공했다. 공산주의자와 부역자를 색출하는 작업이 곧 시작될 터였고 내가 북한 점령을 견뎌낸 자유를 사랑하는 충성스러운 시민임을 나의 교복이 증명한다고 생각했다.

어머니는 여름 내내 뒤뜰에서 고생하며 기른 채소들을 수확하고 계셨다. 콧노래까지 부르시는 걸 보니 기분이 몹시 좋으신 것 같았다. 불과 한 달 전만 해도 북한 공산당 요원들이 동네를 순찰하며 어머니가 키우는 채소를 포함하여 우리 마을에 싹트기 시작한 모든 농작물의 수량을 세고 다녔다. 요원들은 어머니에게 농작물을 마음대로 수확하지 말라고 주문했다. 그것들 모두 국가의 것이라고 했다.

요원들은 동네 나무들에 매달린 덜 익은 사과와 감 열매의 수량들마저 빠짐없이 세어가며 기록했다. 나중에 알게 된 사실이지만 공산당 당국은 미래의 수확량을 계산하기 위해 시골의 논과 밭을 측량하고 있었다. 농부들은 스스로 경작한 농작물의 소유권이 자신들에게 없다는 이야기를 듣고 소스라치게 놀랐다.

공산주의 국가라면 당연했을 이러한 규정은, 북한 점령군이 남한에서 행한 가장 결정적인 실책이 되었다. 이러한 정책은 그들이 이른바 해방시켜야 할 남한 농촌 인구 전체를 소외시키는 결과를 초래하게 되었다.

사람들은 추수기가 오기 전 북한 침략자들을 몰아낸 맥아더 장군을 혜안을 우러러보며 감사했다.

내가 처음 찾아간 친구는 신당동에 사는 최성이었다. 북한 인민군이 들어오고 며칠이 지나 그 친구네 집을 방문했을 때 성이 어머니는 나를 제지했었다. 이번에는 친구가 현관에 모습을 보였다. 살짝 야위긴 했지만 무탈해 보였다. 평소라면 절대 그러지 않았을 우리는 서로를 보고 껴안았다. 길을 걸으며 걱정스러운 얼굴로 내가 그를 바라보았다.

"무슨 일 있어?" 내가 물었다.

"예전에 나 보러 왔을 때 어머니가 쫓아버렸지. 미안하다." 친구가 말했다. "아버지가 북한군에게 끌려갔어." 나는 뭐라고 말을 전해야 할지 몰랐다. 어색한 침묵이 뒤를 이었다. 그렇게 길을 걷는데 북한 병사의 사체가 도랑에 빠져 있는 것이 보였다.

"우리 아버지도 저렇게 됐을지 모르지." 그는 단조로운 목소리로 거의 비아냥대듯 얘기했지만 친구는 비탄에 잠겨 있었다.

"북한군이 우리 집에 들이닥쳤을 때, 아버지는 국군 소속 외과 의사인 큰형과 함께 다락에 숨으셨어." 친구는 혼잣말을 하듯이 중얼거렸다. 성이의 형은 전쟁 발발 초기에 한강을 건너지 못하고 집으로 와 숨어 있었다. "아버지는 그때 숨었던 다락에서 나와 적들에게 투항하셨어."

"뭐? 왜 그러셨어?" 나는 친구에게 소리쳤다.

"형을 구하려고." 성이가 조용히 말했다. "아버지도 알고, 가족 모두 알고 있었어. 수색대가 큰형을 찾아낸다면 그 자리에서 사살했을 거라고 말이야." 그가 계속 이야기를 이어갔다.

"망할 북한놈들은 아버지를 찾아내고 얼마나 좋아했는지, 그 뒤로는 다시 우리 집에 오지 않았어." 그는 거의 귀에 들리지 않는 소리를 내며 한숨을 내쉬었다.

"형은 부대에 복귀하려고 어제 집을 떠났어."

"형이 빨리 부대를 찾았으면 좋겠다." 내가 친구에게 얘기했다. 그의 아버지를 위한 어떠한 위로의 말도 친구에게는 공허하게 들릴 것이 분명했다.

낙동강 방위에 임했던 유엔군 병력은 부산 교두보를 빠져나와 퇴각 중인 북한 인민군의 뒤를 바짝 쫓으며 맹렬한 추격을 하고 있었다.

성이와 나는 고등학교 야구팀 친구 몇 명을 찾아다녔다. 김윤환이 우리를 기쁘게 맞았다. 창백하고 긴 머리가 그 또한 의용군 사냥꾼들로부터 숨어 지내기 위해 최선을 다했다는 사실을 말하고 있었다.

우리 셋은 또 다른 친구 전종열을 찾아가기로 했다. 종열이는 돌아가신 아버지로부터 물려받은 경찰 제복을 입고 다녔기 때문에 우리는 항상 그를 '경장'이라 불렀다. 머리도 빗지 않고 초라하게 옷을 입은 종열이 어머니가 대문을 열었다. 그녀 옆에는 어머니 팔을 붙든 종열이의 남동생이 서 있었다.

"우리 종열이 보면 어머니가 기다리고 있다고 전해 주렴." 친구 어머니가 우리를 보고 눈물을 글썽이며 말했다.

"종열이 보거든 꼭 집으로 데려와 다오." 거의 앞뒤가 맞지 않는 소리를 하면서, 초점이 풀린 그녀의 눈동자는 마치 잃어버린 아들을 찾는 듯 우리의 어깨 너머를 살피고 있었다.

"인민군 병사에게 종열이 대신에 둘째 아들 데려가라고 그렇게 사정했는데. 종열이를 끌고 갔지 뭐냐." 불쌍한 친구 어머니는 절규했다. 종열이 어머니는 아들은 물론이고 당신 정신마저 잃은 것처럼 보였다.

한국에서 큰아들은 집안의 대들보이자 버팀목이다. 남편을 잃은 어머니를 모시는 것은 장남 몫이었다. 집안의 가장으로서 부모님을 모시는 것은 맏아들로서의 철칙 명령이자 명예이다. 한국의 어머니들에게 있어서 큰아들은 때로는 남편에 대해서 느끼는 감정을 넘어서는 소중한 존재이다.

우리는 충격에 빠진 나머지 친구 어머니에게 해드릴 말을 찾지 못했다.

"네, 어머니, 종열이 만나면 집에 가라고 얘기할게요."

우리는 서둘러 인사하고 그 자리를 떠났다.

최범철은 유난히 하얀 피부를 한 귀공자처럼 생긴 데다 내 수학 공부를 자주 도와줄 정도로 상냥한 친구였다. 그의 아버지는 유명한 의사였고 고등학교 인근의 안국동 광장에서 병원을 운영하고 있었다. 전쟁 전에는 병원에 자주 들러서 친구와 담소를 나누곤 했다. 그의 할아버지께서 2층에 사셨고 나이 많은 노신사는 어린 학생들과 이야기 나누는 것을 즐겨 하셨다.

북한군이 서울에서 자취를 감추고 며칠이 지나 나는 범철이를 찾아갔다. 병원 건물에 다가서자 몸서리치는 장면을 목격했다. 살짝 열린 현관은 커다란 X자 모양의 막대로 가로막혀 있었다. 인기척도 없었다. 흡사 귀신 집 같았다.

심란한 마음으로 나는 근처에 있던 책가게로 들어갔다. 구면이었던 그곳의 주인이 내가 무엇을 찾는지 알겠다는 듯이 나를 보고 인사했다.

"그래, 최 박사네 가족 말이지. 최 박사와 그의 가족이 공산주의자라고는 아무도 생각 못했는데 말이야. 그는 전쟁이 벌어지고 나서 북한 병사들과 당 간부들이 입원했던 혜화동의 큰 병원을 관리했지. 유엔군이 도착하기도 전에 짐 싸서 북으로 떠났지 뭐냐." 가게 주인은 중간에 숨도 쉬지도 않고 얘기했다.

범철이, 나의 친구가 공산당 당원이라고? 게다가 가족까지 모두? 어떻게 그럴 수가? 그 친구 아버지는 몰라도 범철이는 아니야. 범철이는 정말 친절하고 공정한 사람이라고. 그 친구 또한 헌신적인 공산주의자였다는 데까지 생각에 미치자 나는 몸서리 치게 고통스러웠다. 나는 새로운 발견에 당혹스러웠다. 우리는 서로 적이었던 것이다.

"그 노인은 어떻게 됐는지 아니?" 가게 주인의 목소리가 나를 다시 현실 세계로 불러들였다. "그 양반 2층에서 목매달아 자살했지 뭐냐. 그가 왜 죽었는지는 하느님만 아시겠지. 북한으로 가는 험난한 여정을 떠날 수 없다고 생각했거나 가족들이 버리고 간 거겠지." 책방 주인의 목소리는 분노와 당혹감에 차 있었다.

"전쟁은 정말 잔혹해. 이데올로기 때문에 벌어진 동족상잔은 비극이야. 노신사는 정말 지혜롭고 다정했는데. 모두들 내 이웃이었는데 말이다."

나는 일어서서 조용히 서점을 나섰다. 그렇다, 전쟁, 특히 동족 간의 전쟁은 잔인하고 슬프다. 집으로 오면서 서점 주인이 했던 이야기들을 반추했다. 나는 살아남았지만 외롭고 쓸쓸했다.

집에 도착할 무렵, 하나의 생각이 나의 뇌리를 스쳤다. "아마도, 아마도 할아버지께서는 공산주의가 싫었던 걸 거야."

경기중고등학교 제47회 동창회보는 몇 해에 한 번씩 발간이 된다. 그 책에는 행방불명이라 적힌 난이 있는데, 그 명단의 길이는 상당히 길다.

그 뒤로 며칠 동안 시가는 계속 불탔다. 정부는 재빨리 질서를 되찾고 기능을 회복했다. 이상하게도 정부가 발표한 첫 포고

령은 집을 잃은 시민들에게 임시로 거주할 움막을 짓지 말라는 것이었다. 정부는 초라한 판자촌들이 도시 곳곳에 우후죽순으로 생겨나는 것을 우려했다. 미국이 한국의 재건을 도울 것이었다. 만일 전쟁 피해자들이 임시 가옥에 만족한다면 미국의 지원이 끊길 것이라고 정부 소식통이 얘기했다. 사람들은 미국이 지원할 것으로 믿었지만 겨울이 다가오고 있었다.

방금 전 내가 지나쳐 온 장면이 나를 괴롭혔다. 공습과 포격으로 건물이 내려앉아 새로이 생겨난 공터에 두 명의 젊은 여성이 서 있는 장면을 목격했다. 아마도 그중 한 명의 집이 있었던 자리였던 것으로 보이는데, 두 사람은 서로의 손을 잡고 큰소리로 미친 듯이 웃고 있었다. 그 소리가 밑도 끝도 없이 공허했다. 나는 사람이 극히 강력한 정신적 충격을 받으면 눈물을 흘리는 대신 웃을 때도 있다는 것을 알게 되었다.

사람들은 폐허가 된 터에 판잣집과 오두막을 짓기 위해 삽을 들고 땅을 파기 시작했다. 이때 지은 집들은 '하코방'이라 불렸다. '하코'는 일본어로 상자를 뜻하고, 방은 말 그대로 한국어의 방을 뜻한다.

북한이 침략하면서 서울 이남으로 도피했던 사람들이 각 피란처로부터 돌아왔다. 우리는 이들을 강을 건너간 사람들이라는 뜻으로 '도강파'라 불렀고 서울에 남은 사람들을 '잔류파'라 했다. 도강파들은 북한 점령군 치하에서 석 달을 살아온 잔류파들을 공산당원 내지는 부역자, 많이 양보해서 충성심이 의심스러운 대한민국 시민으로 생각했다. 악명 높은 한국의 파벌주의 경향은 전쟁의 위기 앞에서도 그 모습을 전면에 드러내고 있었다.

잔류파들은 도강파들의 비난을 맹렬히 비판했다. "우리는 정부 지시에 따라 조용히 대기하다가 서울에 남게 된 것이고 엄청난 고통 속에 공산 치하를 견디어 왔다. 정부 지시를 어겨 가며 강을 건너 도망친 주제에 이제 와서 누구를 가리켜 배신자라 하는 건가?"

전쟁으로 인하여 사람들 사이에 깊은 사상적 분열과 가슴 아픈 상호 불신이 자리 잡았다. 중앙 정부는 사람들에게 근거 없는 위험한 논쟁은 용인하지 않겠다고 경고했다. 표면적으로 그러한 분쟁은 가라앉았다.

대한민국 국군이 남부 전선에서 서울을 향해 빠르게 진격하고 있었다. 그들은 며칠 내로 서울에 도착할 것으로 여겨졌다. 이때를 즈음해서 진격하는 군인들 사이에 흉흉한 소문이 돌기 시작했다. 여학생들, 특히 문화와 아름다움으로 유명한 이화여대 학생들이 북한 점령군을 진심으로 환영했고 심지어는 인민군에게 교태까지 부렸다는 소문이 돌았다. 젊은 국군 장병들은 서울에 도착하는 즉시 이들 부역자들을 곱게 내버려 두지 않겠다고 벼르고 있었다.

대학교 직원들과 문교부 관료들은 소문을 부정하기 위해 부단한 노력을 기울였다. "대다수 남학생들과 여학생들은 모두가 국가에 충성하고 북한 점령군에 의연히 맞섰다. 학생들에게 가해지는 그 어떠한 악의적 행위도 용납하지 않겠다."

우리 군인들은 북한의 선전·선동을 선택적으로 믿었다. 그들이 적의 유언비어에 속았다는 것을 알자 우리 군인들이 여학생들에게 위해를 가했다는 보고는 한 건도 접수되지 않았다.

『동아일보』와 『조선일보』를 비롯한 일간지들이 다시 발행되기 시작했다. 반절 크기의 4페이지짜리 신문에는 생생하고 유익한 정보들이 실려 있었다. 삽화들과 함께 실린 생동감 넘치는 글귀가 사람들의 마음을 파고들었다. 유일하게 전쟁 전과 달라진 점은 신문이 더 이상 집으로 배달되지 않았다는 것이다. 대신에 새로 나타난 신문팔이 소년들이 "동아!"와 "조선!"을 외치며 조간과 석간을 들고 인도를 뛰어다녔다.

비록 학교는 곧 개학하지 않았지만 우리들은 삼삼오오 모여 학교에 나갔다. 우리는 공산 치하에서 무슨 일이 있었는지, 그리고 전쟁과 미국에 대해 이야기했다. 우리 모두 미국에 감사해야 한다는 것에 동의했다. 무엇보다도 우리의 자유를 지키기 위해 미국이 치른 희생에 감사했다.

"하지만," 김윤환이 끼어들었다. "우리 형이 그러는데, 미국은 공산주의로부터 자신들을 지키기 위해서 한국에 와서 북한과 싸운다고 했어." 우리는 보다 구체적인 설명을 듣기 위해 계속해서 윤환이를 쳐다보았다.

"형이 길에서 사람들 취재하는 미국인 기자를 만난 적이 있는데, 로버트 피어포인트(Robert Pierpont)라고 하는 CBS 기자야."

"CBS가 뭐야?" 누군가가 윤환이에게 물었다.

"콜럼비아 브로드캐스팅 시스템." 윤환이가 답했다.

"우리 형이 기자에게 미국인들이 구해 주러 온 데 대해 한국인들이 진심으로 감사한다고 말했어." 우리의 반응을 살피기 위해 윤환이가 잠시 이야기를 멈추었다. "그런데 말이야, 그 기자가 형한테 말하기를 그게 모두 사실이 아니라고 했어. 미국은 자기 나라 이익을 지키기 위해서 한국에 왔다고 얘기했어."

"뭐라고?" 내가 참지 못하고 윤환이게 말했다.

"그 얘기는 자기들에게 이익이 없었다면 우리를 도우러 오지 않았을 거라는 얘기야?"

윤환이는 나의 질문을 무시했다. "CBS 기자는 형에게 미국이 소련과 싸우기 위해서, 공산주의의 확산을 막기 위해서 한국에 왔다고 했어. 그러니까 형은 미국이 자신들 이익을 위해서 행동했지, 한국인들에게 자선을 베풀기 위해서 오지는 않았다는 거야." 친구가 이야기를 마무리지었다.

우리 모두 침묵에 빠졌다. 나는 배신감을 느꼈다. 한국의 동맹 미국을 향한 나의 무한한 신뢰는 무너지는 듯했다.

"미국의 이익! 한국의 이익이 아니라 오로지 자신들의 이익에 따라서 행동한 결과라고. 피어포인트 기자는 그렇게 말했어." 윤환이가 강경하게 얘기했다.

우리는 뒤숭숭한 기분으로 헤어졌다. 나는 집을 향해 걸었다. 순간 난데없이 색다른 발상이 떠올랐다. "그 미국 기자라는 사람 정말 정직하네. 그는 우리의 감사를 마다하고 미국이 감사 받을 자격이 없다고 했어. 미국인들은 참 공정한 사람들이구나."

수많은 질문들이 나의 머릿속을 맴돌았다. 사람과 마찬가지로 국가 또한 상호 간에 신뢰 관계를 유지한다. 또한 인간과 마찬가지로 국가 또한 추구하고 지켜야 할 가치와 이익이 있다. 한국과 미국은 우방이다. 두 나라 모두 각각의 국가적 목표와 지켜야 할 가치가 있다. 한국은 북쪽의 적에게 침략당했고 미국은 소련의 팽창을 저지하러 온 것이다. 여기서 두 나라의 이해관계가 일치했고 공통의 적에 대항해서 함께 싸운 것이다. 보다 강력한 우방이 된 것 또한 사실이다. 답은 간단하고 명료했다.

나는 결론에 도달하자 기분이 한결 좋아졌다. 그리고 나는 스스로가 그런 결론에 도달한 데 대해 대견하게 생각했다. 나는 열여덟 살이었고 안타깝게도 당시의 우리는 국제 정세에 관해 무지했다. 우리는 배워야 할 것이 많았다. 한반도를 넘어 바깥에는 더 넓은 세상이 있었다.

"그렇다, 나는 배워야 할 것이 많다." 그리고 그것은 나에게 있어서 즐겁고 신나는 도전 과제였다. 결국 내가 냉전이라는 맥락 안에서 6·25 전쟁의 의미를 파악할 때까지 한참의 시간이 걸렸다.

서울이 해방되고 얼마 후 광주 농가에 피란을 가 있었던 우리 가족이 집으로 무사히 돌아왔다. 어머니를 모시고 내가 가서 모셔 왔다.

동생 승균이는 서울에서 마지막 전투가 치러지는 동안, 할아버지께서는 3일 밤낮을 불타오르는 서울 상공을 응시하고 계셨다고 했다. 동생 얘기로는 할아버지는 단 한 마디도 안 했다고 한다. 하지만 우리 집안 최고 원로로서 당신 자손들 걱정으로 지옥 같은 시간을 보내셨음에 틀림없다.

내 동생은 불타는 하늘을 보고 서울에 남은 사람은 누구 하나 살아남지 못했을 거라고 확신했다고 한다. 나의 가족과 고모 세 분의 가족들까지 온 가족이 재회하게 된 특별한 날을 기념하기 위해 모두가 우리 집에 모였다. 우리 집은 즐거움과 웃음소리로 가득 찼다.

어머니는 수심에 잠긴 채 부엌에서 홀로 일하시는 것이 보였다. 모두에게 먹일 만큼 쌀이 충분하지 않았던 것이다. 나는 내 방으로 돌아왔다. 할 수 있는 것이 아무것도 없었다.

그때 문밖에 자동차가 끼익 소리를 내며 멈추는 소리가 들리더니 밖이 소란스러워졌다. 그런 다음 영균이가 "헌균 형이다!"라고 외치는 소리가 내 귀에 들렸다. 현관 마당으로 달려 나가자 멋있게 전투복을 차려입은 헌균 형이 보였다. 형이 살아 돌아왔다. 우리 가족 모두 형을 끌어안으면서 기뻐했다.

형은 문간에 앉아 우리에게 몇 분만 있다가 바로 출발해야 한다고 얘기했다. 형의 대대가 북쪽으로 행군 중인데 집에 잠시 들러 가족들에게 인사만 하겠다고 허락을 받고 온 것이었다. 형이 대문을 지키고 있던 병사에게 신호하자, 병사는 지프차에 있던 쌀 한 가마를 집어 들고와 우리 집 부엌에 내려놓았다.

처참했던 지난 석 달의 광경들이 나의 기억 속에서 명멸했다. 불과 3개월 전, 서울이 북한 인민군에게 함락되기 두어 시간 전에 육촌 형인 안헌균 소위가 비틀거리며 우리 집으로 들어왔다. 북한이 전쟁을 개시하면서 서울 북쪽 지방을 수비하던 형의 부대는 처참한 패배를 당했고, 형과 공병대대 대원들은 뿔뿔이 흩어지게 되었다. 우리 집에 들러 잠시 쉬고는 동트기 전 남쪽을 향해 한 치 앞도 알 수 없는 미지의 세계로 떠났었다. 이후 우리는 형의 소식을 모르고 있었다. 다시 만난 그날의 형은 건강하고 다부져 보였다.

"모두들 무사한 것 같아 정말 기쁘다. 우리 사단은 38선으로 진격하고 있다. 조만간 또 보자." 형은 간결하게 말하고 떠났다.

그날 저녁 어머니는 진수성찬을 차려 주셨다.

나라 전체의 분위기가 밝고 낙관적이었다. 우리 군대와, 그리고 이제는 무적의 유엔군이 북한 깊숙한 곳으로 빠르게 진격하고 있었다.

운명의 38선은 그 의미가 퇴색되었고 통일이 머지않아 보였다. 앞으로 소련과 중화인민공화국이 어떻게 나올지 우리는 생각하지 않으려 했다.

한 해 전인 1949년, 중화인민공화국이 수립되었을 때 외무부 고위 인사는 새로 창건된 공산주의 중국은 우리에게 이렇다 할 위협이 되지 않는다고 확언했다. 우리는 정부 이야기를 믿었다.

맥아더 장군은 미군 장병들에게 크리스마스를 가족들과 함께 보낼 수 있을 것이라고 약속했다. 그 말을 의심할 이유는 어디에도 없었다.

# 6·25 남침 전쟁

### - 헤어짐, 굶주림, 사랑, 자유 -

백 순

1950년 6월 25일 남침 전쟁이 발발했을 때 나는 열한 살로 서울에 있는 교동국민학교 5학년 학생이었다. 그날 일요일 친구들과 함께 길거리를 뛰어다니며 "신문이요!" 라고 외치며 『동아일보』를 사람들에게 팔고 있었다. 그때 수군거리는 사람들의 입을 통해 북한 인민군이 38선을 넘어 쳐들어왔음을 알게 되었다.

그 당시 나의 집은 창경원(지금의 창경궁) 옆 원남동에 있었는데 원남동 4거리를 지나 미아리 고개를 향해 군인들을 태운 많은 트럭들이 요란스럽게 북진하고 있었다. 한국군 트럭들뿐만 아니라 미군 트럭들도 끊임없이 북으로 진격하고 있었다.

지금도 기억에 남는 것은 한국군 트럭들은 마구 질주하는 반면, 미군 트럭들은 일단정지 표지 앞에 반드시 정지했다가 질주하는 모습이었다. 전시 상황인데도 질서를 지키는 미국 군인들과 전시 상황을 앞세워 질서를 무시하는 한국 군인들, 그 차이가 그당시 어린 나의 머리 속에 각인되어 지금까지도 기억하고 있다.

전쟁 발발 후 아버님이 북한 인민군에 의하여 납치당하여 헤어진 이후, 어머님, 형님, 그리고 다섯 누이들과 함께 전쟁 3년동안 피란민 생활을 하였다. 먼저 서울에서 남으로 20리 정도떨어진 시흥으로, 다시 남쪽 부산으로, 그리고 한국의 최남단 섬인 제주도로 피란을 가서 전쟁의 비참한 모습들을 경험하기에이르렀다.

## 시흥 피란살이

6·25 전쟁 발발 다음날인 6월 26일 아버님은 한강 남쪽에 있는 시흥으로 나를 포함하여 형님, 둘째누님과 함께 피란하였다. 다음 날인 6월 27일, 즉 서울이 북한 인민군에 의하여 함락되기바로 하루 전 아버님은 형님과 함께 전시 상황을 알아보신다고서울로 가셨다. 아버님이 떠나시면서 "내 곧 돌아오마!"라고 하신 말씀이 우리 가족에게 주신 마지막 말씀이 되었다.

후에 들은 소식이지만, 아버님은 그날 서울로 가시는 길에 북한 인민군에게 납북을 당하셨고, 그 이후로는 아버님에 관한 소식을 듣지 못하였다. 1950년 6월 27일 아버지와 헤어진 후 70년을 지나는 동안 살아서 만나 보지 못했으며, 아버지의 시신마저도 만나지 못한 헤어짐의 상처가 아직도 남아 있다.

나의 아버님 근촌(芹村) 백관수(白寬洙)는 서울의 길거리에서 납북되었을 때 61세로 정치인이셨다. 그는 전라북도 고창군에서 태어나셨는데, 고창군은 인촌 김성수의 고향이기도 하다. 전라남도 담양 출신의 고하 송진우와 함께 세 분이 조선의 개화, 독립 운동에 헌신하였고 해방 후 새로운 나라 건설을 도모하셨다. 1910년 한일합방 이후 나의 아버님은 일본 동경에 있는 메이지대학에서 선진 학문을 유학하고 계셨다. 1918년 12월 조선청년독립단을 결성하고, 1919년 2월 8일 동경에 있는 YMCA 회관에서 '2·8한국독립선언서'를 선포하시었다. 일본 경찰에 의해 즉시 체포된 후 일 년 가까이 동경 감옥에서 투옥 생활을 하였다. 그 일 년 동안 감옥 안에서 조국 한국의 독립을 염원하는 한시 71편을 창작하시고, 그 한시를 묶어『동유록』(동경 감옥에 유폐되어 쓴 시)이라고 명명하였다. 2019년 2월 8일, '2·8 한국독립선언' 100주년을 기념하기 위하여 나는 이『동유록』을 한글과 영어로 번역하여 출판하였다.

나의 아버지 백관수는 일본 메이지대학 졸업 후 서울로 돌아오셔서 당시 최대 부수를 자랑하던『조선일보』편집인 및 영업국장(1926), 월간『동방평론』창간(1932),『동아일보』의 마지막 사장 역임(1937~1940) 등 언론인으로서 조국 근대화에 힘쓰다가 1945년 광복을 맞이하였다.

1945년 광복을 맞이했지만 대한민국은 1948년 건국될 때까지 미군정 하에 있었기 때문에 1950년 납북될 때까지 정치인으로서 대한민국의 건국에 적지 않은 역할을 수행하셨다. 1945년 광복 후 건국을 위한 정치 활동으로 한국민주당(한민당) 창당에 산파역을 하였으며, 1948년 5월 10일 고창에서 제헌 국회의원으로 당선되어 초대 법제사법위원장과 헌법기초위원으로 1948년 8월 15일 대한민국 건국에 지대한 일익을 담당하셨다.

월남한 북한 노동당원이었던 이태호가 쓴 『압록강변의 겨울』이라는 책에 의하면, 유폐되어 있던 나의 아버지는 1961년 3월 북한 선천 요양원에서 폐렴으로 사망하였다고 기록되어 있다. 1983년 8월 15일 아버지의 고향인 전라북도 고창군 새마을 공원에 인촌 김성수 선생과 근촌 백관수 선생의 동상이 건립되었고, 이때를 기하여 나의 어머님은 언제일지는 모르겠지만 남북통일이 되면 북한 땅 어디엔가 묻혀 있을 아버님의 시신을 모셔다가 묻는다고 아버지의 생가인 전라북도 고창군 성내면 생근리에 근촌 백관수의 빈 무덤을 만들어 놓았다. 어머니는 돌아가실 때까지 기다렸지만 아직도 전라북도 고창군 성내면 생근리에 있는 가묘(假墓)는 나의 아버님의 시신을 기다리고 있다.

1992년 대한민국 민주평화통일자문회의의 주관으로 금강산을 방문할 기회가 있었다. 6·25 전쟁 당시 "내 곧 돌아오마!"라는 마지막 말씀을 남기고 이별한 아버님을 세월을 뛰어넘어 상면하는 꿈을 시로 썼다.

## 아버지 상봉

속초항 떠나 거친 세월 헤치고
금강산으로 아버지 만나러
오십 년 만의 첫 나들이 길

북에서부터 태풍이 몹시도 요동치던 날
아버지는 잠시 다녀온다고
잔잔한 미소 남기고 서울로, 북으로 떠났고

그리움의 뜬 구름 휴전선을 배회한 지 반 세기
대문 열어 놓고 기다리던 상봉
슬픈 소식 잉태한 부슬비 내리고

장진항에 도착하면서
설레이는 가슴
만물상 옥류동 계곡
진달래 향기 가득한 바람 상쾌하다

얼마나 늙으셨을까, 얼마나 수척하실까
온정리 면담소에서 만난 아버지
원남동 안방 벽 사진 속 온화한 그 모습

검은색 윤기 머리카락 콧수염 뚜렷하고
안경 반듯한 영롱한 눈빛
가늘게 다문 입가 잔잔한 미소


왜 말씀이 없으실까


금강산 자작나무 울리는 바람
금강산 아버지 상봉의 꿈에서 깨어나서
자꾸 자꾸 꿈꾸어 아버지를 상봉했으면


서울이 함락된 1950년 6월 28일부터 유엔군에 의하여 서울이 수복된 9월 28일까지 우리 가족은 한강 남쪽 시흥이라는 작은 마을로 피란을 갔다.

어느 날 그 마을을 끼고 지나가는 국도로 북한 인민군 부대가 행진하고 있었는데, 난데없이 미군 쌕쌕이(제트 전투기) 여러 대가 급강하하여 북한 인민군 부대에 폭격을 가하여 수라장을 이루는 광경을 직접 목격하였다. 폭격을 맞은 북한 인민군 부대는 불바다가 되고 죽은 장병들의 시체가 즐비하게 흩어지는 전쟁터가 되었다.

이 폭격 광경이 내가 직접 내 눈앞에서 벌어진 전쟁의 파괴이었고, 그 이후 서울에 북한 인민군의 탱크 사격, 유엔군 B-29 폭격기의 폭탄 투하, 전장에서 따발총과 M-1 소총의 대결 사격 등 전쟁 파괴의 광경을 실제로 경험하기에 이른다.

전쟁의 파괴는 생명을 포함한 모든 것을 부숴 버리는 결과를 초래하지만, 무엇보다도 가장 치명적인 것은 인간관계의 파괴, 즉 헤어짐이라는, 오랫동안 고통을 지속시키는 비극을 잉태한다. 6·25 전쟁이 만들어 놓은 인간관계의 파괴와 헤어짐은 70 성상을 지났지만 아직도 나와 내 가족에게만 아니라 한국 민족에게 큰 아픔으로 남아 있다는 현실이 안타깝기만 하다.

어머니, 형님, 다섯 누이, 나, 이렇게 우리 가족과 몇몇 친척들을 포함한 모두 12명의 인원이 한강 남쪽 시흥에 있는 작은 초가집에서 3개월간 피란 생활을 하였다. 쌀 한 톨 없이 호박풀때기 죽으로 3개월을 연명하느라 배가 너무 고팠다. 얼마나 배가 고팠는지 한 가지 우스꽝스럽고 어리석은 기억이 새롭게 떠오른다. 그 당시 열세 살 어린 나이였던 나는 호박풀때기 죽을 씹지 않고 그대로 먹으면 뱃속에 오래 머물러 포만감을 줄 것이라고 꾀를 내어 호박풀때기 죽을 그대로 삼켰지만 나의 바람과는 달리 소화가 더 잘 되었다.

9월 28일 서울 수복 후 우리 가족은 서울 원남동 집으로 돌아와 미국의 원조로 쌀을 풍족하게 배급을 받아 시흥에서의 배고픔을 배부름으로 만끽하였던 기억이 새롭다. 그 당시 어린 나이였지만 배고픔과 관련하여 두 가지의 중요한 교훈을 얻었다. 하나는 음식이란 생명 유지에 절대적으로 필요한 요소라는 것이고, 또 하나는 배고픔으로부터의 해방을 위하여 음식을 마련하고 준비하는 방법에 대하여 관심을 가져야겠다는 것이었다. 이 두 가지 교훈은 내가 후일 경제학을 전공하게 되는 중요한 계기가 되었다.

1953년 휴전 협정 후 환도하여 중앙중고등학교를 졸업하고 서울대학교 법과대학에 진학하였다. 1962년 졸업 후 공군 장교(중위 제대)로 4년을 복무하였다. 공군에 복무하면서 제대하면 선진 경제 국가인 미국에서 경제학을 공부하고 경제학자가 되리라는 진로를 정하였다.

그 진로를 결정하게 된 동기는 첫째 6·25 전쟁 초반 3개월 동안 시흥에서의 피란 생활에서 뼈저리게 경험하였던 '배고픔'의 교훈이고, 둘째 1961년 군사혁명으로 집권하고 있는 박정희 군사 정부가 실시한 경제개발 5개년 계획의 성공이었다. 그래서 고려대학교에서 경제학석사(1967), 오하이오 대학교(Ohio University)에서 경제학석사(1968), 웨스트버지니아 대학교(West Virginia University)에서 경제학박사(1975) 등을 취득하고 미국 연방 정부 노동성에서 선임 경제학자로 30년 봉직하였다. 현재 워싱턴 대학교(Washington University of Virginia) 교수로 경제학(Professor of Economics)을 가르치고 있다.

## 제주도 제주시에서

1950년 10월 19일 중공군이 압록강을 도강한 후 유엔군이 남으로 밀리면서 다시 피란길에 오르게 되었다. 이를 '1·4후퇴'라고 한다. 2주 동안 기차간에 실려 부산까지 찬 주먹밥으로 피란 생활을 하면서 한 좋은 친구를 만나게 되었다. 그의 이름은 김하윤이고, 그 이후 일생 좋은 친구 관계를 맺어 오고 있다.

내 형님은 경찰 군경대에 자원입대하였고, 우리 가족은 내 큰누님의 시댁 분들과 함께 제주도로 배를 타고 피란하였다. 1951년 봄에 제주도 제주시에 있는 북제주국민학교에 6학년 학생으로 등록하였고, 다음해 1952년에 처음으로 실시한 중학교 입학 국가 고사를 치르고 제주시에 있는 오현중학교 교정에 자리를 잡은 천막 피란 중학교에 입학하여 1953년 부산으로 이사할 때까지 피란 중학생 생활을 하였다. 제주도 제주시에서 1951~1953년 2년 동안 피란살이를 사는 동안 지금도 잊혀지지 않는 두 가지 중요한 경험을 했다.

1951년 북제주국민학교 6학년을 다니면서 한여름 몇 개월 동안 말라리아에 걸려 고생하였다. 매일 오후가 되면 수업 시간에 극심한 추위가 온몸을 엄습해 정신이 혼미해졌는데, 아무 것도 할 수 없어서 결국 쓰러지는 증상을 겪었다. 그럴 때마다 같은 반에서 공부하던 2~3세 위인 형이 말라리아 약을 입에 물리고 혼미한 나를 등에 들쳐 업은 채 우리 집에 데려다 주었다. 그 형의 이름은 기억이 나지 않지만 어느 기독교 계통 고아원생이었다. 그 형은 나 때문에 수업도 못 듣고 나를 등에 업고 고생을 하면서도 아무런 불평도 하지 않았다. 오히려 뛰어가면서 나를 위로해 주던 장면이 지금도 생생하다. 이것이 바로 기독교에 기반을 둔 형제 사랑과 돌봄이 아닐까.

　제주시에서 2년 동안 우리 가정의 피란 살림은 음식이나 옷가지가 전적으로 자유구호배급기관에 의하여 마련된 생활이었다. 우리가 세 들어 살던 집 바로 옆에 제주동부교회가 있었다. 그 교회에서는 거의 매일 피란민들에게 음식물과 옷가지를 나누어 주어, 나도 초콜릿, 캔디, 분말 우유, 통조림 수프 등을 배급 받아 주린 배를 맛있게 채운 기억이 생생하다. 배급을 받아먹으면서 어느 날 주일학교 선생님이 이 모든 음식물, 옷가지, 그리고 모든 용품의 배급은 미국 기독인들의 구호 덕분이라고 알려 주었다. 말라리아에 병든 나를 등에 업고 집에 데려다준 어느 고아원 형의 배려나 굶주리는 피란민들에게 구호품을 마련해 준 미국 국민들의 돌봄이 바로 기독교의 사랑에서 비롯되었음을 희미하게나마 인식하기에 이르렀다. 2년이라는 짧은 기간에 경험한 기독교의 사랑이 6·25 전쟁이 휴전되고 나서 고등학교 졸업 후 대학교에 입학할 무렵 나를 기독인으로 바꾸어 놓는 데에 적지 않은 역할을 하였음을 고백하지 아니할 수 없다.

　한국에 기독교가 처음 들어온 것은 1603년으로, 중국을 통한 포르투갈 가톨릭 선교사에 의해 전파되었으나 조선 왕조의 많은 박해를 받았다. 그러다가 조선이 개화되어 가면서 1884년 미국의 개신교 선교사들에 의하여 기독교가 한국에 자리를 잡아 가기에 이른다. 해방되던 1945년에는 한국의 기독교인이 인구의 2%에 불과하였으나, 6·25 전쟁을 치르고 선진 한국으로 달려가면서 현재는 한국 인구의 29퍼센트가 기독교인이 되면서 명실공히 기독교 국가가 되었다. 현재 미국 다음으로 세계 도처에 기독교 선교사 3만 명을 보내고 있는 통계가 이를 증명하고 있다.

여름의 햇살이 따가운 어느 여름날 워싱턴 디시 링컨 기념관 옆에 있는 한국전쟁참전용사기념공원을 방문한 적이 있다. 그 화강암 벽면에 6·25 전쟁에서 전사한 미국 병사가 36,574명이었음을 새삼 알게 되었다. 그 순간 문득 6·25 전쟁에서 전사한 미국 군인 장병들이야말로 한국의 자유를 북한의 공산주의로부터 보호하였을 뿐만 아니라 지금도 서울 남산에 올라가면 십자가로 뒤덮인 서울의 야경처럼 왕성한 한국의 기독교를 보호하지 않았나 홀로 상상하게 된다.


## 한국전쟁참전용사기념공원

워싱톤 디시의 여름은
무더운데
내셔널몰 링컨 메모리얼 옆에 두고

한국전쟁참전용사기념공원이

무거운 땀을 흘리고 있다


알지도 못하는 나라

만나 보지도 못한 사람을 위하여

전쟁터로 나간 36,574의 병사들

'자유는 공짜로 주어지지 않는다'라는 부름에 응답하려고


서울의 여름은

장마철 삼복더위인데

황혼의 햇빛은 사그라져 가고

현란한 서울의 밤

그토록 세일 수 없이 많은 십자가의 불빛은

누가 밝혀 놓은 것인지


워싱턴 디시

한국전쟁참전용사기념공원에

잠들어 있는 36,574의 병사들

침묵으로 알려주네

백여 년 전 선조들이 심어준 십자가를

자유와 함께

죽음으로 지키었다고

## 부산에서

우리 가족은 제주시에서의 2년간 피란 생활을 마치고 1953년 전쟁이 끝날 것 같다는 소식을 접하여 부산으로 이주하였다. 나는 부산 용주동 산중턱에 세워진 군인 막사를 활용하여 개설한 중앙중학교 2학년 학생으로 들어갔고, 붐비는 전차로 통학하면서 공부하였다. 그때 중앙중학교에서 사회과학 수업 시간에 공산주의와 자유 민주주의의 다른 점을 터득했고, 또한 유엔군의 참전과 한미동맹의 결성으로 인하여 북한의 공산주의로부터 대한민국의 자유 민주주의를 지킬 수 있었다는 역사적 사실을 알게 되었다. 이러한 인식이 나로 하여금 그 당시 어린 나이에도 미국, 영어, 자유 시장 경제, 자유 민주주의 제도, 기독교 등에 대한 꿈을 간직하기에 만들었다.

6·25 전쟁 70주년을 맞이해 보니, 국민학교와 중학교를 다닐 11~13세 어린 나이에 시흥에서, 제주에서, 부산에서 지냈던 3년의 피란 생활이 지금 서 있는 이 자리의 '나'를 만들어 놓은 것이 아닌가 하는 생각을 한다.

인간관계의 파괴와 아버지와의 헤어짐은 씻을 수 없는 상처를 남겼고, 배고픔과 굶주림은 경제학자를 만들어 냈고, 미국 국민들의 기독교 사랑 선교와 전파는 한 사람의 기독인을 탄생시켰고, 유엔군과 미국 군인의 도움은 공산주의를 막고 자유 민주주의의 중요성을 인식시킨 것이었다.

소년 시절에 6·25 전쟁을 경험한 한 한국 국민으로서, 그리고 6·25 전쟁의 영향으로 기독교를 믿게 된 한 기독인으로서 6·25 전쟁 70주년을 맞아 하나님께 간절한 기도를 드린다.


### 6·25 전쟁 70주년 기도
– 한국 민족을 불쌍히 여겨 주옵소서 –


같은 핏줄끼리
죽음의 싸움을 했던 6·25 전쟁
칠십 성상
아직도 총을 겨누고 있는 한국 민족
불쌍히 여겨 주옵소서


무엇이 갈라짐을
부추기는지
우리의 분노가
우리의 이념이
우리의 어리석음이


언제까지나이까
우리의 잘못을

회개하게 하옵소서

우리의 감쌈을

우리의 품음을

우리의 이해를

북돋아 주옵소서


언제인가

하나님의 크신 뜻과 섭리에 따라

하나님의 끝이 없는 긍휼함으로

남과 북이

하나가 되는 날


녹슨

38선 철책선을 밟고 서서

8천만 한국 민족은

하나님을 찬양하리라


북한의 2천 4백만

중국의 13억

인도의 12억

온 세계 모든 영혼들에게

아름다운 소식을

전하는

복음의 전사가 되리

# 그해 6월부터 8월까지

- 13세 대구중학교 신입생이 겪은 6·25 전쟁 -

최재원

## 글머리: 중학교 1학년 때 맞은 전쟁

1950년 6월부터 8월까지 내가 경험한 이야기다. 나는 대구중학교에 입학하면서 고향 영천군 금호면에서 대구까지 기차 통학을 했다. 일학년이 된 지 몇 개월 만에 6·25 전쟁이 터졌다. 북한의 대규모 전면 남침이었다. 전쟁이 일어나고 일주일도 안 돼 학교는 무기 휴교에 들어갔다. 우리 국군은 무너지고 인민군은 급속도로 남진했다. 마지막 방어선인 낙동강을 사이에 두고 북한 인민군과 유엔군이 치열한 전투를 벌였다. 전부터 잘 아는 이웃 중학생이 학도병으로 포항 전투에 참가한 후 전사하고 말았다. 아까운 친구의 죽음을 이 글에서 자세히 기록할 작정이다.

가까이 있는 영천시에까지 인민군이 들어왔다. 국군들이 우리 집 위채를 차지하고 최전방과 통신을 했다. 마구간은 인민군 포로수용소가 됐다. 군인들의 권유에 따라 가족들이 고모집으로 피란을 갔다. 피란 생활 일주일 후에 집으로 돌아가다가 폭격으로 죽을 고비를 경험했다. 이렇게 6·25 전쟁은 13세 소년에게 깊이 각인이 되었다.

## 기차 통학

어머니는 아침 일찍 일어나 아침밥을 준비하며 7시에 도착하는 기차 시간에 늦지 않도록 아들을 깨웠다. 나는 집에서 대구까지 기차를 타고 통학을 했다. 통학 기차가 있어서 시골 아이들이 도시에 있는 중학교에 갈 수 있었다. 기관차가 시커먼 연기를 내뿜으며 천천히 역으로 들어왔다. 기차는 영천에서 시작해서 금호에서 나를 태우고 하양역, 청천역, 반야월역, 동촌역에 정차해서 학생들을 더 태우고 대구역에 도착했다.

대구중학교는 역에서 3킬로미터 남짓 떨어진 대봉동에 있었다. 시내버스가 없어서 걸어서 갔다. 교문에 도착하면 규율부 학생들이 교문을 지키고 있었다. 이들은 공포의 대상이었다. 규율부는 17세 5학년 학생들로 구성되었다. 이들은 하급반 학생들을 괴롭혔다. 우리는 차렷 자세로 경례를 해야 하고, 검정색 교복에는 다섯 개 단추가 모두 달려 있어야 하고, 모자와 옷깃의 한쪽에는 학년 표시, 옷깃 다른 쪽에는 학교 배지를 달아야 했다. 모자에는 한자로 '대중(大中)' 이라는 학교 표시가 똑바로 붙어 있어야 했다. 잘못된 것이 있으면 교문에 한 시간이나 세워 두었고, 심하면 체벌을 가하기도 했다. 교복, 교모 등 복장에 아무 이상이 없으면 교문 안으로 들어가게 했다.

중학교는 6년제이고 12세부터 18세까지 남자아이들만 다녔다. 정규 수업이 끝난 뒤에는 군사 훈련을 받아야 했다. 학교마다 배속 장교가 있었고 상급반 학생들이 배속 장교를 도왔다. 군사 훈련을 받을 때는 꼭 각반을 차야 했다. 비싼 가죽 각반은 중학교 일학년에 들어와서 모두가 의무적으로 사야 했다.

수업이 시작하기 전에 아침 조회 시간이 있었다. 학생들이 일학년부터 육학년까지 차례대로 운동장에 정렬했다. 각 반 담임 선생은 자기 반 학생들 앞에 선다. 담임 선생은 먼저 줄을 따라가며 학생들 이름을 부르고 출석 여부를 확인했다. 이어서 양재휘 교장 선생님이 전교생들을 내려다볼 수 있는 높은 단상에 올라갔다. 대대장이 큰소리로 "교장 선생님에게 경례!" 하고 호령했다. 학생들은 일제히 거수경례를 했다. 교장은 장군처럼 거수경례로 답례를 하고 긴 훈화와 연설을 했다. 6·25 전쟁이 발발한 다음 날 교장은 "지난 일요일 6월 25일 새벽에 중무장한 북한군이 삼팔선을 넘어 남침했다. 우리 국군은 용감하게 싸웠으나 탱크를 앞세운 적에게 당할 수가 없어 후퇴했다."고 말했다. 조회가 끝나고 우리는 교실로 들어가 수업을 받았다.

6월 29일 아침에도 여느 때처럼 조회가 끝나고 교실로 들어갔다. 나는 창문 너머로 미군이 탄 지프차 한 대가 운동장에 서 있는 것을 보았다. 나중에 알게 된 사실은 미군이 학교를 빨리 비우라고 요구했다는 것이었다. 얼마 뒤 우리 학교는 미8군 본부가 되었다. 그래서 그날로 수업이 중단되고 담임 선생이 들어왔다. 담임 선생은 "지금부터 휴교에 들어가니, 먼저 연락망을 만들어야 한다. 이 연락망을 통해서 학교의 개학 일자를 알릴 것이다."라고 말했다. 선생님은 연락망을 제출한 사람은 집으로 가도 된다고 허락했다. 다만, 갈 때 자기 책상을 자기 집에 각자 보관했다가 개학할 때 가져오라고 했다. 나는 이웃 동네에 사는 이학년 권장근이 나에게 연락한다는 연락망을 제출했다.

내가 책상을 끌고 나왔을 때 이학로와 권장근이 자기들 책상을 가지고 운동장에 나와 나를 기다리고 있었다. 참나무로 된 책상은 의자가 붙어 있어 너무나 무거웠다. 혼자 힘으로 들 수 없어서 책상 들고 가는 일을 서로 도와주기로 미리 약속해 두었다.

책상은 무겁고 부피가 커서 집까지 가져갈 수가 없었다. 대구에 책상을 보관할 집을 구해야 했다. 마침 대구 서성로에서 서성관이라는 음식점을 운영하고 있는 최봉선 씨가 생각났다. 그녀는 이 음식점에서 술과 음식을 팔아 돈을 많이 벌었다. 그 돈으로 금호 강가에 논 세 마지기를 샀고, 우리 집에서 소작을 부치도록 해주었다. 매년 농사를 지어서 소작료로 쌀 세 가마를 가져다 주었다. 최봉선 씨도 선물을 가지고 우리 집에 두어 번 왔었다. 대구에 이 집 외에는 아는 집이 없었다. 이 집에 가서 책상을 좀 보관할 수 있도록 허락을 받기로 했다.

학교가 있는 대봉동에서 서성로까지는 먼 거리였다. 친구들은 내 어깨 위에 책상을 얹어 주고 자기들 책상을 가지고 떠났다. 어깨에 얹은 책상이 너무 무거워서 금방 내려놓았다. 책상을 밀고 당기기를 반복하며 혼자 끌고 갔다. 오랜 시간이 걸려서 그 집에 도착했다. 책상을 그 집 뒤에 있는 좁은 마루 위에 얹어 놓았다. 이 작업을 끝내고 나니 벌써 통학 기차가 떠날 시간이 다 되었다. 역으로 빨리 달려갔다. 기차가 떠나고 있었다. 개찰구를 재빨리 빠져나온 다음 이미 움직이고 있는 기차의 난간을 붙잡고 뛰어올라 겨우 탈 수 있었다.

제2차 세계대전이 끝나고 소련의 독재자 스탈린은 전 세계를 공산주의화 하는 것을 목표로 삼았다. 중국, 동유럽, 중앙아시아의 여러 국가들과 북한 등은 소련 위성 국가가 되었다. 소련은 비행기, 탱크, 군함, 대포 등 모든 무기를 북한에 제공했다. 북한은 제2차 세계대전 때 소련이 썼던 무기로 강력한 군대를 양성했다. 공교롭게도 이때 미국이 한국을 태평양 방어망에서 제외하였다. 때문에 소련의 스탈린과 북한의 김일성은 전쟁이 일어나도 미국이 상관하지 않으리라고 오산을 했다. 김일성은 남침을 하는 데 소련의 협조를 받기 위해 소련을 방문했고, 소련은 중공이 협조하는 조건으로 남침을 승인했다. 그래서 김일성은 중공을 방문하여 마오쩌둥의 군사 원조 약속도 받았다. 모든 준비를 마치고 인민군은 김일성의 명령만 기다리고 있었다.

남한에서는 이것도 모르고 국방부 장관 신성모와 육군참모총장 채병덕은 이승만 대통령이 명령만 내리면 점심은 평양에서 먹고 저녁 때 백두산에 태극기를 꽂는다는 헛소리를 하고 있을 때였다. 탱크도 한 대 없으면서 어찌하여 이런 말을 했는지 모를 일이다. 국민들은 이 말을 철석같이 믿었다. 한국군에서는 경계 해제령을 내리고 장병들에게 6월 24일 주말 휴가를 허락했다. 얼마 남지 않은 군인들만이 38선을 지키고 있었다. 이승만은 무능한 대통령이었다. 이북의 계획을 미리 알고 힘을 길러서 국민을 보호하지 못했다. 동서고금을 통해서 힘이 없는 나라는 힘센 나라의 침략을 받는다. 우리는 이 진리를 역사를 통해서 배웠다.


## 전쟁의 시작


1950년 6월 25일 일요일 새벽에 김일성의 공격 명령이 떨어졌다. 인민군은 38선을 넘어 밀물처럼 서울로 내려왔다. 서울 시민들은 이 사실이 믿어지지 않았다. 이승만은 절대로 걱정하지 말라고 국민들에게 방송을 하고 자기는 벌써 대전으로 도망가 있었다. 이승만은 자기가 건너간 뒤 한강대교를 폭파했다. 남하하려던 시민들이 8백여 명이나 죽었다. 남아 있던 국회의원, 교수, 의사, 정치가들은 이승만의 말만 믿고 있다가 납치당해서 총살되거나 투옥됐다. 많은 사람들은 이북으로 끌려가 죽었다.

인민군은 임진강을 건너고 이틀 후인 28일 서울을 점령했다. 서울을 거쳐 파죽지세로 내려왔다. 29일 마지막으로 학교에 갔을 때 인민군이 동해 쪽으로는 강릉과 울진까지 점령했다고 하였다. 인민군의 남하 속도는 너무나 빨랐다. 와해된 국군은 저항할 힘이 없었다. 나라는 무방비 상태였다.

이때 미국은 공산주의 팽창을 막는 것이 제일 중요한 국책이었다. 6월 26일 미국의 주도하에 UN에서는 이북을 침략자로 가결하고 이북의 즉각 철수를 가결했다. 그리고 28일 유엔군의 파견을 결의했다. 군대를 파견한 나라는 미국, 캐나다, 영국, 프랑스, 벨기에, 네덜란드, 룩셈부르크, 필리핀, 태국, 뉴질랜드, 호주, 남아프리카공화국, 에티오피아, 터키, 그리스, 콜롬비아 등 16개국이었다. 5개국은 의료 지원을 했고 14개국은 물자 지원을 했다.

7월 9일 미국은 8군 사령부와 5공군 사령부 등을 대구에 설치하고 반격 준비를 했다. 워커(Walton H. Walker) 장군이 8군 사령관이었다. 그는 7월 초 미군을 북쪽으로 진격시켰으나 많은 사상자들을 내자 후퇴시키고 말았다. 유엔군 대부분은 미군들이어서 그들이 전쟁을 주도했다. 유엔군의 반격은 느렸다. 8월이 되자 인민군은 대구 근처인 낙동강까지 내려왔다. 한국군은 재정비를 하며 이때부터 미군을 도와 반격에 나섰다. 낙동강 전선에서는 미국 비행기가 융단 폭격을 해서 수많은 인민군이 죽었다. 유엔군은 대구를 사수하기 위해 비행기 폭격으로 대응했다.

한국군은 포항으로 들어온 인민군을 결사적으로 방어했다. 대구 팔공산에서도 치열한 전투가 벌어졌다. 충청도와 전라도는 이미 인민군들이 점령하고 있었다. 이 두 지방에는 지주들에게 착취당하며 굶주린 백성들이 많았다. 그래서 이들은 오히려 인민군을 환영했기 때문에 쉽사리 점령되었다. 남은 땅이라고는 대구와 부산이 있는 조그만 남동쪽 땅뿐이었다. 북한은 자기들의 목적을 거의 달성하고 있었다.

　수많은 피란민들이 이 작은 남한 땅으로 몰렸다. 마치 물이 없어 말라버린 저수지 바닥에 유일하게 남은 조그마한 물구멍에 몰린 올챙이들 같았다.

　학교가 문을 닫고 방학이 일찍 시작되었다. 동네 친구들과 여러 곳을 활보하며 전쟁의 양상을 구경했다. 어린 중학생인 나에게 전쟁은 크게 상관없는 일이었다. 군대에 끌려가기에는 아직 너무 어렸다.

　전쟁이 일어나기 전 공산주의자들을 회유하려고 오제도 검사가 보도연맹을 만들었다. 여기에 가입하면 지난 죄를 용서해 주겠다고 했다. 그래서 많은 좌익분자들이 여기에 가입했다. 군인과 경찰들은 후퇴하면서 이들을 모이게 하고 나온 사람들을 모조리 죽였다. 이들을 그냥 두면 적과 협조한다고 생각했다. 같은 이유로 개전 초기에 남한의 형무소에 있던 죄수들도 모두 죽였다.

　6천 명이나 되는 대구형무소도 비웠다. 경산의 코발트 광산은 위에서 보면 굉장히 깊었다. 대구에서 싣고 온 대구형무소 죄수들을 총살한 다음 광구에 시체를 밀어 넣었다. 죄수들의 가족들은 광산 굴 안에 시체가 있다는 소식을 듣고 찾아왔다. 하지만 깊은 광구 밑으로 내려갈 수가 없었다. 굴 위에 주저앉아 죽은 가족의 이름을 굴속으로 부르며 통곡했다. 날마다 찾아오는 가족들의 울음소리가 그칠 날이 없었다.


## 권상락 씨의 장남 문식

전쟁이 일어나기 2년 전, 내가 국민학교 5학년이었을 당시 우리 금호면 면장은 권상락이란 분이 하고 있었다. 그분의 장남인 권문식은 경북중학교 상급반(오늘의 고등학교) 학생으로 그 역시 대구까지 기차 통학을 했다. 일제 강점기 시절 우리 집 옆에는 일본 아이들만 다니는 소학교가 있었다. 권문식은 학교에서 돌아오면 간단히 간식을 먹고 그 소학교에 나와 철봉 옆에서 역기도 들고 줄넘기도 하고 아령도 했다. 하루도 빠지지 않고 매일 오후 5시 30분이 되면 그곳에 나와 한 시간 이상 운동을 했다. 보통의 정신과 끈기로는 하기 힘든 일과였다. 운동으로 단련한 그의 몸은 누가 봐도 감탄이 나올 정도였다. 몸은 완전히 역삼각형이고, 배에는 임금 왕 자가 새겨져 있고, 팔과 어깨의 근육은 큰 소고기 덩어리를 붙여 놓은 것 같았다.

우리 동네에는 넉살 좋게 이 집 저 집 드나들며 남의 집 사랑방에서 자주 잠을 자곤 했던 조 영감이란 분이 있었다. 하루는 조 영감이 소학교 옆을 지나가다 들렀다. 권문식의 몸을 손으로 눌러보더니 "니 황소 하고 싸워도 이기겠데이." 하고 탄복했다. 또 냉천동에 살던 김종화도 지나가다 들렀다. 그는 키도 큰 데다 뼈대도 커서, 김 장군으로 통하는 자기 형인 김상도보다 더 좋은 몸집을 가졌다. 그런 그도 "야, 니 몸 하나 멋지다."라고 말하고는 문식이가 들던 역기를 몇 번 들었다 놓았다 했다. 김종화는 태어날 때부터 힘도 세고 몸집도 컸지만 평소에 운동을 하지 않아 육체미는 볼품이 없었다. 김종화가 떠난 뒤에 권문식은 "내가 저런 몸을 가졌으면 벌써 장군이 됐겠다."고 말했다. 이때 일본 아이들만 다니던 소학교는 큰 조선 학교의 교실이 모자라 통합이 되었고, 삼학년 아이들은 소학교에 가서 수업을 받았다. 삼학년 여자 선생님들이 권문식이 운동하는 것을 내다보고 감탄하며 구경도 했다.

　오후에 권문식이 나와 운동을 하면 나도 옆에 가서 같이 운동을 했다. 그가 사용하는 역기를 들어보고 아령도 해보았다. 내가 잘못하면 친절하게 일일이 고쳐주며 지도도 해주었다. 나는 친절하고 세심한 권문식을 좋아했다. 권문식은 아침에 통학 기차를 타려고 역으로 갈 때는 다른 사람들이 보란 듯이 건장한 육체미를 뽐내곤 했다. 몸에 딱 붙는 교복을 입어서 단련된 육체미가 그대로 드러났다. 걸어가는 모습을 뒤에서 보면 놀랄 만큼 다부져 보였다.

학교에서도 유명했다. 권문식은 으스대지 않고 언제나 겸손했다. 이런 성품과 육체미 때문인지 경북중학교 대대장이 되었다.

권상락 면장은 아들이 넷이나 됐다. 문식 아래로 창식, 대식, 윤식이 있었는데 모두가 명문 경북중학교에 들어갔다. 그중 대식은 나와 국민학교 한반이었다. 대식의 집에서는 일 년에 한 번쯤 경북중학교 선생님들이 초대했는데, 그날은 저녁에 술 마시고 떠드는 소리가 밤늦게까지 들렸다.

6·25 전쟁이 한창 치열해지며 군인들이 부족하게 되었다. 부족한 군인을 보충하기 위해 길목마다 군인들이 지키고 있다가 젊은 사람이 보이면 무조건 차에 태운 다음 총 한 자루를 쥐어주고 전선으로 보냈다. 금호 다리 입구에 사람들이 모여 있다는 소식이 들리기에 나는 그리로 가보았다. 젊은 사람들을 징집해 가는 모양이었다. 강 건너 사람들은 이 다리를 건너야만 집에 갈 수가 있는데, 아무것도 모른 채 집에 가려고 다리를 건너다가 붙잡힌 한 젊은 사람이 도망치려고 했다. 군인이 날쌔게 그를 따라가서 붙잡은 다음 끌고 와서 트럭에 밀어 넣었다. 가족들에게 연락할 틈도 주지 않았다. 가족들은 영문도 모른 채 무작정 기다리며 걱정할 것이다. 워낙 전쟁이 빠른 속도로 전개되다 보니 가족들에게 연락할 시간도 없었다. 붙잡힌 사람들을 훈련시킬 시간조차도 없었다.

## 포항 전투와 권문식의 전사

사정이 급해진 국방부는 중학교 삼학년부터 학도병으로 자원하도록 강요했다. 중학교 삼학년이면 15~6세쯤 되었다. 지원한 학생들에게도 소총 사격 훈련만 겨우 시켜서 전쟁터로 내보냈다. 삼학년들은 M1 소총을 질질 끌면서 따라가야 했다. 8월 초, 포항 전투가 치열하게 전개되었다. 인민군은 포항만 차지하면 다음에 부산으로 내려갈 수가 있었다. 빼앗기고 뺏고, 아군이나 적이나 모두 다 결사적이었다.

권문식은 경북중학교 육학년이었다. 오늘의 학교 제도로는 고등학교 3학년생이었다. 그는 학도병으로 자원했다. 그리고 그 학도병들은 1950년 8월 9일 포항 전선에 투입됐다. 이것이 얼마나 위험한지를 모르는 천진난만한 학생들이었다. 더구나 자기 방어를 위한 훈련도 잘 받지 못했다. 철모 대신 교모를 쓰고, 군복 대신 교복을 입은 학생들은 인민군의 표적이 될 수밖에 없었다.

대구에서 학생들을 실은 트럭이 포항으로 가려면 금호를 지나야 했다. 권문식도 이 트럭에 타고 있었다. 그는 특별히 운전수에게 "우리 집이 여기인데 잠깐 세워 주소. 아버지께 인사나 해야겠습니다." 하고 말했다. 운전수는 우체국 앞에서 트럭을 세워 주었다. 우체국에서 권 면장 집까지는 이백 미터 정도의 거리였다. 급히 연락을 받은 권 면장은 아들을 보려고 달려왔다. 집에서 나갈 때 입고 간 중학생 교복과 교모를 그대로 쓰고 있었다. 아버지는 "문식아, 부디 조심하고 돌아온나." 하며 아들의 손을 꼭 잡았다. 아들에게 희망을 두고 살아가는 평범한 아버지의 모습이었다. 트럭 위에는 교복을 입은 천진난만한 중학생들이 가득했다. 권문식은 아버지에게 "걱정 마이소! 곧 돌아오겠습니다." 하며 하직 인사를 했다. 전쟁터로 나가는 군인 모습이 아니었다. 마치 소풍 가는 학생들 같았다. 권 면장은 아들이 탄 트럭이 시야에서 사라질 때까지 눈물을 흘리며 서 있었다.

다음은 내가 그 뒤에 들은 소식이다.

8월 10일 아침 7시 대학생, 중학생 모두 합해 71명의 학도병들이 포항국민학교에 모였고 M1 소총과 실탄 250발을 지급받았다. 권문식도 총과 실탄을 지급받았다. 점심으로 주먹밥을 먹고 오후 2시에 중대를 편성하고 나서 3사단 사령부가 있는 포항여자중학교로 이동했다.

밤 12시에 잠자리에 들었으나 세 시간 후인 11일 새벽 3시에 포항 시내에서 총소리가 났다. 3사단 후방 사령부 인사 참모인 김재규 소령은 잔여 병력을 이끌고 시내로 가면서 학도병들에게 사령부를 방어하도록 했다. 정문에서 강당까지는 1소대, 정문에서 본관 측면까지는 문식이 속한 2소대가 자리를 잡았다. 새벽 4시, 아직 캄캄해서 학교로 들어오는 사람들이 누군지 알 수 없었다. 아군인지 적인지 분간할 수가 없었다. 20미터 앞까지 왔을 때야 비로소 적으로 판명되어서 실탄을 퍼부어 후퇴시켰다. 아침 6시에 적이 또 쳐들어왔으나 다시 물리쳤다. 아침 9

시에는 인민군이 중화기를 가지고 총공격을 해왔다. 권문식은 정문 뒤에서 실탄이 떨어질 때까지 쏘았다. 오후 3시, 결국 치열한 접전이 끝나고 인민군이 사령부를 차지하고 말았다. 학도병 중 48명은 전사하고 23명은 부상당했다. 전사자 중 14명은 신원이 확인되었고 34명이 확인되지 않았다. 권문식은 이 34명 중한 사람이었다.

이때 익히 알려진 대로, 16세 이우근 학도병의 호주머니에서 '어머니에게 보내는 편지'가 발견되었다. 이우근은 양평 출신으로 서울 혜화동 로터리에 있는 동성중학교 3학년이었다. 이 편지에 전쟁의 비극과 참상, 적을 향한 두려움, 마지막까지 희망을 버리지 않은 용기를 그려 놓았다. 끝내 그는 어머니 품으로 돌아가지 못했다.

학도병 권문식이 포항에서 실종된 터라 기다리던 가족들의 서러움은 이루 표현할 수가 없었다. 시체를 찾지 못했으니 생사를 알 길이 없었다. 마지막까지 희망을 버리지 않은 부모는 아들을 애타게 기다리다 눈도 제대로 감지 못하고 돌아가셨다. 문식은 권상락 씨 아들 넷 중에서 제일 훌륭한 아들이었다. 권 씨 가문을 이끌어 나갈 장래가 촉망되는, 우리 동네의 모범 청년이었다. 나에게 역기 드는 방법을 가르쳐준 스승이기도 했다. 나의 기억과 추억 속에 각인된 그의 얼굴이 오늘도 생생하게 떠오른다.

## 전쟁의 지속과 밀려드는 피란민들

1950년 6월 25일 전쟁이 시작되고 한 달도 되지 않아 북쪽에서 피란민들이 밀려 내려오기 시작했다. 자동차 도로나 철길을 따라 내려오는 피란민들 때문에 교통이 마비되었다. 철도는 군수물자를 운반하는 데 필수였다. 철도 경찰이 철도를 보호하기 위해 철도 옆에 막사들을 세우고 그곳에서 지나가는 사람들을 감시했다.

동네에서 오십 전후 되는 남자들을 교대로 불러와서 막사와 막사 중간중간에 서게 하고 망을 보게 했다. 어떤 일이 생기면 중간에 있는 사람들이 서로 연락해서 막사에 있는 철도 순경에게 연락했다. 졸고 있는지 알기 위해 가끔 막사에서 "연락!" 하고 소리를 지르면, 다음 사람이 "연락!" 해서 다음 막사까지 전달하기도 했다.

그해 8월에는 비가 많이 내렸다. 그날도 비가 왔다. 우리 집에도 피란민들이 밀려들었다. 비를 피할 수 있는 처마 밑이나 여물간에도 발 들여 놓을 틈이 없었다. 이 피란민들은 우물가에서 양재기에 쌀을 씻어다 처마 밑에서 밥을 해먹었다. 땔나무가 없으니 우리 집에 쌓아 둔 볏단을 가져다 썼다. 살아남기 위해 이들은 어떤 일도 꺼리지 않았다. 어디나 피란민들로 북적거렸다. 시장에 사람들이 북적대듯이 말이다.

전쟁터가 우리 집 쪽으로 가까워지자 피란민들은 하나둘씩 떠났다. 이제 우리 가족과 군인들만 남았다. 이때 나는 13세였는데, 한 살만 더 먹었어도 전쟁터로 끌려갔을 것이다. 활개를 치고 돌아다녀도 아무도 신경 쓰지 않았다. 나는 매일 달라지는 전쟁 양상을 구경하는 데 정신이 팔렸다.

한 달 전까지만 해도 우리 마을은 한가로운 시골 동네였다. 한여름 밤에는 마을 사람들이 높은 방천 위에 가마니를 펴놓고 앉아서 이야기꽃을 피웠다. 모깃불을 피우고 시원한 바람을 즐기며 전쟁 이야기를 했다. 전쟁을 아직도 남의 일처럼 여기고 있었다. 시원한 바람은 여름의 열기를 식혀주었다. 모닥불을 피우고 밤늦게까지 이야기를 하다가 방천 위에서 잠들기도 했다. 그곳은 우리 동네에서 가장 천국 같은 곳이었다.

어느 순간부터 멀리 보이는 팔공산 하늘이 점점 시뻘겋게 변하기 시작했다. 뻘겋게 물든 하늘은 그곳에서 전투가 치열하게 벌어지고 있음을 말해주고 있었다. 쿵쿵 하는 대포 소리도 점점 가까워지고 있었다.

이제는 영천에도 인민군이 들어왔다는 소문이 돌았다. 영천은 우리 동네에서 그리 멀지 않은 곳이었다. 집 옆에 있는 소학교에는 통신 부대가 주둔했고, 마을에서 비교적 큰 편인 우리 집에도 군인들이 들어왔다. 큰 방과 대청마루, 작은 방은 군인들이 차지했다. 마구간은 인민군 임시 포로수용소로 사용해서 소는 퇴비장 옆에 있는 마당에서 재웠다. 마구간이 열려 있는 데다 보초도 없었지만 포로들은 도망치지 않았다. 도망가다 붙잡혀서 죽는 것보다는 밥이라도 먹여주는 포로 생활이 낫다고 생각했기 때문이리라. 아침에 포로로 잡힌 인민군 한 명이 부상을 당한 다른 포로를 부축하고 마구간에서 나왔다. 이들은 더 후방에 있는 포로수용소로 보내졌다. 그래도 이들은 운 좋은 사람들이었다. 포로수용소로 가면 죽지 않고 살 수 있기 때문이다.

군인들은 우리 집 뒤에 큰 대포를 설치해 놓고 영천 쪽으로 밤새도록 쏘아댔는데, 쏠 때마다 집이 흔들려서 밤새 한잠도 자지 못했다. 통신병은 새벽 동이 틀 때까지 대청마루에서 계속 무전을 치고 있었다. 대포알이 떨어지는 곳을 파악하며 연락을 하는 듯했다.

대구 근처 동촌에 제5공군의 비행장이 있었다. 미국 무스탕 전투기가 동촌 비행장에서 영천 쪽으로 수없이 날아갔는데, 프로펠러 전투기라서 요란한 소리를 내며 지나갔다. 비행기들은 공중에서 하강하며 폭탄을 떨어뜨린 다음 반대 방향으로 솟아오르는 광경이 하루종일 산 너머로 보였다.

셀 수 없이 많은 군인들이 철모를 쓰고 전투 장비를 갖춘 채 우리 집 앞을 지나 영천 쪽으로 행군했다. 말 없이 걸어가는 군인들의 얼굴은 겁에 질린 듯 보였고 최후의 심판을 받으러 가는 사람들 같았다. 피란민들이 다 떠난 다음 날, 이웃 사람들도 떠나면서 마을은 텅 비어 버렸다.

## 피란을 가다

우리 집에 주둔한 군인이 "머지않아 인민군 수색대가 들어오면 여기는 전쟁터가 됩니다. 당장 피란을 가시오." 하고 떠날 것을 재촉했다. 다음 날 아침 아버지는 소달구지에 양식과 옷가지를 싣고 그 위에 할머니를 태웠다. 할아버지는 "늙은 사람을 누가 해치겠나? 나는 집도 지킬 겸 남아 있을 테니 너희들만 떠나거라."고 하셨다. 이는 집 재산을 지키기 위해서, 또 가족을 위해서 자신이 희생하겠다는 말이었다. 끝까지 남기를 고집하시는 할아버지를 남겨두고 우리는 떠날 수밖에 없었다. 할머니는 몇 번이나 뒤를 돌아보며 안타까워하셨다.

여름 장맛비가 그치지 않아서 길은 진흙탕처럼 질퍽거렸다. 논에는 한창 벼가 자라고 있었다. 아버지는 진흙 바닥이 된 길로 소달구지 몰고 나갔다. 다른 식구들은 소달구지 뒤를 따랐다. 소는 아무것도 모르고 겁먹은 큰 눈을 굴리며 아버지 손에 이끌려 따라갔다. 큰삼촌도 지게에 무엇을 한짐 지고 삼촌네 가족과 함께 달구지 뒤를 따랐다. 우리들은 질양면 평사동에 있는 작은고모 댁이 보다 안전하다고 생각했기에 그쪽으로 향했다.

콘크리트로 된 금호강 다리를 건넌 다음 강정동 쪽으로 가는 길로 들어섰다. 비가 와서 길이 진창이라 고무신이 자꾸 빠지며 벗겨지는 통에 고무신을 벗어 들고 맨발로 강정 마을 어귀까지 갔다. 할머니는 달구지가 심하게 흔들거리는지 멀미를 몹시 하시며 몇 번이나 토하셨다. 그럴 때마다 얼마쯤 쉬며 할머니 멀미가 안정될 때까지 기다렸다가 다시 나아가기를 반복했다.

마침내 강정 마을 앞 강가에 도착했다. 강둑의 가파른 경사면을 내려와서 강을 건너려는데 소가 겁을 먹었는지 머뭇거렸다. 아버지는 앞에서 고삐를 강하게 끌어당겼다. 다행히 비가 왔음에도 강 수심이 깊지 않아 소달구지가 무사히 건널 수 있었다. 다른 사람들은 바짓가랑이를 걷어 올리고 강을 건넜다. 그런 다음 좁은 산등성이를 따라 구불구불한 산길로 올라갔다. 산길을 오른 지 얼마 되지 않아 고모 집에 도착했다.

방이 두 개뿐인 가옥인데, 고모 식구들과 이제 새로 도착한 사람들을 합하면 16명이나 되었다. 작은 방 하나에서 8명씩 자야 했다. 고모는 첫날에는 닭도 잡고 반찬도 여러 가지 준비했다. 첫날은 대접을 잘해 주셨다. 다음 날부터는 먹을 식구가 많아서인지 밥과 된장찌개가 전부였다.

하루는 고모부를 따라 동네 앞 연못에 갔다. 못둑에 옷을 벗어놓고 벌거벗은 채로 수영을 하고 나왔다. 못 옆에 있는 채소밭에서 반찬으로 삼을 고추, 파, 상추를 뜯어 소쿠리에 담아 고모 집으로 돌아왔다. 수영할 때 보니 축 늘어진 고모부의 물건이 무척 크게 보였다. 집에 돌아와 나는 고모에게 "아재 자지 정말 크더라."고 말했다. 옆에서 이 소리를 듣고 모두가 크게 웃었다.

도동에 사는 태수 작은 외삼촌이 지게를 지고 외숙모와 어린 딸 둘을 데리고 고모 집에 오셨다. 비가 와서 논길이 미끄러운 터라 걸어 다니기 힘든 데도 도동에서 여기까지 험한 길을 걸어서 찾아온 것이다. 하지만 딱히 이들이 묵을 만한 방이 없었다. 태수 아저씨 가족은 집 처마 밑에서 하루를 지냈다. 이곳 사정도 여의치 않아 보였는지 눈치를 보다가 다음 날 어디론가 떠났다.

이제 남한에 안전한 곳이라고는 대구와 경산, 밀양, 부산을 잇는 경부선 근처뿐이었다. 영천에 인민군이 들어오고 난 뒤 영천이나 금호 사람들이 도망갈 곳이라고는 질양면뿐이었다. 그 다음에 도망갈 곳이라면 경산이었다. 다행히 경산에는 작은 삼촌집이 있었다. 그래서 여기가 적군에게 점령되면 우리 모두는 경산으로 갈 생각을 하고 있었다.

나와 어린 사촌들은 할 일이 없었다. 어느 날 고모 집 뒷산 꼭대기에 올라가 미국 무스탕 전투기가 산밑 강 옆에 있는 과수원을 폭격하는 것을 구경했다. 전투기 조종사들은 전방이 어디인지도 잘 모르는 것 같았다. 실수로 후방에 있는 과수원을 적지로 잘못 알고 폭격을 했으니 말이다. 그 과수원은 전방에서 훨씬 뒤쪽에 있었다. 미국은 폭탄이 얼마나 많길래 아무 데나 폭탄을 떨어뜨리는지 알 수가 없었다.

높은 하늘에는 언제나 미군 정찰기가 떠 있었다. 비행기가 진짜 전쟁을 하는 것이었다. 워낙 심한 폭격에 인민군은 밤이 아니면 움직일 수가 없었다. 낙동강 전선의 인민군은 미군 전투기의 공습에 견딜 수가 없었고 결국 떼죽음을 당하면서 후퇴하지 않을 수가 없었다.

## 집으로 돌아오다 폭격을 당하고

무스탕 전투기는 인민군이 한 사람이라도 보이면 폭격을 했다. 인민군은 모든 것이 드러나는 낮에는 숨어 있다가 밤에만 전쟁을 벌이는 수밖에 없었다. 보급로도 완전히 차단된 데다 워낙 심한 폭격에 견딜 수가 없었던 인민군은 영천에서 더 전진하지 못하고 하는 수 없이 후퇴하기 시작했다. 영천 도동은 인민군이 마지막으로 들어온 전선이 되었다.

피란 생활을 한 지가 일주일쯤 됐다. 1950년 8월 17일 집으로 돌아가도 된다는 전갈이 왔다. 그러나 인민군의 마지막 발악으로 전쟁은 아직도 치열했다. 집으로 다시 돌아가는 것은 무엇보다도 기쁜 소식이었다. 할아버지도 다시 볼 수 있고 내 집에서 편히 살 수 있기 때문이었다. 피란 생활은 인간 생존을 위한 최악의 투쟁이었다.

다른 가족들은 뒤에 오기로 하고 아이들과 여자들이 먼저 떠났다. 어머니와 누님들, 동생들, 그리고 작은집 숙모와 아이들이었다. 사촌동생 용구와 나는 앞에서 먼저 가고 숙모와 엄마, 누님들은 작은 보따리를 머리에 이고 뒤를 따랐다. 강정 마을 앞에 있는 강가의 자갈밭에 도착했을 즈음, 미국 무스탕 전투기 두 대가 나타나서 우리 머리 위를 빙빙 맴돌았다. 나는 비행기가 낮게 떠 있어서 조종사의 얼굴까지 볼 수 있었다. 그는 나를 내려다보았다. 겁이 났지만 아무 것도 없는 자갈밭이라 피할 곳이 없었다. 몇 번 더 돌더니 비행기가 사라졌다. 아마 인민군이 아니라고 판단했던 것 같다.

나는 용구와 강을 건너 먼저 강둑으로 올라가서 강정 마을 뒤 들녘으로 들어섰다. 나는 군인들이 준 국방색 바지를 입고 있었다. 이때 무스탕 전투기 두 대가 다시 나타났다. 요란한 소리를 내며 저공비행을 하더니 머리 위를 몇 번이나 선회했다. 나는 앞으로 달아났으나 비행기는 금세 머리 위로 쫓아왔고 조종사가 육안으로 내려다보는 모습이 보였다. 그는 몇 차례나 선회하면서 확인을 하는 것 같았다. 겁이 나서 숨을 곳을 찾았으나 들판한가운데서 머리 위를 돌고 있는 비행기로부터 숨을 곳은 없었다. 논바닥에 들어가 엎드려도 공중에서 내려다보는 비행사의 눈을 피할 수가 없었다. 내 운명을 비행사에게 맡기고 그의 처분만 기다렸다.

이 조종사는 여기를 전쟁터로 착각한 것이 확실했다. 며칠 전에도 후방 지역인 과수원에 폭격을 한 적이 있었다. 머리 위로 폭탄이 당장 떨어질 것 같아 불안했다. 나는 안절부절못했다. 인민군인지 아닌지를 다시 확인하는 것이 틀림없었다. 비행하던 무스탕 전투기 한 대가 내가 서 있는 곳에서 30미터쯤 떨어진 논에 폭탄을 떨어뜨렸다. 논바닥 검은 흙탕물이 공중으로 높이 튀어 올랐다. 주위가 캄캄해졌다. 다른 한 대는 폭탄 하나를 200미터 앞에서 논매고 있는 사람이 있는 곳에 떨어뜨렸다. 그리고 비행기들은 사라졌다. 다행히 나는 몸에 이상이 없었다. 드디어 이제는 살아났구나 하며 긴장이 풀렸다.

어머니와 숙모는 강둑을 올라오시던 중 우레 같은 폭탄 소리를 들었다. 자기들 아들이 폭탄에 맞은 줄 알고 어머니는 "아이고! 우리 원이!", 숙모는 "아이고! 우리 용구!" 하며 내가 있는 쪽으로 달려왔다. 두 분 모두 자기 자식이 폭격을 당한 줄 알고 울면서 쫓아왔다. 나도 어머니를 향해 달려가서 안심을 시켰다.

우여곡절 끝에 드디어 집에 도착했다. 할아버지를 일주일 만에 보니 너무나 반가웠다. 할머니를 태운 트럭도 얼마 후에 도착했다. 아직도 군인들이 대청과 두 방을 쓰고 있어서 우리 가족은 사랑방과 마구간 옆방을 썼다.


## 마무리: 후퇴하는 적군

적 소탕전은 아직도 계속되고 있었다. 영천을 폭격하는 미국 비행기들이 하루종일 산밑으로 내려갔다가 산 위로 올라오는 것이 보였다. 나는 동네 아이들과 전쟁터를 구경하려고 나섰다. 도동 마을 앞에 있는 산에 올라가 마을을 내려다보았다. 도동 마을의 치열했던 전쟁터가 보였다. 집들은 폭격으로 파괴되었고 죽은 인민군 사체는 여기저기 흩어져 있었다.

폭격으로 다친 인민군 군마 한 마리가 찔룩찔룩 절면서 겨우 걸어가는 것이 보였다. 우리 마을 장 씨가 용감하게 내려가서 부상을 입은 이 말을 끌고 왔다. 인민군이 실탄이나 군량미를 운반하는 데 이용한 말 같았다. 군마는 한쪽 다리를 심하게 다쳤다. 장 씨는 이 말을 간신히 집까지 끌고 간 후, 말의 다리가 아물 때까지 잘 먹이고 보살폈다. 이 말은 크고 잘 생겨서 경마용 말인데 전방으로 끌려온 것 같았다. 발을 절룩거리긴 했지만 이제는 달구지도 끌고 일을 잘하는 말이 되었다. 장 씨가 생계를 유지하는 데 이 말이 많은 도움을 주었다.

태수 외삼촌도 도동 집으로 돌아왔다. 집은 폭격으로 불타 버렸고 담 옆에는 죽은 인민군 시체가 있었다. 당장 살아갈 집이 필요하므로 시체를 치우고 불타 버린 집을 수리하기 시작했다. 산에서 나무를 베어와 집과 지붕을 새로 지었다. 잠을 잘 수 있는 방과 음식을 해 먹을 수 있는 부엌을 정리하고 다시 생활을 시작했다. 무너진 담도 새로 쌓아 올렸다.

다행히 전선은 점점 멀어져 갔다. 우리는 군인들이 쓰던 큰 방과 작은 방도 돌려받았다. 소학교에는 아직도 통신 부대가 주둔하고 있어서, 취사병이 매일 우리 집 우물에 와서 부대에서 밥할 쌀을 씻어 갔다. 아직 철모르는 나는 사랑방에서 시간을 보내며 학교에서 다시 등교하라는 소식이 오기를 기다리고 있었다. 맡겨 둔 책상도 주인을 기다리고 있을 것이었다.

전쟁은 많은 사람이 죽고 한 국가가 파괴된다. 그러나 긴 역사를 통해서 보면 전쟁은 그 나라가 다시 부흥하는 활력소가 된다. 일본도, 독일도 제2차 세계대전으로 잿더미가 되었다가 나라를 다시 건설했다. 그리고 한국도 전쟁 후에 아무것도 없는 데서 지금 경제 대국을 건설했다. 베트남도 긴 전쟁 후 다시 일어나는 것을 보고 있다.

# 내가 겪은 6·25

김승곤

금년으로 6·25 전쟁이 일어난 지 벌써 70년이 지났다. 그동안 강산이 일곱 번이나 변했고 나도 많이 늙었지만 그 당시의 기억만은 늙어가지 않고 아직도 생생하게 남아 있다. 오늘은 추억 속으로 거슬러 시간 여행을 떠나고 싶다.

1950년 6월 25일 북한의 기습으로 전쟁이 일어났을 때, 나는 국민학교 6학년생 12세 소년으로 전북 정읍군 신태인읍 화호리에 살고 있었다. 나의 형은 이리 남성중학교 2학년생으로 화호에서 이리까지 기차 통학을 했다. 화호는 인구 수천 명의 농촌 마을로 서울과 목포를 잇는 국도 1번 도로가 지나고 김제-만경 평야라는 곡창 지대에 위치했다.

아버지는 농림부 산하 기관인 신한공사에 다녔고 박봉에도 알뜰하게 일곱 식구를 부양했다. 7월 11일, 호남선과 전라선이 교차하는 철도 교통의 요충지인 이리역이 폭격을 당했다. 처음에는 북한 공군의 폭격인 줄 알았는데, 나중에 알고 보니 파죽지세로 진격해 내려오는 인민군과 후퇴하는 국군 사이의 전선이 모호해져서 미국 B-29 2대에 의한 오폭으로 밝혀졌다. 이 오폭으로 350여 명 이상의 사상자가 났다. 우리가 북한 인민군에 점령당했던 두 달 동안 북한의 공군기는 구경도 못했다.

학교 수업 시간에도 불안한 마음에 창밖으로 눈을 돌리면, 우리 군인들과 포승줄로 묶인 사람들을 실은 군용 트럭들이 남쪽으로 달려가는 것을 볼 수 있었다. 아마 이 사람들은 예비 검속을 당한 민간인들이나 인민군 포로였을 것이다.

7월 19일 저녁 만경강 목천포 다리에서 한 차례 벌어진 인민군과 경찰의 교전을 끝으로, 인민군은 다음 날 우리 마을에 들이닥칠 것으로 예상되었다. 화호 지서의 경찰관들은 모두 도망쳤고, 공무원 가족인 우리도 화를 입지나 않을까 두려워서 간단히 짐을 꾸려 고향이자 가까운 친척들이 사는 부안군 백산면의 대산 부락으로 십리 길의 피란을 떠났다.

우리 4남매가 앞장섰고 무거운 보따리를 멘 아버지와 아기를 업은 어머니는 몇 시간 늦게 우리들의 뒤를 따라왔다. 피란길 도중, 동진강을 건너가는 다리에 다다르니 몇몇 민간인들이 곡괭이와 삽으로 그 다리를 끊으려고 하는 모습이 보였다. 하지만 속도가 너무 느려 우리는 물론 아버지와 어머니, 나중에는 인민군 병력까지 통과하고 말았다.

선발대로 나선 듯한 인민군이 따발총을 멘 채 오토바이를 타고 자갈길 도로를 따라 뒤에서 빠르게 다가오고 있었는데 겁에 질린 어머니가 이를 피하려고 우왕좌왕하다 충돌을 피하려던 인민군과 함께 넘어지는 사고가 발생했다. 어머니는 그 군인에게 맞아 죽을 수도 있다고 생각했는데 그와 반대로 어머니를 일으켜 주며 다친 데 없느냐고 물으며 안심시켰다. 이는 아마도 점령지의 사람들에게 의도적으로 좋은 첫인상을 심어주기 위해서였을 테지만, 나는 어머니에게 이 말을 듣고 인민군에 대한 공포는 사라지고 오히려 호기심을 갖기 시작했다.

나의 막내 작은아버지는 부농의 아들이라 그런지 서양 문물을 일찍 접해서 동네에서는 선각자로 통했다. 아코디언도 잘 다루는 데다 사진사로 일하면서 두 딸과 아들, 그리고 아내와 함께 행복한 가정을 이루고 살고 있었지만, 모두가 공평하게 잘살 수 있다는 공산주의 사상에 공감했다. 그래서 공산당에 입당까지 했지만 아무에게도 해를 끼친 일이 없었다. 그 일 때문에 부안 경찰서에서 심문을 받기도 했으나 무죄로 석방되어 생업에 열중하였다. 남한의 군경들이 퇴각을 앞두고 공산주의자를 예비 검속한다는 소문을 듣고 피신을 다니다가 잠깐 집에 들른 사이 동네 구장의 밀고로 경찰에 체포되고 말았다. 작은아버지는 트럭에 실려 어디론가 끌려가다가 부안의 줄포 근처에서 총살을 당했다. 아이러니하게도 그 구장도 얼마 후 공산 치하에서 조직된 치안대에 체포되어 살해당하고 말았다.

나의 이모부는 정읍 근처에서 농사도 많이 지으며 남보다 여유롭게 살고 있었다. 어느 날, 술에 좀 취해 귀가하던 중 벽보 한 장을 찢었다는 죄목으로 정읍 경찰서에 연행되었다. 평시 같으면 경범죄에 해당되겠지만 전시라서 중범죄인 취급을 받아 즉시 체포되었고, 전주 형무소에 수감되어 있던 중 후퇴하던 경찰에 의해 사살되었다.

내 친척분들이 이렇게 우리 경찰에 의해 살해된 것을 알고 나서는 나중에 수복 후에도 경찰이 무서워서 학교에 오갈 때 지서 앞을 지나기 싫어 멀리 돌아서 그 뒤로 지나 다녔다. 이처럼 예비 검속으로 억울하게 살해당한 사람들의 유가족, 가난해서 억눌려 살았던 사람들, 악질적인 좌익 골수분자들이 주동이 되어 인민군이 들어오고 무정부 상태가 되자 치안대를 조직하고 양민들의 학살을 자행했다.

큰아버지 집으로 피란을 온 우리 일곱 식구는 방 하나를 차지하고 한 달 동안 공짜로 먹고 잤다. 한 달이 지난 어느 날 아침, 큰어머니는 우리 가족을 계속 부양하지 못하겠다며 나가 달라고 하였다. 하는 수 없이 아버지는 다른 친척집에 방 하나를 얻어 자립할 생각을 하였다. 동네에서 제일가는 부농의 10남매 중 5남인 아버지는 형제들 중 유일하게 일제 강점기 때 고등학교를 졸업하고 그에 걸맞은 직업을 가지고 잘살았기 때문에 부모님에게서 유산을 전혀 받지 못했다. 게다가 더 나은 기회를 찾아 일제 강점기 때 만주로 이주했다가 해방 후 전재민(戰災民)으로 귀국해서 한동안 일자리를 찾지 못하고 가난에 빠졌다. 아버지는 가족을 부양하기 위해 수치스럽지만 어쩔 수 없이 공산 체제 하에서 생계형 부역을 택할 수밖에 없었다. 결국 부안군청의 회계과에 취직을 하였다. 이것도 이리 농림학교 출신에다 주판 실력을 인정받았기 때문에 가능했다. 만약 2개월 후 수복이 된다는 것을 알았다면, 초근목피로 연명할지라도 부역하지는 않았을 것이다. 하지만 이승만 정부가 대전으로 피란을 갔다가 다시 부산으로 피란을 가고, 나중에는 심지어 일본으로 피란을 간다는 소문에 아버지의 부역은 불가피한 선택이었다.

수복이 될 때까지 2개월 동안 사람들은 미군의 폭격이나 기총소사가 무서워 낮에는 모이는 것을 삼갔다. 학교도 정상 수업이 이루어지지 않아서 나는 낮이면 동네 아이들과 함께 고부천에 가서 수영을 즐기며 놀곤 하였다. 제트기가 나타나도 물속으로 잠깐 잠수해 버리면 두려울 것이 없었다. 전쟁통에 물자가 보급되지 않아 신발이 없어서 맨발로 걸어 다녔고, 북한의 붉은 지폐를 본 일은 있어도 사용할 일은 거의 없었다.

우리 가족도 여느 가족들처럼 죽을 뻔한 고비를 몇 번 넘겼다. 한번은 아버지, 형과 함께 옛집이 있는 화호로 가기 위해 집을 나섰다. 중간쯤 되는 백산 삼거리에 이르렀을 때 난데없이 제트기 한 대가 굉음을 내며 산 뒤에서 나타나더니 급강하하며 기총소사를 하는 것이었다. 혼비백산한 우리 셋은 몸을 낮추고 뿔뿔이 도망쳐 헤어졌다가 잠시 후 다시 만났다. 알고 보니 몇백 미터 앞 길가에 버려진 고장 난 트럭 한 대를 겨냥한 것이었다.

또 한번은 이리 남성중학교 2학년생인 형이 학교에서 소집한 다는 연락을 받고 백 리 길을 걸어가겠다며 길을 떠났다. 가다가 피곤해서 고모네 집에 들러 하룻밤을 쉬었다. 다음 날 아침 이리로 다시 출발했는데, 그날 밤 고모네 집이 폭격을 당해 세 명이 즉사하는 참사가 발생했다. 이웃집 남자가 그날 밤 그 집 앞에서 담배를 피웠는데, 등화관제가 실시되는 중이어서 이 담뱃불이 야간 공습을 자초하는 신호수 역할을 해버린 셈이었다. 하루 차이로 화를 면한 덕에 형은 훗날 전북대학교 초대 직선 총장을 지낼 수 있었다.

나도 학교 일이 궁금해 화호국민학교까지 십 리를 걸어가 보았다. 때마침 북한이 고향인 어느 선생님이 학생들을 교실에 모아 놓고 북한의 국가와 김일성 장군 노래를 가르치고 있었다. 그리고 그 동네의 극우 인사들 이름을 들먹이고 비난을 퍼부으며 우리를 세뇌시키기 시작했다. 이날 배운 두 노래는 지금도 거의 다 부를 수 있다.

도로변 주택들의 담벼락에는 '만고의 역적 이승만', '김일성 장군 만세'라는 벽보들이 붙어 있고, 동네 사거리에는 스탈린과 김일성의 초상화가 높이 세워져 있었다. 교사들은 가끔 세뇌 교육을 받으러 군청 소재지인 정읍까지 편도 오십 리 길을 도보로 다녀오는 고충을 겪기도 했다. 부농가는 농토의 일부를 빈농가에 나누어 주도록 강요를 받았고 살림의 일부를 몰수당하기도 했다.

하루는 전북에서 세 번째로 큰 화호병원에 간 적이 있었다. 병원 앞마당에서는 어린 티가 나는 인민군 부상병 한 명이 자전거를 타며 동네 아이들과 어울려 노는 천진한 모습을 보고 참 이상하다는 생각이 들었다.

인민군들은 공습을 피해 주로 야간에 행군을 하였다. 한꺼번에 70여 대의 트럭이 이른 새벽에 무기를 싣고 동네 앞길로 지나가는 것도 보았다.

낙동강 전투가 한창일 무렵, 그 전선에서 막대한 병력 손실을 입은 북한은 점령지에서 의용군을 모집하는 형식으로 병력을 보충하려 했던 것 같다. 우리 동네에서도 세 명의 지원자가 나왔고 장도에 오르는 그들을 환송하기도 했다. 그러나 수복 후에 그들 모두를 다시 만날 수 있었던 걸 보면 도중에 되돌아온 것 같다.

북한군은 낙동강 유역의 대구, 포항, 부산 등지의 동남권 지역만 제외하고는 남한의 정복이 머지않았다고 호언장담하는 소문을 퍼뜨렸지만, 후방에 배치된 인민군들이 딱꿍 장총(총소리가 '딱꿍'처럼 들려서 그렇게 불렀음)을 메고 북쪽으로 이동하는 모습이 보이기 시작했다. 이때 좌익 골수분자들 중 일부는 그들을 따라갔고, 나머지는 부안 변산과 순창 쌍치의 산악 지대로 잠입해 빨치산이 되었다고 한다.

북한군은 퇴각하면서 동네에 있는 모든 청장년들을 집합시켜 어디론가 끌고 갔는데, 퇴로가 막혔는지 얼마 안 되어 아버지를 포함해 모두가 돌아와 안도의 한숨을 쉬었다.

내가 살았던 면에서는 면장, 경찰관, 의용 소방대장, 그리고 평소에 고리 대금으로 서민들을 착취한 부자들이 살해되었다. 수복되기 하루 전에는 좌익 폭도들이 이웃 부락 언덕에 구덩이를 파고 80여 명의 우익인사들을 차마 형용할 수조차 없는 잔인한 방법으로 신체를 훼손하여 생매장시킨 사건이 발생했다. 이러한 희생자들은 그 마을 근방에서 뿐만 아니라 부안군 전 지역에서 발견되었다.

초대 고창 군수와 김제 군수를 역임하고 훗날 나의 장인이 된 분은 처음에 후퇴하는 국군을 뒤따라 남으로 피란을 가다가 군수로서 지은 죄가 없다고 생각해 집으로 돌아왔다가 북한 인민군에 체포되어 전주형무소에서 복역 중 수복이 임박했을 때 다른 우익 죄수들과 함께 학살당했다.

북한 공산군이 모두 퇴각한 다음 날 남쪽의 고부 근처에서 대포 소리가 굉음을 내며 진동하더니 얼마 안 되어 유엔군을 가득 실은 지엠씨 트럭들이 동네 앞길을 줄지어 지나가기 시작했다. 처음엔 겁이 나서 동네 언덕에 엎드려 멀리서 살펴보았는데 평생 처음 보는 흑인들이 섞여 있었다.

수복 후 아버지는 부역한 죄과가 두려워 피신을 다녔으나 가족이 보고 싶어 동네에 잠입했다가 10월 중순경 경찰에 체포되어 평교 지서 유치장에 수용되었다. 나는 끼니때마다 어머니가 만들어 준 도시락을 아버지에게 전해주었다. 그러나 아버지는 죄과가 경미해서 얼마 안 되어 석방되었다. 죄가 큰 사람들은 매를 맞기도 했는데 울부짖는 비명소리가 유치장 밖까지 들렸다고 한다.

아버지는 부역자라는 낙인이 찍혀 복직은 물론 취직도 할 수 없었다. 3년 뒤 전주에 사는 어느 고위 공무원 친구의 도움을 받아 전북도청에 촉탁으로 취직되었다. 그때까지 어머니는 가족을 먹여 살리기 위해 이 동네 저 동네로 행상을 다녔고 우리 형제자매 모두 일 년 동안 학교도 중퇴하고 가정 경제를 위해 협력하였다. 형과 나는 봄철이면 사십 리 길의 변산 우슬재 너머까지 나무를 하러 다녔다. 설상가상으로 흉년이라 여름인데도 잡초마저 흔하지 않아서 풀을 베고 볕에 말려 땔감을 마련했다.

내 생애에서 가장 가난해 불행했던 어린 시절을 회상하며 다음의 두 시를 쓰게 되었다.


## 우슬재


옛날 변산의 가팔랐던 이 우슬재
할머니가 처녀 때 가마 타고 넘어와
들녘으로 시집 오고
할머니 따라 외갓집 가던
어린 고모가 울고 넘은 재

칠흑 같은 야음 틈타 귀신 같이 나타난 빨치산이

오르내리던 재

초등 6년생이 저 멀리 아른거리는 평교 들녘에서

나무하러 오르내리던 재

솔 껍질 한 가마 좁은 등에 올려놓고

꼽추 등이 되어 이 재를 넘어올 땐

저울 눈금처럼 다리가 달달 떨려

변산 절경은 외면하고 땅만 보고 걸었던 길

재를 깎고 굴을 뚫어놓은 다듬잇돌 길로

80의 노구가 애차 등에 올라 금의환향하니

창밖의 산천도 백미러 속의 내 얼굴도

옛 모습은 온데간데없고

적셔오는 눈시울 앞에

옛 추억만이 아른거리네.


## 사모곡(思母曲)


하늘이 땅에 닿는 호남평야의 들녘

평교와 부안을 잇는 지루한 직선 도로

아침에 행상 나간 어머니가 돌아올 저녁 무렵

배고픈 아들이 신작로로 나가

어머니를 기다리던 유년 시절

기다리고 기다려도 보이지 않던 어머니,

마침내 우리 식구 먹을 양식 머리에 이고 오시는

어머니 모습이 어둠 속에 어른거리면

달려가 부둥켜안고 울던 아들

타박타박 피곤한 발걸음으로 걸어오시던 자갈길,

지금은 아스팔트 고속 도로

아들은 가볍게, 너무도 가볍게 신형 자동차로 질주하네.

어머니, 이 불효를 용서하소서.

어머니, 이 불효를 용서하소서.

# 부산의 한 중학생이
# 기억하는 6·25 전쟁

강창욱

6·25 전쟁은 한국 역사상 가장 치열한 비극이었다. 그리고 얼마 전까지만 해도 그 기억이 생생하게 우리 세대의 입에 오르내렸다. 또한 이 사변은 한국 역사의 한 뚜렷한 기점 혹은 이정표이다. 그 전쟁을 직접, 간접으로 겪고 아직 생존한 사람들에게는 기억이 생생하기 때문일 것이다. 더욱이 열몇 살 되는 나이로 전쟁을 겪은 사람들에게는 그 기억이 더 오래 남는 것이 아닌가 한다.

1950년 6월 25일 이른 새벽, 동이 트기도 전에 '조선인민공화국' 군대가 소련제 탱크를 앞세워 38선을 뚫고 남쪽으로 침공하였다. 그들은 며칠 만에 파죽지세로 남한 영토를 거의 점령했다. 그렇게 시작한 전쟁은 1953년 7월 27일, '조선인민공화국'과 국제 유엔군 사이에 정전 협정이 이루어질 때까지 계속되었다. 포성은 멎었지만, 한반도는 황폐해졌다. 그 땅은 인간과 동물의 부러진 뼈다귀와 재 가루로 덮여 버렸다. 미군의 사망은 33,500명으로 미국 역사상 세 번째로 많은 전사자를 낸 전쟁이었다. 그것도 남의 나라를 위해 남의 나라에서, 거기에다 인간적 피해는 더욱 표현하기 어려울 만큼 처절하였다. 민간인의 사상은 고사하고 더욱 고통스러운 사실은 헤어진 가족과 친지들을 언제 다시 만날지 기약이 막연하다는 것이었다. 70년이 지난 오늘날까지 헤어진 가족이 함께하지 못한 이산가족 수를 헤아리려고 하니 눈물이 먼저 앞을 가린다.

그 전쟁에 대한 기억이 희미해진다면 누구도 나무랄 수 없다. 인간은 체험하지 않은 기억을 무시하기보다 마음 가는 대로 해석하는 경향이 있다. 70년은 긴 세월이다. 한 인생의 세월이다. 이젠 신문도 그 기억을 상세히 얘기하는 것을 좋아하지 않는 것 같다. 거의 한 세기의 나이에 몇몇 노병들에게 간단한 인사를 하는 것이 전쟁의 70주년 남은 추억이다. 어떤 사람은 이 사건을 단지 '육이오'라고 하고 '육이오 사변'이란 말이 흔히 표현되는 말이다. 그 외로 많은 이름을 붙인다. 그 이유는 개개인에게 다르겠지만 그 전쟁을 동족상잔이라는 점에서 사람들은 감정의 표현을 엮으려 하기 때문이다. 어떤 사람은 한사코 이념적으로 표현하려고도 고집한다. 인간이 자기의 감정을 정당화하려는 것을 나무랄 수 없을 것이다. 아직도 북쪽은 대한민국이 미군을 앞세워 북침을 했다고 주장을 한다. 한국뿐 아니라 세계사적으로도 큰 사건임은 틀림없다. 소위 냉전이라는 미국과 소련의 대립이 제2차 세계대전의 종말과 함께 시작하여 6·25 전쟁으로 본격적으로 전개된 셈이다. 아이러니하게도 1865년에 총성이 멎은 미국의 남북전쟁도 형제끼리 싸운 동족상잔이었다. 그렇게 한반도가 남과 북으로 다시 갈린 지 70년이 되었다. 종전 후에 남쪽에 포로가 된 북한군이 몇 천 명 풀렸을 때 자유는 있었지만, 고국에서 당장 살지는 못했다. 이런 슬픈 이야기는 너무도 많아서 서술하려면 한이 없다. 어느 한 가정 그 처참한 희생을 당하지 않은 집이 없을 것이다. 나의 친척 중에서도 그런 슬픈 일을 당한 몇 집이 있다. 북으로 넘어갔건 잡혀갔건 생이별을 하고 다시 70년을 보지 못했다는 비극을 어떻게 표현할 수 있을까? 필자는 늘 생각해 본다. 한 군인이 총을 겨누어 방아쇠를 당기려는 순간, 그 적이 북으로 넘어간 혹은 남으로 넘어간 형이나 친구라고 상상한다면 방아쇠를 당길 수 있었을까?

내 고향 부산은 전쟁을 직접 겪지 않은 한반도의 끝에 있는 항구다. 지척에 있는 낙동강 중류를 전선으로 한 남한의 마지막 보루인 셈이었다. 당시에는 단 하나밖에 없었던 항구, 나라의 관문이었다. 모든 전쟁 피란민이 집결한 곳이었다. 나는 포성만 제외하고 전쟁이 무엇이라는 것을 다 본 셈이다. 내 나이 두 살만 많았어도 징집을 당했을 것이다. 나이가 어린 나에게는 크게 심적 타격을 주지는 않았다. 수많은 피란민, 우방 군인들, 그들의 기묘한 차량, 온갖 건축, 교통 기구 등이 신기하였고 내게는 흥미로운 것들이기도 했다. 참으로 한국뿐 아니라 세계의 조그마한 도가

니인 셈이다. 부산 사투리보다 외방 언어가 훨씬 많이 쓰였다. 부산 사람들은 외지인들에게 밀려 거의 보이지 않은 것 같았다.

서울에 살던 맏형의 가족이 조카들의 손을 잡고, 안고, 업고서 터벅터벅 우리 집 문을 들어설 때 나도 눈물을 흘리지 않을 수 없었다. 나는 우리 가족 모두가 그 조그마한 세 칸 방에서 어떻게 함께 지낼 수 있었는지 아직도 상상하지 못한다. 둘째형은 소위 전투경찰이라고 해서 그 치열했던 마지막 보루인 낙동강 전투에 참전했다가 돌아와 어느 새벽 네 시쯤에 우리 집 문을 두드렸다. 내가 나가서 문을 열었다. 나는 공포에 질렸다. 형은 완전 무장을 하고 철모를 쓰고 있었는데 얼굴이 피투성이였다. 수류탄 파편이 주렁주렁 얼굴에 말라붙어 소름이 끼쳤다.

나보다 다섯 살 많은 작은형은 그 지옥 같은 함경도 장진호 전투에 참전하였다. 함께 입대한 형의 절친한 친구는 참호에서 형과 함께 자는 사이에 전사했다. 형의 소속 부대, 미 제7사단 1연대 31대대 C중대는 완전히 흩어져 찾을 수 없게 되었다. 형은 그 처절한 흥남 철수 때 민간인 난민들과 함께 탈출 화물선 (SS Meredith Victory)을 탈 수가 있었다. 이 형도 오밤중에 집에 터벅터벅 들어오더니 군화를 벗지도 않고 아버지에게 인사치레로 건성 고개를 내밀고는 곧장 뒷방으로 들어갔다. 나는 그날부터 형을 보지 못했다. 형은 완전히 두문불출하고 때때로 문을 반 자쯤 열어 끼니를 받아들였다. 전형적인 정신적 상처에 의한 행동이었다. 오늘날 말하는 외상 후 스트레스 증상(PTSD: Post

Traumatic Stress Disorder)이었다.

약 6개월 후 형이 소속되었던 부대의 중대장, 미군 대위가 우리 집까지 찾아왔다. 형에게 그것을 알렸더니 형은 금방 방에서 뛰쳐나와 그 군인의 손을 한참 잡고는 미소를 지어보였다. 그 장교는 형더러 "가자, 후지(형의 별명), 나와 함께 가자!"라고 하며 형의 등을 쓰다듬고는 "나하고 같이 가자!"라고 재촉했다. 형은 금방 부모님께 큰절하고는 "저, 가야 합니다."라고 한마디만 하고 군화 끈을 매는 둥 마는 둥하며 그 장교를 따라 나갔다.

형은 그 치열했던 소위 햄버거 고지에서 1년 가량의 임무를 마치고 제대했다. 형의 정신 문제가 완전히 회복된 것 같았다. 훗날 정신과 의사가 된 나는 제2차 세계대전 때 전쟁 때문에 일어난 정신 문제(Shell Shock Battle Fatigue 등) 치료를 이미 체험으로 배운 셈이 되었다. 그 7사단의 역사는 복잡다단했다. 그 후에 형은 해군 군속으로 약 2년 더 근무하고 제대했다.

나의 맏형은 나보다 스무 살 연상이었다. 서울시 영등포에 있었던, 인촌 김성수 선생이 만든 경성방직의 공장장으로 있다가 6·25 사변을 만났다. 가장 어려웠던 문제는 공장의 문을 잠그고 형수와 세 어린아이를 데리고 걸어서 영등포를 떠나야 하는 것이었다. 후일 그 공장은 폭격으로 파괴되었지만 환도 후에 형의 리더십으로 재건되었다. 형과 그 가족은 부산까지 천 리나 되는 먼 길을 가끔씩 트럭과 기차를 얻어 탈 수가 있었지만, 대부분 걸어가야 했다. 전쟁이 일어난 약 2주 후에 우리 집 문으로 들어왔을 때는 그 얼굴색들을 형용할 수 없었다. 나는 너무도 표정이 없어 사람이 죽으면 저럴까 하는 생각을 하기도 했다. 얼마 전에 시리아 전쟁 피란민들이 아이들을 등에 업고 손을 잡고 유럽의 어느 시골의 철로 길을 타박타박 지친 발을 옮기는 광경을 보며 6·25 전쟁의 옛 기억이 다시 찾아와 눈시울이 뜨거워지는 것을 느꼈다. 지금은 기억만으로도 눈시울이 뜨거워지지만, 그때는 어머니의 눈물이 나를 더 슬프게 했다.

　팔순이 된 내게 쌓인 많은 기억 속에서 어떤 것은 지우고만 싶다. 비극을 되돌아본다는 것은 쉽지 않다. 그러나 그것들은 내 마음속 깊이 자리 잡고 있으며 내 생에 많은 영향을 주었다. 그 기억들은 언제라도 나올 것 같기도 하다. 나를 무엇보다 통분하게 하는 것은 어린아이의 마음처럼 왜 한 민족, 한 형제끼리 싸우느냐 하는 것이다. 잊으려고 노력도 해보지만 그렇게 쉽지는 않다. 역사를 되풀이하지 않으려면 그것을 잘 기억해야 한다지만, 아직도 분단과 남북 갈등은 끝이 나지 않았다.

　전쟁이 발발한 당시 나는 열두 살로 한창 호기심이 많을 나이였다. 우선 부산항을 통과해서 전선으로 가는 군인들, 부산에 주둔했던 유엔군, 특히 나는 미군들에게서 보이는 그 많은 새로운 것들로부터 눈을 뗄 수가 없었다. 외국 영화에서 보았던 그들, 해방 직후에 잠시 보긴 했지만, 더 가까이서 볼 수 있었다. 무엇보다 영화에서만 보던 서양 사람들을 직접 보니 그들의 행동, 표정, 그들의 손놀림, 일하는 모습이 모두 신기했다. 흉내를 내고 싶을 만큼이었다. 가장 신기했던 것 중 흉내를 도저히 낼 수 없었던 것은 그들의 행동이 노는 듯, 김빠진 듯, 느릿느릿하게 일하는 것 같지만 일을 착착 진행하여 마무리 짓는 것이었다. 참으로 신기했다. 껌을 씹는 것은 더욱 신기했다. 우리는 껌은 아이들이 씹는 것이라고만 여겼다. 그들과 함께 온 기계들, 통신 장비들은 마치 장난감 같았다. 가장 유명했던 것은 역시 지프 자동차였다. 나에게는 그들의 통신 기구가 더 흥미롭게 보였다. 갖고 싶고 써보고 싶었다. 지금 생각하면 그들의 모든 행동이 현실주의적이고 실용주의적이었다. 어린 나에게도 그것이 좋았다.

　나는 통신 기계를 갖지는 못했지만 버려진 통신 기계에서 쓸모 있는 것들을 골라 나름대로 라디오도 만들어 보았다. 하루는 길거리에서 붉은 색의 두꺼운 표지로 된 큰 사전 같은 책을 보았다. 영화에서나 보던 멋있는 책이었는데, 생각보다 그리 비싸지도 않았다. 나는 그 책을 사고 싶었다. 알고 보니 그 책은 『셰익스피어 전집』이었다. 내용은 고사하고 책이 참으로 귀하게 보였는지 이상하게도 갖고 싶었다. 결국 그 책을 사서 맏형에게 보였더니 이런 귀한 것을 어디서 가져왔느냐며 의심하는 듯한 눈초리로 나와 책을 번갈아 쳐다보았다. 그 책은 오랫동안 아버지의 책상 위에 장식품처럼 놓여 있었다. 그 일은 당시 내 형편상 꿈꾸기 어려운 일이었지만, 잠시 뽐내고 싶은 마음에 벌인 행동이었다. 미국에 와서 옛 추억 때문에 그런 책을 구하려고 하니 아무도 아는 사람이 없었다. 알고 보니 그 책은 옥스퍼드 대학 출판사에서 출간한 것이며 미국에서는 구하기가 힘들다고 했다. 원숭이한테 다이아몬드를 주면 무슨 소용이 있을까?

또 재미있는 추억은 미군들이 보고 버린 만화도 길에서 살 수가 있었던 것이다. 그것을 되는 대로 번역하여 푼돈을 번 기억이 있다. 나는 참으로 꿈이 많았다. 미국이라는 나라가 천국 같다는 공상까지 하였다. 팝송도 배우고 미군 방송(AFKN)도 자주 들었다. 이런 희망이 나에게 어려운 시절을 견딜 수 있게 했는지도 모른다. 열두세 살 난 아이가 그 시기를 살아가며 공상 속에서나마 꿈을 키웠던 것이 힘들었던 시대를 견뎌 나갈 수 있게 한 원동력이 아니었나 싶다. 미국이라는 나라에 가면 내가 하고 싶은 것을 다 할 수 있을 것이라는 막연한 공상도 하게 되었고 그러한 꿈이 서서히 내 생의 방향타가 되었다고 생각한다.

그런 전쟁의 와중에도 교육자의 열정은 참으로 존경하지 않을 수 없다. 내가 다니던 부산중학교 건물을 미군이 쓰게 되었다. 부산중학교 교장 김하득 선생님은 자기 사택의 마당에 학교에 올 수 있는 아이들을 위한 임시학교를 열었다. 김하득 교장 선생님은 진정한 교육자였고 스위스 교육학자 페스탈로치(Johann Heinrich Pestalozzi)의 추종자였다. 김 선생님은 몇 달 후에 몇 명의 교사들을 모아 미군 천막을 구해 초량동 뒷산 언덕에 천막 교실을 세워 본격적으로 개학하였다. 김 선생님은 우리에게 올바른 영어 발음을 가르치도록 미국 사병들도 초청했다.

나는 거기서 바로 부산고등학교로 진학하였다. 우리는 참으로 교육의 축복을 받았다. 북녘, 특히 함경도에서 피란을 와서 실직 상태에 있던 저명한 대학교수들을 초청해서 우리를 가르쳤다. 그 덕으로 우리 학급뿐 아니라 부산고등학교 졸업생들은 명문 대학 입학률이 상당히 높았다. 부산고등학교는 그 높은 입학률 때문에 명성이 퍼지기 시작했다. 고등학교에서 우리를 가르치던 서울대학교 교수님들이 대학에서 우리를 다시 가르치기도 한 기연도 있었다. 나는 김하득 교장 선생님의 교육자 정신을 존중하며 잊을 수가 없다.

나는 의과대학으로 진학하게 되었다. 원래 꿈은 전자 공학이었지만 포기하였다. 그 당시 한국에서 부모님의 뜻을 어겨가며 가고 싶은 대학에 진학하는 경우는 거의 없었다. 한국의 교육 풍조는 이색적이 아닐 수 없다. 의과대학 졸업반에 진급한 1960년 4월 19일에 저 유명한 4·19 학생 봉기가 있었다. 우리는 최전선에 나아가 구호를 외치며 청와대 앞까지 전진한 그 데모에 참가했다.

그 다음 해에 나는 대한민국 해군에 군의관으로 입대했다. 또다시 본의 아니게 5월 16일 박정희 장군이 이끄는 군사 혁명을 맞아야 했다. 그것이 군사 혁명이고 내가 해군 장교였기 때문에 간접적으로 나는 혁명군이 된 셈이다. 그러나 나는 어릴 적부터 간직했던 꿈을 잊지 않았다. 졸업반 때 우리를 가르치던, 미네소타 대학교에서 교환 교수로 오신 골드 교수님은 우리 학급 학생들 모두에게 미국에서 의학 연수를 받을 수 있는 자격시험

(ECFMG: Educational Counsel of Foreign Graduates)을 보라고 권유하셨다. 우리에게 미국에 가서 더 공부하라고 하며 우리 모두가 그 시험에 응시해도 될 만큼 우리들의 실력을 믿으신다고 했다. 우리 반의 약 반수가 응시했고 거의 모두가 합격했다. 그분의 말씀이 옳았던 셈이다. 나는 해군에서 복무를 마치자마자 미국으로 연수차 가게 되었다. 뉴욕의 브루클린에 있는 감리교 병원에서 인턴을 시작했다.

뉴욕에서 인턴으로 연수를 시작하며 놀란 것은 미국인들이 한국에 대해 너무도 모르고 있다는 것이었다. 물론 대부분 환자는 백인이었다. 그들과 늘 대화를 해야 했고 소개가 끝나면 여지없이 어느 나라에서 왔느냐고 묻는다. 코리아라고 하면 또 그 나라가 어디에 있느냐고 묻는다. 그런 나라가 있는지조차 모른다고 하는 사람들이 많았다. 미국 역사상 세 번째로 많은 전사자를 낸 전쟁이었는데도 모르는 사람이 많다는 것에 놀랐지만 또 한편으로는 직접 고통을 받지 않거나 영향이 미치지 않으면 사람들은 신경을 쓰지 않는다는 것을 알게 되었다. 모두 영어로 대화를 하였기 때문에 그들의 교육 수준을 알기가 참으로 힘들었다. 반면 미국인들 중에 한국인을 도와야 한다는 생각을 하는 사람들을 속속 알게 되었다. 나는 인턴을 마치고 시골에서 연수하며 시골의 삶을 즐기고 싶었다. 뉴욕은 참 미국이 아니라고 느꼈다. 외국인이 너무 많았기 때문인지 모른다. 나는 내 꿈을 실현하기 위해 미국으로 온 것 같았다.

어렵지 않게 코네티컷주의 뉴 타운이라는 시골에 있는 병원에서 레지던트 연수를 하게 되었다. 아직도 나는 그 결정을 참으로 잘한 결단이라고 생각한다. 전형적인 시골인데도 시골 사람들과 도시 사람들이 섞여 사는 곳이었다. 주민들은 인정이 많았다. 이발사는 내가 갈 때마다 반겨주는 인사를 해주었고. 슈퍼마켓의 직원들이 내 이름을 외우려고 애를 쓰는 모습도 보였다.

내가 어릴 적부터 '만약에 내가 미국에 간다면!' 하고 공상을 할 때 하고 싶었던 것들을 하나둘 하기 시작했다. 결혼을 하고 아이들이 생기자 함께 여행도 하며 즐겼다. 내 차를 사고 그 차의 정비도 직접 하고, 간단한 수선까지 내가 직접 하면서 꿈꾸던 것들을 하나씩 즐겼다. 미국에서는 아무리 교육을 많이 받아야 하는 직업을 가진 사람도 아이들 같은 취미를 갖고 있다는 것을 알고 반가웠다. 내가 꿈꿔 오고 하고 싶었던 것을 서슴없이 하였다. 가장 고마웠던 것은 내가 열심히 공부하고 일하면서 양심껏 규칙대로만 일하면 내 직책에 대해 염려하지 않아도 된다는 것이었다. 무엇보다도 상사에게 어떻게 하는 것이 바른 것인지 신경을 쓰지 않아도 되었다. 그 병원에서는 20여 명의 연수 의사 중에서 나를 뽑아 예일대학교 정신과에서 제일 중요한 시기에 연수를 받게 해주었다. 참으로 공정하고 깨끗한 도덕적 사회라고 여겼다.

한국의 비극 때문에 알게 된 미국이라는 나라가 참으로 고마웠다. 내가 바랐던 것보다 더 신기하고, 합리적이고, 양심적이고, 시민들에게 걱정을 덜 하게 하는 나라로 단정하게 되었다. 미국은 내가 철없던 시절 6·25 전쟁 때문에 이루게 된 희망과 꿈을 실제로 이루게 해주었고, 좋은 곳에서 아름다운 가족을 만들어 줌으로써 축복을 해주었다. 나의 고향 대한민국을 구원해주었고 아직도 그 나라를 지키는 일을 도와주고 있는 이 나라가 고맙기만 하다. 그러나 이런 이야기를 우리 아이들에게 하면 아버지가 무슨 과장된 말을 하느냐는 듯한 표정을 지었고, 손자들은 내가 무슨 말을 하는지를 전혀 모른다. 젊은이들은 우리가 지난 일을 얘기하거나 그들의 부모들이 얼마나 인류를 위해 노력을 했는지를 얘기하면 무슨 시시한 옛날이야기 하느냐고 한다.

하지만 한국 민족은 아직도 남과 북으로 갈라져 있고 서로 헤어져 있는 가족, 친지들의 비극은 계속되고 있다. 더욱 고통스러운 사실은 북녘 동족(부모, 형제, 친지)들의 어려운 삶, 영양의 부족, 자유의 부족, 건강 문제 등을 도와주지 못한다는 것이다. 그 아쉬움은 표현하기도 힘들다. 남한은 세계 경제 순위로 12번째인데 북한은 저 끝에 있다. 내 주위의 사람들 중에는 아직도 북녘에 형제자매가 있는 줄 알고 있다. 그 사람들의 타는 심정을 우리가 어떻게 이해할 수 있을까?

나는 미국에 와서 정착하고 가정을 이루고 여기에 뿌리를 내린 것을 절대 후회하지 않는다. 그렇다고 해서 이 축복된 삶이 나의 능력으로 된 것이라고 자만하지도 않는다. 내가 이런 은혜를 얻으리라 하는 것도 꿈으로만 공상했다. 나는 미국인이면서도 아직도 때때로 실감이 나지 않은 것은 그 아픈 6·25의 뼈저림이 사라지지 않기 때문이 아닌가 한다. 나는 한국의 비극 때문에 생긴 전화위복 같은 혜택으로 행복을 누릴 수 있게 되었다는 것을 잊지 않는다. 미국의 남북 전쟁도 동족상잔이다. 그 싸움에서 미국은 618,000명의 아까운 젊은 생명을 잃었다. 그들은 남의 나라의 동족상잔에 36,516명의 꽃다운 생명을 바쳤다. 거기에다 나에게 축복된 새로운 삶을 주었으니 어찌 더 고마워하지 않을 수가 있겠는가? 나는 오래전부터 '놀라운 은혜'(Amazing Grace)의 멜로디를 알고 있었다. 이 노래가 들리면 곧 따라서 흥얼거리곤 했다. 얼마 전부터인지 그 선율이 나오면 부끄러움 없이 목청을 올리는 나 자신을 발견하고는 주위를 두리번거리며 사람들의 눈치를 보는 자신을 느낀다. 나를 위해 만들어진 찬송가 같아서이다.

## 영문판 책자 공동 편집자의 논평

공자의 도덕관이 지구 여러 구석에서 무시되고 있다. 그것은 비슷한 도덕관념과 혼동하게 만드는 소위 신흥 유교와의 혼돈 때문일 것이다. 그러나 한국의 전통적인 유교는 여전히 가족, 학교, 직장 등에서 지속되고 있다. 이 책에서 한국인들이 어떻게 6·25 전쟁에서 살아남을 수 있었는지가 그 유교적 전통의 덕택이라는 것이 엿보인다. 특히 부인들의 희생과 용기가 그것을 증명한다. 여자들은 사랑과 희생으로써 한국의 전통적 가치관을 지키고 활용하여 한국이 전쟁에서도 존립할 수 있도록 도왔을 뿐만 아니라 가족들이 생존할 수 있도록 도움을 주었다. 6·25 전쟁에서 부인들, 노인들, 아이들이 후방을 지켰다는 말은 과장이 아니다. 이것이 대한민국이 패망하려는 그 순간에서 구해냈다고 본다. 노인들은 젊은이들을 돕고, 어린 자녀들은 부모님들을 돕고, 또 이웃은 이웃을 도우면서 살아남았다.

춘원 이광수의 따님 이정화 박사의 글 「15세 여학생이 겪은 6·25 남침 전쟁」은 그녀의 어머니가 가족을 살리려는 노력과 투쟁으로 그 소임을 이루어낸 승리를 자세히 서술하였다. 이후에도 어머니는 병원의 문을 닫지 않고 어려움에 처한 이웃 사람들을 도왔다. 「적 치하 90일」에서 안홍균 선생의 어머니는 그 어려운 처지에서 공산군의 정보를 얻어내려는 노력까지 하였다. 그 분은 개떡이라는 것을 만들어 가족을 먹여 살리려고 노력했고, 아들이 북한의 인민 의용군으로 끌려가지 않도록 온갖 노력을 기울이며 기묘하고도 창조적 방법으로 아들을 숨겼다.

안홍균 선생의 이야기에서 사상적 적대감 때문에 나타나는 무섭고 잔혹한 북한군의 현상도 보게 된다. 그의 이야기에서 북한의 잔악함과 날조된 선전뿐만 아니라 남쪽의 어린 소년·소녀들까지 납치하려 했던 짓거리도 보여준다. 소위 인민재판, 요사찰 명단, 농작물 착취, 납치 등의 서술은 생생하다. 서울을 떠나 피란한 사람들과 서울에 남았던 사람들 사이에도 분열이 있었다. 가족끼리도 충성심, 의견, 감정도 상이했다. 이 때문에 가족들이 헤어지기도 했다. 안 선생의 친구, 최범철의 아버님은 북쪽에 가담하였다고 한다.

전쟁 중에는 한국의 어린이들, 특히 십대의 소년·소녀들까지도 전시 동원에 가담하게 되었다. 그들의 희생, 애국심, 부모에 대한 효도, 그들의 인간애는 분명하였다. 그뿐만 아니라 나는 전쟁 당시 십대 소년·소녀였던 여덟 사람의 회고에서 지금의 정전 상태니 휴전 상태에서 볼 수 없는 그들의 애국심을 읽었다.

최재원 선생은 「그 해 6월부터 8월까지」에서 그의 친구 권문식에 대한 이야기를 했다. 그는 권문식을 친형처럼 존경의 표준으로 삼았다. 그는 포항 전선에 다른 70명의 지원자와 함께 학도병으로 한국군을 지원하였다. 그들은 모두 나라를 지키기 위해 전사하였다. 오랫동안 그들의 행방은 묘연했다. 문식 형의 부모님은 한없이 기다리셨다. 안홍균 선생도 전쟁 중에 자원해서 군인들을 도우려고 출동했던 한 고등학교 소녀의 그 후 소식을 들을 수 없었다.

강창욱 선생은 「부산의 한 중학생이 기억하는 6·25 전쟁」에서 피란 중에도 교육이 계속되었다는 이야기를 썼다. 그렇게 하기가 그리 쉽지는 않았을 것이다. 그러나 김하득 교장의 관사 뒤뜰에서 미군과 한국 학생들이 배움의 우정을 쌓게 한 경우도 있었다. 강 선생은 김하득 교장 같은 분들의 교육열을 칭찬하였다.

이 중요한 책자의 발간은 왜 우리가 한국을 사랑하며, 민주주의와 자유를 사랑하는 사람이라면 누구도 6·25 전쟁을 잊지 않아야 함을 보여준다. 이 책은 강한 나라들의 경쟁이 어떻게 한 나라의 삶에 영향을 주고 파괴하는지를 말해준다. 그리고 한국이라는 문명국가의 힘을 보여주기도 한다.

나는 최연홍 선생께서 이 책을 엮어내는 데 동참하게 해주신 것을 감사히 여긴다. 그리고 나는 6·25 전쟁이 남긴 살아있는 유산 즉 그 국민, 그 국가, 그 사회 모두에게 축하를 드린다. 대한민국이 영원히 자유와 평화를 누리기를 기원한다.


공동 편집자 버나드 로원(Bernard Rowan)

# 영문판 책자 편집자 최연홍과 필자들 소개

최연홍
(Dr. Yearn Hong Choi)

이정화
(Dr. Chung Wha Lee)

최학주
(Dr. Hak Joo Choi)

안홍균
(Mr. Hong Kyoon An)

백 순
(Dr. Soon Paik)

최재원
(Dr. Jai Won Choi)

김승곤
(Dr. Seung-kon Kim)

강창욱
(Dr. Chang Wuk Kang)

김성곤
(Dr. Seong-Kon Kim)

송종환
(Dr. Jong-hwan Song)

노세웅
(Mr. Se Woong Ro)

## 최연홍 (Dr. Yearn Hong Choi)

최연홍 박사는 연세대학교와 인디애나 대학교에서 공공 정책과 경영학을 전공하였고, 위스콘신 대학교, 올드 도미니언 대학교, 워싱턴 디시 대학교에서 교직 생활을 하였다. 1981년에서 1983년 사이에는 국방부의 환경관리국에 근무하였다. 서울시립대학교 교수직에서 2006년 은퇴하였다.

최연홍 교수의 학문적 논문은 환경 관리, 환경 보호, 환경 교육, 환경 과학, 수질 환경과 기술, 세계정세, 아시아인의 사상과 사회, 세계 문학 잡지 등에 실렸다.

신문 논평으로 『로스앤젤레스 타임』, 『워싱턴 포스트』, 『워싱턴 타임스』, 『재팬 타임스』, 『버지니안 파일럿』, 『인디애나스타』, 『코리아 타임스』, 『코리아 헤럴드』 등에 기고하였다.

또한 공공 정책의 입문, 논평과 연구 논문, 공공 정세와 환경 정책에 대한 글과 한국의 환경 정책과 관리에 대한 논문들을 출판하였다.

그는 초대 미주한국시문학회 회장으로 미국 국회도서관에 초대되어 그의 시 「나의 노래」, 「한국과 미국에서의 인생」이라는 제목으로 1994년과 2003년에 낭독했다. 그의 전기 『나의 노래』는 2010년에 포에트리매트릭스 출판사에서 발간되었다.

그는 2021년 1월 6일 췌장암으로 별세하였다.

## 이정화 (Dr. Chung Wha Lee)

이정화 박사는 6·25 전쟁이 발발했을 때 15세의 이화여고 학생으로 당대 최고의 문필가 춘원(春園) 이광수(李光洙)의 차녀이다. 국민학교 시절 2년을 월반하여 가장 어린 여고생이 된 그녀는 어느 누구보다 가장 혹독한 공산주의 체제에서 고생을 겪은 가족사를 서술하고 있다.

그녀의 아버지는 7월 12일 납치당했다. 어머니가 인민군에게 하루 여유를 달라고 간청, 자신이 운영하던 병원 겸 집에서 쫓겨나오기 직전에 집 안에 숨어있던 아들을 옆집으로 피신시켰다. 어머니의 의과대학 후배의 도움으로 마포의 병원에 숨어 지내는 동안 몇 번이나 발각될 수 있는 은신처에서 살아남을 수 있었다.

병고에 시달리던 부군을 어디로 피신시킬 수 없었던 어머니는 아들을 살리기 위해 최선의 기지와 용기를 발휘하는 어머니의 사랑을 보여준다. 서울 수복 후 다시 찾아온 집은 인민군의 쓰레기장으로 변해 버렸다. 사람 살기 위한 집으로 가족의 대청소가 며칠 계속된다. 이후 다시 중공군의 개입으로 온 가족이 부산으로 피란, 생존을 위한 어려움에 부딪친다.

어린 소녀는 피란 수도에서 이화여고에 복귀, 공부하며 뉴욕『헤럴드 트리뷴』지가 초청한 세계 청소년 회의에 한국 고등학생 대표로 참가, 백악관에서 해리 트루만 대통령을 만나기도 한다. 그녀는 이화여고 졸업 후 미국 펜실베이니아 주 차탐 대학에 입학하여 화학을 공부하고, 부린 마(Bryn Mawr) 대학에서 생화학박사 학위를 받은 후 펜실베이니아 의과대학 연구원 직에서 일하다 은퇴했다. 현재 춘원문화교류센터를 운영하고 있으며 필라델피아 교외에 살고 있다.

## 최학주 (Dr. Hak Joo Choi)

최학주 박사는 아홉 살 어린아이였을 때 겪은 6·25 전쟁을 증언하고 있다. 그는 누구보다 참담한 가족사를 지니고 있다.

서울대학교 의대 병원 의사였던 아버지가 서울이 인민군에 점령당했을 때 병원에서 환자를 돌보다 그의 부재 중 그가 살고 있었던 우이동 인민위원회 위원장으로 추대되었던 죄로 서울이 수복되었을 때 공산당 당원으로 비난을 받았다.

그의 국민학교 선생님 가족이 우익 세력에 의해 몰살당한 비애, 한국 근대사의 저명한 시인, 문필가, 역사가로 살았던 할아버지 육당(六堂) 최남선(崔南善)의 국보급 장서 17만여 권이 폭격에 불타 재로 변한 허망함, 공산주의자 숙부의 북한 행, 공산당에 의한 고모의 살해, 서울 수복 후 부산에서 서울로 이사 준비 중 갑자기 운명한 아버지 등 이 회고록 속에서 가장 비극적인 가족사를 서술하고 있다.

우이동에 들어온 인민군들이 장독대 옆에 일가족을 줄 서게 하고 할아버지 손을 들여다보고 나서 "동무는 반동이군!" 했을 때 손자는 할아버지에게 '반동'의 뜻을 물었고 할아버지는 그 답을 손자에게 잘 전하지 못한 에피소드는 한 편의 시가 되었다.

최학주 박사는 경기고, 서울대학교 공과대학를 졸업하고 터프트 대학교 과학·엔지니어링 대학원에서 공학 박사를 받은 후 여러 제약 회사에서 일하다 현재 의료공학 자문 회사를 운영하고 있다.

## 안홍균 (Mr. Hong Kyoon An)

　그 당시 18세. 경기고등학교 졸업반 학생이었던 안홍균 선생은 「적치하의 90일」 기록을 거의 일기체로 써 내려갔는데, 그 당시 전쟁 상황 전개를 국제 관계 학자의 안목으로 정리하면서 그의 아름다운 가족사의 이야기를 가감하지 않고 서술하였다.

　거의 책 한 권의 분량으로, 그 속에는 한국의 전통 사회의 가족 간의 아름다운 관계, 유교 문화가 인상적이다. 9·28 서울 수복이 되면서 그는 맥아더 장군의 북진 통일을 희망적으로 보고 있는 대목도 인상적이다. 그는 중공군의 대공격이 시작될 무렵 서울에서 부산까지 걸어가 한국군 소위로 임관, 6·25 전쟁 최전선을 지키는 등 10년간 군 복무 후 육군 대위로 예편했다. 위스콘신 대학교에 진학, 학부를 마치고 조지 워싱턴 대학교에서 국제정치학 대학원 박사 과정을 마친 문학을 사랑하는 분이다. 그는 미 하원 코리아게이트 조사특별위원회 전문위원과 미 연방수사국 정보분석관을 역임하였다.

## 백순 (Dr. Soon Paik)

당시 11세로 서울 교동국민학교 5학년 학생이었던 백순 박사는 근촌(芹村) 백관수(白寬洙)의 차남이다. 서울이 인민군의 치하에 들어가면서 그의 아버지 백관수는 납북되어 편지 한 장 나누지 못하고 1961년 북한에서 운명한다. 일본 동경 유학생 대표로 3·1운동을 촉발했던 '2·8독립선언서'를 낭독하고 일본 형무소에서 1년 복역하고 나와 유학생활을 마치고 귀국, 일제 강점기 시절 마지막 『동아일보』 사장을 역임하고 제헌국회 법제사법위원장으로 대한민국 헌법을 초안한 법조인은 전쟁의 비극 속으로 사라졌다.

아버지를 잃은 가족은 시흥, 부산, 제주도, 다시 부산으로 피란을 갔다가 서울로 돌아왔다. 그 여정에서 전쟁으로 인한 파괴와 가난을 어린 눈으로 보았다. 미국 원조로 겨우 살아가던 소년은 교회에서 미국 기독교인들의 사랑이 담겨 있는 구호품이라는 말을 처음 듣고 기독교에 입문했다. 현재 워싱턴 중앙장로교회의 원로 장로로 봉사하고 있는 경제학자이자 시인, 수필가, 평론가이다.

## 최재원 (Dr. Jai Won Choi)

당시 13세로 경북 영천에서 대구중학교로 기차 통학을 하던 최재원 박사는 전쟁이 한창 치열한 시기에 중학교 생활을 함께 하고 같은 동네에서도 가장 촉망받던 선배가 포항 전투에 학도병으로 자원하여 인민군과 싸우다 장렬하게 전사하는 비극적 이야기를 그렸다.

그의 집은 미군과 한국군의 통신 부대와 인민군 포로수용소가 되었고, 그의 가족은 고모가 사는 더 깊은 촌락으로 가서 살다가 다시 집으로 돌아온다. 아직 전쟁이 무엇인지 잘 모르던 어린 나이라 군 징집에 끌려갈 걱정이 없었다고 말하는 그는 집으로 돌아오는 길에 미 공군 폭격에 죽을 뻔한 경험도 겪는다.

그는 연세대학교에서 영문학, 미국 유학에서는 수학, 통계학을 전공하여 미네소타 대학교에서 박사 학위를 받고 미국 연방 정부 질병통제본부에서 의료통계학자로 일하다 은퇴, 다시 조지아 의과대학 교수로 학생들을 가르치다 은퇴하였다.

## 김승곤 (Dr. Seung-kon Kim)

김승곤 박사는 6·25 전쟁 당시 전북 정읍군 내 화호국민학교 6학년 생이었다. 4남 2녀 중 2남으로 공무원인 아버지가 박봉으로 일곱 식구의 생계를 간신히 이어갔다. 파죽지세로 남하하는 인민군을 피해 온 가족이 고향으로 피란 가서 수복되기까지 인민군의 점령 하에 겪은 일, 아버지가 순전히 생계를 위해서지만 수치스럽게 부역한 사실도 밝힌다.

수복 후 부역의 전과 때문에 아버지는 복직도, 취직도 할 수 없어 어머니는 행상을 다녔고, 혹독한 생활고에 시달려 1년 동안 학교도 그만두고 사십 리 길의 변산까지 나무를 하러 다녔던 눈물겨운 추억을 2편의 시로 회고한다.

모든 고난을 이겨내고 그는 1967년 해외로 유학하여 미국 메릴랜드 대학교에서 천문학을 수학하고, 캐나다 빅토리아 대학교에서 천체물리학 석사와 핵물리학 박사 학위를 받았다. 캐나다 3개 대학 공유 중간자 생성 시설(TRIUMF), 한국원자력 연구소, 프랑스의 그레노블 핵연구센터에서 연구를 수행했고, 2004년 전북대학교 물리학과에서 교수로 정년퇴임한 후, 2020년까지 명예교수로 강의를 계속하다 현재는 시인으로 활동하고 있다.

## 강창욱 (Dr. Chang Wuk Kang)

  14세 중학교 학생이었던 강창욱 박사는 부산, 즉 피란 정부가 세워지고 남·북한 피란민들이 다 모여든 마지막 남한의 보루이자 미군과 유엔군 병사들이 모여든 항구 도시에서 보고 느낀 그곳의 변화, 그의 형이 낙동강 전투에 참여하며 부상을 당하고 살아 돌아온 이야기, 중공군의 개입으로 차가운 겨울 장진호 전투 패배, 흥남 철수에 간신히 살아온 다른 형의 이야기, 전쟁이 두 형들에게 회복하기 힘들 정도로 가한 정신적 상처를 고백하고 있다.

  그는 미국의 남북 전쟁과 6·25 전쟁을 비교하면서 전쟁의 비극을 담담하게 서술하고 있다. 그 와중에 그의 중학교 선생님들은 서울에서 피란 온 최고의 선생님들이어서 오히려 좋은 스승을 만나게 된 이야기도 들어 있다. 돌이켜 보면 전쟁이 그를 미국으로 유학 가고, 미국에서 살게 한 동인이 되었다. 서울대학교 의과대학에서 의사 수련, 한국 해군 군의관으로 군 복무 후 현재 볼티모어의 가장 훌륭한 정신과 의사로 일하고 있는 수필가이며 번역가이다.

## 김성곤 (Dr. Seong-Kon Kim)

2020년 『코리아 헤럴드』에 김성곤 교수가 쓴 「한국 전쟁 70주년 (On the 70th Anniversary of the Korea War)」를 읽은 고 최연홍 시인의 부탁으로 이 책의 서문을 쓰게 되었다.

김성곤 교수는 뉴욕 주립 대학교(버펄로)에서 영문학 박사 학위를 받았으며, 콜럼비아 대학교에서 비교문학 박사 과정을 수료했다. 펜실베이니아 주립 대학교, 브리검 영 대학교, 캘리포니아 대학교(버클리), 그리고 캘리포니아 대학교(얼바인)에서 강의했으며, 하버드-옌칭 연구소 객원교수와 옥스포드 대학교 객원교수를 역임했다.

김성곤 교수는 2017년 뉴욕 주립 대학교(SUNY) 센터(뉴욕 주 올바니 소재)에서 명예 인문학 박사 학위를 수여받았고, 2018년에는 조지 워싱턴 대학교 초빙 석학 교수(Dean's Distinguished Visiting Professor)로 강의했으며, 같은 해에 스페인 국왕 펠리페 6세로부터 'La Orden del Merito Civil' 훈장을 수훈했다.

김 교수는 뉴욕 주립 대학교(버펄로) '탁월한 해외 동문상', '풀브라이트 자랑스러운 동문상', 'CU 자랑스러운 동문상', '김환태 평론문학상', '우호 인문학상' 등을 수상했으며, 2013년에는 체코 정부로부터 문화 외교 메달을 수여받았다.

그는 또 문학과 영상학회장, 한국 현대영미소설학회장, 한국 아메리카학회장, 국제 비교한국학회장을 역임했으며, 현재는 서울대학교 명예교수이며, 다트머스 대학교 객원교수로 있다.

## 잊혀진 전쟁

팔순이 넘은 재미 한국인 여덟 명의 회고록

**초판 발행** 2021년 8월 31일
**초판 2쇄 발행** 2021년 10월 25일
**지은이** 최연홍, 이정화, 최학주, 안홍균, 백순, 최재원, 김승곤, 강창욱
**영문판 편집** 최연홍 **서문** 김성곤 **한글판 편집** 송종환, 노세웅, 정화태

**펴낸곳** 화산문화기획 **펴낸이** 허승혁
**출판등록** 제2-1880호(1994. 12. 18.)
**주소** 서울시 종로구 자하문로 55, 201호
**전화** 02)736-7411 **팩스** 02)736-7413
**전자우편** hwasanbooks@naver.com

ISBN 978-89-93910-62-9  03800

값 15,000원

잘못된 책은 구입처에서 교환해 드립니다.